사랑이 우리에게
이야기하는 것들

사랑이
우리에게
이야기하는
것들

김옥림 장편소설

미래북
miraebook

남자라는 이름으로 살아가는
이 세상 가장들을 위해

겨울 하늘

눈이 시리도록
겨울 하늘이 푸릅니다.
그 하늘에
당신의 얼굴을 그립니다.
낮이나 밤이나
그 언제까지나 바라볼 수 있도록
맑고 푸른 겨울 하늘에
당신의 얼굴을 그립니다.

어느 날 갑자기

"딩동! 딩동!"

요란하게 현관 벨이 울렸다.

인서는 점심을 먹다 말고 자리에서 일어나 인터폰에 비친 남자와 그 뒤로 그림자처럼 서 있는 남자들을 보았다. 순간 이상한 생각이 들었지만 그녀는 차분한 목소리로 물었다.

"누구세요?"

"여기가 조민수 씨 댁 맞습니까?"

"네, 그런데요."

인서의 목소리가 문풍지에 바람이 일듯 가늘게 떨렸다.

"법원에서 왔습니다."

"법원이요?"

"네, 드릴 말씀이 있으니 문 좀 열어주시죠."

법원 직원이 카랑카랑한 목소리로 말했다. 인서는 문을 열어주면서도 찝찝한 마음을 감출 수 없었다. 법원에서 누군가 찾아올 이유가 없었기 때문이다. 잠시 후 여러 명의 남자들이 거실로 들어왔다.

"실례하겠습니다."

작달막한 키의 대머리 남자가 말했다.

"그런데 무슨 일이시죠?"

인서가 조심스럽게 남자들을 살피며 물었다.

"집달관 이병국이라고 합니다. 조민수 씨가 부도를 내서 가압류 처분 차 왔습니다."

"네? 부, 부도라니요? 그, 그럴 리가 없어요."

인서의 목소리는 방금 전과는 달리 심하게 떨렸다. 그녀는 너무나 뜻밖의 상황에 얼굴이 하얗게 질려 금방이라도 쓰러질 듯 휘청거렸다.

"저, 진정하세요."

젊은 남자가 몸을 움찔거리며 말했다.

"뭔가 잘못 알고 오신 거 아니에요?"

인서는 믿지 못하겠다는 표정으로 말했다.

"여기 이렇게 증빙서류가 있습니다."

대머리 남자가 엄숙한 표정을 지으며 말했다. 인서는 그가 건네준 종이쪽지를 살펴보고는 부르르 몸을 떨었다. 그의 말대로 내용이 일치하고 게다가 담당 판사의 직인이 보란 듯이 찍혀 있었다.

"이, 이럴 수가…… 어떻게 이런 일이…….'

인서는 거반 사색이 되어 중얼거렸다. 그녀는 금방이라도 자리에 주저앉을 것 같은 얼굴이다.

"이런 상황이 되도록 전혀 몰랐단 말입니까?"

대머리 남자가 의아한 얼굴로 물었다.

"네."

"아니, 어떻게 남편 일을 모를 수 있습니까?"

그는 이해가 되지 않는다는 듯 또다시 되물었다.

"전혀 아무런 말이 없었으니까요."

"가압류 처분이 내려질 정도면 수개월은 족히 더 걸렸을 텐데 그동안 아무런 낌새도 느낄 수 없었다는 것이 좀 그렇군요."

대머리 남자는 마치 '서로의 일에 간섭하지 않는 부부들처럼 둘 사이가 원만하지 않은 것은 아닌가' 하는 뉘앙스를 풍기듯 말했다. 그의 말에 자극을 받은 인서가 짜증 난 말투로 말했다.

"무슨 말을 그렇게 하세요? 그러면 제가 알면서도 모르는 것처럼 일부러 꾸며서 말한다는 거예요?"

인서의 말에 대머리 남자는 발개진 얼굴로 안절부절못했다.

"그렇게 들리셨다면 죄송합니다. 지금이라도 남편 분에게 연락해보시지요."

대머리 남자 옆에 있던 젊은 남자가 머쓱해하며 조심스럽게 말했다. 그의 말에 인서는 치밀어 오른 화를 삭이고 전화를 걸었다. 발신음이 한참이나 지나도록 받지 않았다. 인서는 전화를 끊었다가 다시 걸었다. 역시 마찬가지였다. 난데없이 법원 직원들이 들이닥친 일도 그렇고, 영문을 몰라 애가 타는데 전화까지 안 받으니 그녀는 속에서 불이 났다.

"전화를 안 받습니까?"

젊은 남자가 말했다.

"네."

인서는 침울한 목소리로 대답했다. 전화를 안 받을 사람이 아닌데 혹시나 또 다른 일이 있을까 해서 조바심이 났다.

"서류를 보셔서 아시겠지만, 마냥 기다릴 수는 없습니다. 저희는 원칙대로 일처리를 하겠습니다. 양해바랍니다."

인서의 눈치를 보고 있던 대머리 남자가 이렇게 말하며 남자들에게 눈짓했다. 그러자 남자들이 일사분란하게 움직였다. 그들은 신속한 동작으로 거실이며 방이란 방은 죄다 휘젓고 다니며 압류물표를 붙이기 시작했다. 텔레비전, 냉장고, 피아노, 바이올린, 에어컨은 물론 민수가 애지중지하는 값비싼 도자기와 그림 등 돈이 될 만한 것들에 모조리 압류물표를 붙였다.

인서는 소파에 몸을 기댄 채 어쩔 줄 몰라 했다. 마치 악몽을 꾸고 있는 것 같았다. 그녀는 두 손으로 심하게 요동치는 심장을 붙잡기라도 하듯 가슴을 부둥켜안고는 꽉 힘을 주었다.

한동안 난리법석을 떨던 남자들이 가자, 인서는 애써 참았던 울음을 터트렸다. 도무지 믿을 수가 없었다. 어떻게 자신에게 이런 엄청난 일이 일어날 수 있는지, 지금껏 단 한 번도 생각해보지 못한 일이었다. 얼마 동안 얼굴을 감싸고 흐느끼던 인서는 눈물을 멈추고 민수에게 다시 전화를 걸었다. 역시 받지 않았다.

"도대체 왜 전화를 안 받는 거야. 전화를 받아야 무슨 일인지 알 거 아냐. 일을 이 지경으로 만들어 놓고 대체 뭘 하는 거야."

인서는 베란다로 나가 문을 열고 언덕 아래를 내려다보았다. 속이 답답해서 미칠 지경이었다. 언덕 아래 도로는 평상시와 다름없이 수많은 자동차가 물결을 이루며 지나갔다. 그리고 도로 왼쪽에 있는 공원에는 한낮인데도 많은 사람들이 몰려나와 삼삼오오 짝을 지어 이야기를 나누고 있었다. 인서는 그 모습을 물끄러미 바라보다 거실로 들어와 소파에 기대고 앉아 눈을 감았다. 그녀는 눈앞에서 벌어진 방금 전의 일이 도무지 믿기지 않았다. 영화나 드라마에서나 볼 수 있는 일이라고 생각하고 싶었다. 그러나 이는 명백히 자기 눈앞에서 벌어진 현실이었다. 인서는 또다시 민수에게 전화를 걸었다. 역시 받지 않았다.

"도대체 휴대폰은 왜 꺼놓은 거야. 누구 어떻게 되는 꼴 보고 싶은가 보지. 그렇지 않고서야 휴대폰은 왜 꺼놔."

인서는 화가 나서 큰 소리로 마구 지껄여댔다. 한 번 끓어오른 화는 식을 줄 모르고 점점 더 그녀의 가슴을 뒤흔들어 놓았다. 인서는 자리에서 일어났다 앉기를 반복하며 입으로는 깊은 숨을 몰아쉬고 손으로는 연신 가슴을 쓸어내렸다. 그만큼 그녀의 속이 탔던 것이다. 그러는 동안 시간이 지나 아이들이 학교에서 돌아왔다.

"엄마! 다녀왔습니다."

유리도 유빈이도 여느 때처럼 명랑한 목소리로 인사했다.

"그래, 어서들 와."

인서는 가까스로 감정을 삭이며 아이들을 맞아주었다. 아이들은 각자 방으로 들어가 가방을 두고 거실로 나왔다. 그러다 압류물표가 붙어 있는 걸 보게 되었다.

"엄마, 근데 피아노에 붙어 있는 빨간 종이는 뭐예요?"

유리가 고개를 갸웃거리며 말했다.

"어, 그럴 일이 좀 있어. 그러니까 그 종이 떼지 마."

인서는 애써 태연한 척 말했지만 속으로는 울고 있었다.

"엄마, 머리 아파서 그러니까 미안하지만 너희들끼리 간식 먹어."

인서는 방으로 들어갔다. 아이들은 좀 어리둥절한 표정이었지만 "네" 하고는 간식을 먹었다.

"오빠, 엄마 많이 아픈가 봐."

유리가 걱정스럽게 말했다. 평상시 인서는 아무리 아파도 꼭 아이들의 간식을 차려주었다. 아이들은 간식을 먹으면서도 기분이 나지 않았다. 어린 마음에도 무언가 심상치 않음을 느낀 것이다. 아이들은 안방 문을 열어 눈을 감고 있는 엄마를 바라보다가 힘없이 각자의 방으로 들어갔다. 아이들이 문을 닫고 나가자 인서는 캄캄한 현실이 믿기지 않는 듯 계속 한숨만 내쉬었다.

방금 전의 상황이 마치 꿈속에서 일어났던 일처럼 믿어지지 않았다. 그러나 엄연한 현실이고 보니 마냥 울고 싶은 심정이었다. 인서는 엎치락뒤치락거리면서 끓어오른 감정을 진정시키려 했지만 오히려 감정의 폭은 더 커졌다. 인서는 연신 가슴을 쓸어내렸다. 그녀의 입에서는 자신도 모르게 한숨이 터져 나왔다. 그러는 동안 시간은 오후 7시를 지나고 있었다. 인서는 아이들을 생각해서 마음을 최대한 가다듬고 안방에서 나와 주방으로 갔다. 엄마가 나오는 소리를 듣고 아이들도 거실로 나왔다.

"배고프지. 엄마가 얼른 저녁 해줄게."

인서는 쌀을 씻어 안치고 아이들이 좋아하는 계란말이를 만들었다. 아이들은 엄마에게서 눈을 떼지 못하고 계속 바라보았다. 아이들 눈에는 불안한 기색이 역력했다. 여느 때의 저녁 풍경은 늘 밝고 따뜻했는데 오늘은 전혀 다른 분위기였다. 인서의 손놀림은 거의 기계적으로 움직였고, 정신은 온통 남편에게 가 있었다. 그녀는 물 위를 걷는 것처럼 아슬아슬해 보였다. 잠시 후 식탁에 저녁상이 차려졌다.

"얘들아 배고프지, 어서 먹어."

인서는 엷은 미소를 지으며 말했다. 자신이 경직되어 있는 모습을 아이들에게 보이고 싶지 않아서였다.

"엄마도 드세요."

유빈이 말했다.

"엄마는 속이 좀 안 좋아서 이따 먹을게. 그러니 어서들 먹어."

인서는 유리와 유빈을 번갈아 보며 말했다. 아이들은 배가 고팠는지 맛있게 저녁을 먹었다. 아이들을 바라보며 인서는 생각했다.

'아이들을 위해서라도 아무 일이 없어야 할 텐데.'

인서는 입술을 질끈 깨물었다. 아이들이 저녁을 먹고 나자 그녀는 설거지통에 그릇을 담그고 말했다.

"엄마, 좀 누울 테니 걱정하지 말고 숙제하고 자."

"네."

유빈이는 대답했지만 유리는 말없이 고개를 끄덕였다. 인서는 아이들의 머리를 쓰다듬어 주고는 안방으로 들어갔다. 아이들도 각자의 방으로 들어갔다. 집안 분위기는 냉기가 흐르듯 침울했다.

방으로 들어온 인서는 깊은 숨을 몰아쉬고는 침대에 누웠다. 아무리 생각해도 이해가 되지 않았다. 일을 이 지경으로 만들 사람이 아니라는 걸 너무도 잘 아는 그녀로서는 그렇게 생각하는 게 당연했다. 그만큼 민수는 매사에 철저한 성격이었다.

그러는 동안 밤은 소리 없이 깊어갔다. 시간은 어느덧 밤 12시를 넘기고 있었다. 아직도 민수는 들어오지 않았다. 불안한 마음에 자리에서 일어난 인서는 민수에게 전화를 걸었다. 몇 번이나 전화를 해 보았지만 휴대폰은 여전히 꺼져 있었고, 전화를 받을 수 없다는 말만 앵무새처럼 되풀이되고 있었다.

"정말 누구 죽는 꼴 보고 싶은 거야."

인서는 이렇게 중얼거리면서 수도 없이 밖을 들락거리며 민수를 기다렸다. 그녀는 화도 났지만 그가 걱정되어 마음이 안정되지 않았던 것이다. 민수가 아무 연락 없이 밤 12시를 넘긴 적은 한 번도 없었다. 그는 평소에 약속을 취소해서라도 가족의 일부터 챙기는 그런 남자였다. 그런 그가 밤 12시가 넘도록 아무 소식이 없다는 것은 짐작도 할 수 없는 일이었다.

◆ ◆ ◆

　그 시각 민수는 강릉 경포바닷가 칠흑 같은 어둠 속에서 철썩이는 파도소리를 들으며 깊은 시름에 잠겨 있었다.

　'이 일을 어쩌면 좋지……. 내가 가족들의 얼굴을 어떻게 바라볼 수 있겠어……. 그들에게 불행을 안겨주고, 어떻게 남편이며 아빠라고 할 수 있어……. 어쩌다, 내가 어쩌다 이 지경이 되었단 말인가……. 종민이에게 어음만 빌려주지 않았어도 일이 이렇게까지 되진 않았을 텐데……. 아, 어떻게 가족들을 보지? 무슨 낯으로…….'

　민수는 계속해서 넋두리를 되뇌며 괴로운 심정을 어찌할 줄 몰라 절망했다. 한참 동안 머리를 감싸쥔 채 절망하던 그의 머릿속에 유리와 유빈이의 해맑은 미소가 떠오르면서 그의 입에서는 "아!" 하는 신음 같은 비명이 터져 나왔다. 그는 고개를 좌우로 세차게 흔들며 불행한 현실을 외면이라도 하려는 듯 강한 몸짓을 해 보였다.

　6개월 전 어느 날, 그의 친구인 박종민으로부터 전화가 왔다.

　"나야, 종민이."

　"어, 그래. 오랜만이야."

　"그동안 잘 지냈어?"

　"나야 잘 지내지. 넌 어때?"

　"나야 뭐, 그냥저냥."

　이렇게 말하는 그의 목소리엔 힘이 빠져 있었다.

"그래, 무슨 일이야? 한동안 연락도 없더니⋯⋯."

"오늘 저녁에 시간 어때?"

종민은 민수의 물음에 대답은 않고 대뜸 저녁에 시간이 어떠냐고 물었다.

"중요한 미팅이 있어. 왜?"

"좀, 봤으면 해서⋯⋯."

종민은 말끝을 흐렸다. 그의 목소리엔 짙은 아쉬움이 묻어났다.

"오늘은 좀 그렇고, 내일 어때?"

"내일?"

"그래. 내일은 시간을 내 볼게."

"그럼, 내일 저녁 7시에 저번에 만났던 달마루에서 볼까?"

"그래. 내일 보자."

민수는 전화를 끊고 물을 마시며 생각했다.

'무슨 일로 날 보자는 걸까.'

그렇지 않아도 종민에 대한 좋지 않은 소문이 떠돌던 터였다. 그가 하는 사업에 무슨 문제가 있다는 얘기를 얼핏 들은 적이 있어서 내심 그를 만난다는 게 좀 찜찜했다. 하지만 별다른 일이 있을까 싶어 선뜻 약속에 응했던 것이다.

다음 날 하루 일과를 마친 민수는 서둘러 종민과 만나기로 한 달마루를 향해 차를 몰았다. 그런데 이상하게 그곳으로 가는 내내 마음이 무거웠다. 왠지 모르게 불안했던 것이다. 그것은 마치 앞으로 자신에게 일어날 좋지 않은 징조랄까, 아무튼 그런 예감이 들었다.

민수는 고개를 흔들며 중얼거렸다.

"내가 지금 무슨 생각을 하는 거지?"

민수는 어지러운 마음을 지우려고 음악을 틀었다. 음악이 흘러나오자 혼란스러웠던 마음이 조금씩 잦아들었다. 그리고 얼마 후 달마루에 도착했다.

"민수야, 여기야!"

소리 나는 쪽으로 고개를 돌리니 종민이 손을 흔들고 있었다.

"오랜만이다. 그동안 어떻게 지냈어?"

민수가 자리에 앉으며 말했다.

"그럭저럭. 넌 어때?"

"나도 그냥저냥 지내."

"그래? 넌 아무 문제없지?"

이렇게 말하는 종민은 조금 전과는 달리 말에 힘이 없었다.

"왜, 무슨 일 있어?"

그것을 놓치지 않고 민수가 물었다.

"우선 밥부터 먹자."

종민은 급할 게 뭐 있느냐는 듯 밥부터 먹자고 했다.

"그래, 먹고 나서 얘기하자."

"동국이는 요즘 잘나가나 봐."

종민이 물을 한 모금 마시고 나서 말했다.

"왜?"

"지난주 신문을 보니까 학술회 때 활약이 대단했더라고."

"아, 요즘 동국이가 자기 분야에서 확실하게 자리를 굳혔어."

"그래? 그거 잘됐다. 우리 친구들이 다 잘돼야지."

"그럼. 당연히 그래야지."

민수는 종민의 말에 맞장구를 쳤다.

"참, 혜빈이가 이번 인사 때 부회장으로 승진한다던데……."

"혜빈이가 경영엔 똑소리 나지. 2천 명이 넘는 임직원들을 통솔하고 경영하려면 많이 힘들 텐데 잘해나가는 거 보면 경영은 타고났어."

종민의 말에 민수는 당연하다는 듯이 말했다.

동국은 대학교수로 이들과는 절친했다. 특히 민수와는 더더욱 마음이 잘 통하는 친구다. 그리고 혜빈은 민수를 짝사랑한 이들 멤버 중 유일한 홍일점으로, 아버지가 7개의 계열사를 거느린 대기업 회장이다. 그녀는 무남독녀로 아버지 뒤를 잇기 위해 경영학을 전공했고, 경영에 관해서는 그 누구에게도 뒤지지 않을 만큼 이론과 실무에 밝았다. 또한 대인관계에 있어 빈틈이 없을 정도로 완벽해 아버지로부터 절대적인 신임을 받고 있는 경영인 2세였다.

대학 시절 이들 넷은 눈만 뜨면 언제나 함께 움직였다. 마치 태어나기 전부터 맺어진 특별한 존재와도 같았다. 그만큼 이들은 형제 이상으로 서로를 알뜰살뜰하게 챙겨주었다. 학교를 졸업하고 각자의 생활로 바쁘다 보니 이제는 한 달에 한 번 다 같이 모이기도 힘들다. 처음 얼마간은 억지로라도 시간을 내어 한 달에 한 번씩 만났지만, 시간이 지나면서 두 달에 한 번도 겨우 만났다. 그러다 결혼하고 나서는 일 년에 두세 번 만나는 게 고작이다. 넷이서 함께 만난다는 것이 이처럼 힘들지 누구도 예상하지 못했다. 그만큼 전쟁과도 같은 시간을 보내고 있다는 방증이었다.

종민은 자신도 모르게 엷은 한숨을 내쉬었다. 순간적이지만 민수는 그의 작은 행동도 놓치지 않았다. 그가 지금 깊은 고민에 빠져 있다는 걸 직감적으로 알 수 있었다. 민수는 무슨 일이 있는지 물어보려다 식사를 하고 나서 해도 늦지 않을 것 같아 그만두었다. 음식이 나오고 둘은 주거나 받거니 하며 술을 곁들여 식사를 했다. 식사를 마치고 나서 종민이 잠시 머뭇거리더니 조심스럽게 말을 꺼냈다.

"저, 민수야, 나 좀 도와주면 안 될까?"

"무슨 일인데…….."

민수는 그가 느닷없이 도와달라는 말에 걱정스럽게 말했다.

"작년에 공장을 확장하고 기계 설비를 늘렸거든."

"그랬지. 근데?"

"그런데 우리와 계약을 한 HD가 과욕을 부리다 얼마 전에 부도가 났어. 그 바람에 우리도 부도가 나게 생겼지 뭐야. 그래서 말인데 3억만 빌려줄 수 있을까?"

"3억씩이나?"

"응. 그 정도면 급한 불은 끌 수 있을 것 같아."

"네 말은 잘 알겠는데 지금 그만한 돈을 융통할 수가 없어. 너도 알다시피 의료기기 사업이 지금 침체기에 들었어. 수출량도 줄어들고. 게다가 작년 초에 수출물량 맞추느라 공장을 늘리고 과도하게 시설 투자를 하다 보니 나도 힘든 상태야. 네 사정은 안타깝지만 지금은 곤란해."

"민수야, 나 믿을 사람이 너밖에 없어. 나 한 번만 살려줘라."

종민이 애원하며 말했다. 그의 표정으로 보아 사태가 매우 심각한 것 같았다. 민수는 왼손으로 이마를 짚고는 깊은 고민에 빠졌다. 자신도 지금 도래하는 어음 결제로 골치가 아파 죽을 지경인데 생각지도 않은 부탁을 받고 보니 가슴이 답답했다. 한동안 고민하던 민수가 고개를 들고 말했다.

"저, 미안한데 지금으로써는 방법이 없다."

"저, 그럼 어음을 좀 빌려주면 안 될까."

"어음? 나도 지금 돌아오는 어음 막느라 골치가 아프다."

"민수야, 한 6개월로 해서 빌려줘. 꼭 갚도록 할게."

종민은 이렇게 말하며 민수를 바라보았다. 그의 눈빛이 너무도 간절해 민수는 눈길을 거둬 창밖으로 고개를 돌렸다. 큰 숙제를 떠안은 기분이었다. 잠시 침묵이 흘렀다. 민수도 종민도 말이 없었다. 종민은 고개를 숙인 채 한 손으로 물 컵을 만지작거렸다. 이리저리 생각을 하던 민수가 입을 열었다.

"종민아, 3억은 좀 그렇고 2억은 어때?"

"2억만 빌려줘도 나야 눈물 나게 고맙지."

축 처져 있던 종민이 반색을 하며 말했다.

"너도 잘 알겠지만 어음 결제일 어기면 나 정말 큰일 난다."

"걱정하지 마. 나를 팔아서라도 꼭 해결할게."

"그래, 알았다. 친구로서 널 믿는다."

"그래. 고, 고맙다. 역시 너밖에 믿을 사람이 없구나."

"고맙긴……."

"휴우! 이제야 답답했던 가슴이 뻥 뚫리는 것 같다."

종민은 숨을 몰아쉬며 가슴을 쓸어내렸다. 그런 그의 모습에 민수는 엷게 웃음 지었다.

"내일 2시에 우리 회사로 와."

"그럴게. 민수야, 다시 한 번 말하지만 정말 고맙다."

"그만해, 쑥스럽다. 이제 그만 가자. 할 일이 좀 남아서……."

둘은 밖으로 나왔다. 시원한 밤공기가 코끝을 스쳤다. 민수는 어깨를 곧추세우고 손을 내밀며 말했다.

"내일 보자."

"그래, 조심히 들어가."

종민이와 헤어진 민수는 무거운 마음으로 집으로 왔다.

"오늘 무슨 일 있었어?"

민수의 양복을 받아든 인서가 말했다.

"아니. 왜?"

"피곤해 보여서……."

"좀 바빴어. 그래선지 조금 피곤하네."

민수는 두 손으로 얼굴을 비비며 말했다.

"어서 씻어. 저녁 차릴게."

"저녁 먹었어."

"그래?"

"응. 나 씻고 좀 쉬어야겠어."

"그래, 그럼."

민수는 인서와 말을 주고받으면서도 영 마음이 편치 않았다. 지금 자신의 형편에 2억의 어음을 빌려준다는 것은 어쩌면 자살 행위와도 같은 일이었다. 그는 공장시설을 확장하느라 50억 넘게 대출을 받았고 여기저기 발행한 어음만도 무려 15억이 넘었기 때문이다. 그런데다 수출이 감소하는 바람에 매출이 삼분의 일이나 줄었다. 여러 가지로 어려운 상황이었다. 그런데 친구라는 이유로 종민의 부탁을 거절할 수 없었던 것이다. 모질지 못한 그의 성격 탓이었다.

다음 날 출근한 민수는 어음을 꺼내 액수를 쓰고 도장을 찍어 봉투에 넣었다. 막상 어음을 끊고 보니 절교를 하더라도 약속을 취소하고 싶은 마음이 굴뚝같았다. 그는 앉았다 일어섰다를 반복하며 불안한 자신의 마음을 감추지 못했다. 시간을 보니 10분 전 2시였다. 종민이 10분 후면 사장실 문을 열고 들어올 것이다. 그러면 그의 손에 봉투를 건네주어야 한다. 민수는 두 손으로 얼굴을 비비며 긴장된 얼굴 근육을 풀었다. 혹시라도 종민이에게 자신의 불안한 마음을 들키고 싶지 않아서였다. 이왕 빌려주기로 한 것, 친구의 기분을 무겁게 하고 싶지 않았다. 민수의 눈길이 시계를 향했다. 3분 전 2시였다. 순간 노크 소리와 함께 종민이 들어왔다.

"어서 와. 자, 여기 앉아."

민수는 자리에서 일어나 소파를 가리키며 말했다.

"여전하네."

종민이 자리에 앉으며 말했다.

"뭐가?"

"사무실이 마치 음악 카페 같은 거 말이야."

"난 또 무슨 말이라고."

민수의 사무실은 클래식 음악 카페처럼 잘 꾸며져 있어서 여성잡지사에서 인터뷰를 요청할 정도로 소문이 났다. 차를 마시고 나서 민수는 종민에게 봉투를 건넸다.

"고맙다. 민수야. 절대로 실수 안 할게."

"그래, 난 널 믿는다."

"그래. 저 그리고 이거……."

종민이 역시 봉투를 민수에게 건넸다.

"이게 뭔데?"

민수는 봉투에서 종이와 상품권이 든 작은 봉투를 꺼냈다.

"하나는 차용증이고, 또 하나는 상품권이야. 인서 씨 갖다 줘."

"뭘 이런 걸 가지고 왔어. 차용증은 형식적으로라도 받겠지만, 상품권은 가지고 가."

"아냐. 이건 내 작은 성의야."

"우리 사이에 이런 게 왜 필요해. 난 안 받을 거야. 그러니 도로 가져가."

민수는 종민에게 상품권을 건네주었다.

"참 고집하고는. 무슨 뜻이 있어서 그런 것도 아닌데 그냥 받으면 안 돼?"

"안 돼. 그건 너와 나 사이를 친구가 아니라 채권자와 채무자 사이로 만드는 거야. 있을 수 없는 일이야. 그러니 더 이상 거론하지 마."

민수의 단호함에 종민은 상품권을 집어 들고 말했다.

"미안하다. 너의 마음도 모르고 내 생각만 했네."

"알면 됐어. 바쁠 텐데 어서 가 봐."

"그래. 그럼 갈게. 정말 고맙다."

종민은 자리에서 일어나며 말했다.

"그래, 잘 가고 다음에 보자."

종민의 차가 주차장을 빠져나가자 민수는 사무실로 들어왔다. 이제 주사위는 던져졌다. 종민이가 실수 없이 제 날짜에 결제해 주기만을 바랄 수밖에……

◆　◆　◆

민수는 일에 쫓겨 한동안 종민의 일을 까맣게 잊고 있었다. 간간이 종민이로부터 전화가 와서 민수는 불안한 마음을 지울 수 있었기 때문이다. 그런데 6개월이 지난 어느 날, 아침 일찍 출근하자마자 은행으로부터 연락이 왔다. 급히 은행으로 와 달라는 주거래 은행 지점장의 전화였다.

'무슨 일이지? 무슨 일인데 급히 날 보자는 걸까.'

민수는 연신 고개를 갸웃거리며 은행으로 갔다.

"어서 오세요. 조 사장님."

지점장실로 들어가자 기다리고 있던 지점장이 그를 맞았다.

"안녕하세요? 저, 근데 무슨 일입니까?"

민수는 걱정스러운 얼굴로 물으며 자리에 앉았다.

"우선, 차 한잔 하시죠."

지점장은 그의 긴장감을 풀어주기라도 하려는 듯 차부터 마시자
고 했다. 잠시 후 여직원이 차를 내왔다. 민수는 차를 한 모금 마셨
지만 바로 삼킬 수가 없었다. 민수의 행동은 누가 보더라도 마음이
편치 않다는 것을 알 수 있었다. 지점장은 그를 물끄러미 바라보다
가 조심스럽게 입을 열었다.

"저, 조 사장님, 내일 어음 결제할 게 2억이 있는데 지금 통장에는
2천만 원밖에 없더군요. 그래서 전화로 말씀드릴까 하다가 뵙자고
했습니다."

순간 민수의 머리가 반짝이며 종민이가 떠올랐다.

"그거라면 내일 틀림없이 입금이 될 겁니다."

민수는 엷게 웃으며 말했다.

"아, 그래요. 전 조 사장님이 모르고 계시나 해서, 또 액수가 크고
해서 직접 알려드리려고 했습니다. 바쁘신데 여기까지 오시게 해서
죄송합니다."

지점장은 미안해했다.

"아, 아닙니다. 이렇게 신경써주셔서 제가 고맙지요."

은행에서 나온 민수는 종민에게 전화를 걸었다. 순간 민수는 자신의 귀를 의심했다. 다른 사람이 전화를 받았다. 누구냐고 묻자 자신은 이 번호의 주인이라고 했다. 그래서 재차 물었더니 한 달 전부터 이 번호를 쓰기 시작했다고 말했다. 민수는 전화를 끊고 이상한 생각이 들어 종민의 회사로 찾아갔다. 민수는 운전을 하면서도 온통 머릿속은 종민의 생각뿐이었다. 어떻게 운전을 했는지도 모르게 종민의 회사에 도착했다. 그런데 철문이 굳게 닫혀 있었다. 민수는 차에서 내리자마자 회사 철문을 흔들어대며 외쳤다.

"안에 누가 있습니까?"

목이 터져라 불러대도 아무런 인기척이 없었다. 민수는 바로 옆에 있는 회사로 갔다.

"저, 말씀 좀 여쭙겠습니다."

"네. 무슨 일이시죠?"

수위가 말했다.

"저, 영창실업에 무슨 문제가 있습니까?"

"자세한 건 모르겠고 한 달 전에 문을 닫았습니다."

"그, 그래요. 저 혹시 영창실업에 대해 알고 계신 게 있으면 말씀해주시겠습니까?"

"왜 그러시는데요?"

"저는 영창실업 대표의 친굽니다. 도통 연락이 되지 않아 신변에 무슨 일이라도 생긴 게 아닌가 해서요."

"아, 그래요. 주변 사람들이 말하는 바에 의하면 사장이 고의적으로 부도를 내고 미국인가 캐나단가로 갔다고 하던데요."

"그, 그래요? 그게 확실합니까?"

순간 민수는 자신도 모르게 목소리를 높여 말했다.

"글쎄요. 사람들이 다들 그렇게 말하니까 아마 맞을 겁니다."

민수의 표정이 일그러졌다. 잘못돼도 크게 잘못된 것 같은 생각에 절망감이 휘몰아쳤다. 가뜩이나 자신도 어려운 처지인데 그마저 문제를 일으켰으니 민수로서는 진퇴양난에 놓인 처지였다. 당장 내일 어음 결제가 문제였다.

이번엔 종민이 살던 집으로 찾아갔다. 40분을 달린 끝에 그의 집에 도착했다. 차에서 내린 민수는 급하게 벨을 눌렀다. 아무런 기척이 없어 재차 벨을 눌러댔다. 그의 손이 파르르 떨렸다.

"누구세요?"

인터폰을 타고 여자 목소리가 들렸다.

"저, 박종민 씨 계십니까?"

"그런 사람 없는데요."

"저는 친구 되는 사람인데, 말씀하시는 분은 누구신가요?"

"얼마 전에 이 집을 산 사람입니다."

"그, 그래요. 전에 살던 사람은 어디로 이사 갔는지 혹시 알 수 있을까요?"

"그건 모르겠습니다."

"아, 네. 실례했습니다."

민수는 눈앞이 깜깜했다. 그의 다리가 휘청거리며 금방이라도 주저앉을 것만 같았다. 민수는 혹시나 해서 동사무소로 갔다. 동사무소에 도착한 그는 담당자에게 사실 여부를 물어보았지만, 30대 중반의 여직원은 행정업무상 알려줄 수 없다고 했다. 그것은 법적으로 제한이 되기 때문이었다. 한 가닥 가졌던 믿음이 와르르 무너지고 말았다. 민수는 한참을 차에 앉아 있었다. 도저히 운전을 할 기분이 아니었다. 그는 한 시간이 넘도록 등받이에 고개를 젖힌 채 눈을 감고 있었다. 머리가 지끈거려 아무 생각도 할 수 없었다.

얼마를 그렇게 있던 민수는 차를 몰고 무작정 달렸다. 달리다 보니 영동고속도로였다. 그는 문막 IC에서 방향을 틀어 읍내 쪽으로 향하다 또다시 방향을 바꿔 간현 가는 길로 접어들었다. 논과 밭에선 사람들이 햇살을 등에 지고 무언가를 열심히 하고 있었다. 길 아래 작은 초등학교 운동장에서는 남자아이 서너 명이 축구를 하고, 운동장 한쪽 구석에선 여자아이들이 삼삼오오 무리지어 놀이를 하고 있었다. 민수의 애타는 마음과는 다르게 참 평화로운 풍경이었다.

민수는 10여 분을 달린 끝에 강가에 차를 세우고 하염없이 흐르는 강물을 바라보았다. 3월 중순의 날씨는 포근했지만 그는 몸도 마음도 꽁꽁 얼어붙은 것 같았다. 노을이 살짝 지기 시작한 섬강은 온통 붉은빛으로 선명하게 빛났다. 민수는 눈을 한곳에 고정시킨 채 뚫어지게 바라보았다. 하지만 그의 눈은 초점이 없었다. 그만큼 마음이 심란했다. 얼마를 그러고 있던 민수가 갑자기 중얼거리기 시작했다.

"나쁜 자식. 어떻게 나한테 사기를 칠 수 있어……. 그래 놓고 뻔뻔스럽게 저 살자고 도망을 가……. 지가 나한테 어떻게 이런 짓을 할 수 있어……. 나쁜 자식……."

민수의 눈은 분노로 이글거렸다. 종민이 곁에 있으면 무슨 짓이라도 할 것 같았다. 그는 양손으로 머리카락을 움켜쥐고 고개를 숙인 채 자신을 힐책하기 시작했다.

"다, 내 불찰이야. 친구랍시고 그 자식을 믿었던 내 불찰이야……. 이런 일이 있으려고 그렇게 불안했었나. 왜 그걸 막지 못했을까……. 난, 이제 어떡하지? 곧 막아야 할 돈도 10억이 넘는데……. 아, 어쩌다 내가 이렇게 되었을까……."

민수는 반쯤 정신이 나간 사람처럼 넋두리를 쏟아놓았다. 그러는 와중에도 그의 머릿속에는 인서와 아이들 생각으로 가득했다. 만에 하나 일이 잘못되기라도 하면 인서와 아이들을 대할 자신이 없었다. 연신 탄식을 쏟아내는 그의 얼굴엔 짙은 노을이 검게 내려앉았다.

그때 갑자기 휴대폰 벨이 울렸다. 인서였다. 받을까 망설이다 받지 않았다. 10분 후에 또다시 벨이 울렸지만 역시 받지 않았다. 그 이후에도 여러 번 벨이 울렸지만 계속해서 받지 않자, 벨은 더 이상 울리지 않았다.

"미, 미안해……."

민수는 탄식하듯 중얼거렸다. 어둠이 사방으로 짙은 안개처럼 내려앉았지만 그는 그 자리에서 꼼짝도 하지 않았다. 가끔씩 물새들이 지저귀는 소리만 간간이 들릴 뿐 강가는 주검처럼 고요했다. 한참을 고민에 잠겨 있던 그는 무역회사를 하는 선배에게 전화를 걸었다.
몇 번의 신호가 울리고 선배가 전화를 받았다.

"선배, 나야."

"어, 민수구나. 무슨 일이야?"

"저, 선배, 부탁이 있어."

"뭔데?"

"나 내일 3시까지 2억만 해줘."

"2억씩이나?"

"응."

"알았어. 근데 일주일 내로 해 줄 수 있어? 나도 결제할 게 있거든."

"책임지고 해 줄게."

"그럼, 내일 점심시간에 들러. 점심 같이 먹자."

"선배, 고마워."

"고맙긴. 내일 보자."

민수는 전화를 끊고 깊은 숨을 몰아쉬었다. 급한 불은 껐지만 선배 돈을 곧바로 갚아야 한다. 그리고 보름 안에 3억을 결제해야 한다. 매달 대출금을 갚아야 하고, 줄줄이 도래하는 어음이 무려 10억이나 되었다. 경제 불황으로 수출물량이 줄고 국내 대리점들도 어렵다 보니 수금이 되지 않아 회사의 어려움은 날로 더해만 갔다. 설상가상으로 종민이가 사기를 치고 달아났으니 그로서는 최악의 시련기에 접어든 것이다.

민수가 자리에서 일어났을 땐 밤 10시를 가리키고 있었다. 그는 헝클어진 머리를 쓸어내려 단정히 한 뒤 시동을 걸었다. 그러고는 강가를 빠져나와 서울로 향했다. 서울로 가는 내내 그의 머릿속은 컴퓨터 회로처럼 복잡하게 돌아갔다. 그가 집에 도착한 시간은 11시 30분이었다. 평상시보다 귀가 시간이 많이 늦었다.

"무슨 일 있었어?"

가방을 받으며 인서가 말했다.

"어, 좀 바빴어."

민수가 둘러대며 말했다.

"얼마나 바빴기에 전화도 안 받고 그래?"

"미안해. 휴대폰을 차에다 뒀지 뭐야."

"그러면 나중에라도 전화하지 그랬어. 걱정했잖아."

"미안해, 경황이 없어서 그만."

민수는 미안한 마음에 인서를 안아주었다.

"다음부턴 절대 이해 안 할 거야."

"알았어. 약속할게."

민수의 말에 인서의 입가엔 엷은 미소가 번져났다.

"아빠, 오셨어요?"

유리와 유빈이가 각자의 방에서 나와 인사를 했다.

"어, 그래. 유리, 유빈이 아직 안 잤어?"

"아빠가 안 오셨는데 어떻게 먼저 자요."

"어이구 그랬어? 아빠 딸."

민수는 유리 볼에 뽀뽀를 해주었다.

"앗 따가워! 아빠 수염이 고슴도치 가시 같아요."

"그래? 하하하……."

민수는 큰 소리로 웃다가 옆에 있는 유빈이를 안아주며 말했다.

"유빈이는 공부하느라 힘들지?"

"아니에요. 재밌어요."

"그래? 재밌다니 다행이네. 근데 너무 무리하지는 말고."

"네, 아빠. 걱정 안 하셔도 돼요."

유빈은 의젓하게 말했다.

"암, 그래야지. 늦었는데 어서들 들어가 자거라."

"네, 안녕히 주무세요."

"그래, 너희들도 잘 자고."

아이들은 대답을 하고는 각자 방으로 돌아갔다.

'만에 하나 일이 잘못된다면 저 예쁜 아이들을 어떻게 본단 말인가.'

아이들을 생각하자 민수는 가슴이 산산이 부서져 내리는 것 같았다.

"와인 한잔 할까?"

"좋지."

"한잔 마시고 푹 자."

인서는 두 개의 잔에 와인을 따라 가지고 왔다.

"자, 건배."

인서는 와인 잔을 내밀었다. 민수는 빙그레 웃으며 자신의 잔을 그녀의 잔에 부딪쳤다. 둘은 소리 내어 웃으며 와인을 마셨다.

"자기야, 우리 이번 주말에 강릉 콘도 갈까?"

인서가 말했다.

"이번 주말은 안 될 것 같은데."

"왜, 바빠?"

"응. 처리해야 할 일이 갑자기 생겼어. 어떡하지?"

"어떡하긴, 다다음주에 가면 되지."

"그러지 말고, 자기가 애들 데리고 갔다 와."

"애들하고만?"

"내가 휴가 준다고 생각하면 되잖아."

"그래? 그러면 그래 볼까?"

"그래, 그렇게 해."

"알았어. 근데 자기 밥은?"

"내가 해 먹으면 되지 뭐."

"그럴 수 있겠어? 결혼하고 한 번도 그런 적 없잖아."

"걱정 마. 할 수 있어."

"알았어. 그럼 우리끼리 갔다 올게."

민수는 인서가 아이들과 콘도에 가 있는 동안 눈치채지 못하게 일을 처리하고 싶었다. 만에 하나 알기라도 하면 일을 처리하는 데 신경이 쓰일 것 같아서였다.

"이제 그만 잘까?"

민수는 순간 피로가 확 밀려왔다. 눈을 감았지만 누운 지 30분이 지나도록 잠은 오지 않았다. 인서는 이미 잠들었다. 민수는 살며시 일어나 거실로 나왔다. 그러고는 베란다로 나갔다. 시내는 어둠에 묻혀 깊이 잠들어 있었다.

'제발, 이 고비를 무사히 잘 넘겨야 할 텐데……'

민수는 한참을 서서 생각하고 또 생각하다 새벽 3시가 되어서야 가까스로 잠에 들었다.

◆　◆　◆

다음 날 민수는 아침 일찍 집을 나섰다. 회사에 들러 급한 일부터 처리한 후 점심시간에 맞춰 선배 회사로 향했다. 어젯밤 통화에서 선배가 돈을 해준다고 했지만 혹시라도 일이 틀어져 오늘 은행 마감 시간까지 결제하지 못하면 부도가 난다고 생각하니 눈앞이 캄캄했다. 민수의 가슴은 두근두근거리며 안정되지 않았다. 그의 머릿속은 오직 어음을 결제해야 한다는 생각으로 꽉 차 있었다. 선배 회사에 도착한 민수는 빠른 걸음으로 사장실 문을 열고 들어갔다.

"선배, 나 왔어."

"어, 그래. 어서 와."

선배는 반갑게 민수를 맞아주었다.

"점심 먹으면서 얘기하자."

둘은 밖으로 나와 인근에 있는 한식집으로 갔다. 음식을 시키고 잠시 동안 이런저런 이야기를 나누는데 음식이 나왔다.

"이거 치악산 한우라는데 맛 끝내주더라."

"그래? 어디 맛 좀 볼까."

민수는 고기 한 점을 입에 넣었다. 정말이지 입에서 살살 녹았다.

"어때, 괜찮지?"

"와, 정말 맛있네. 선배는 매일 먹어서 그렇게 살집이 좋은가 봐."

"매일은 뭐. 일주일에 한 서너 번."

"일주일에 서너 번씩이나? 그러니 살이 안 찌고 배겨."

"그치, 하하하……."

둘은 유쾌하게 웃으며 식사를 했다. 식사를 마치자 차가 나왔다.

"자, 민생고는 해결했으니 됐고, 돈은 지금 바로 해 줄게. 근데 어제도 말했지만 일주일 후에 나도 써야 하는데 괜찮겠어?"

"그때까진 무슨 일이 있어도 해 줄게."

민수는 고개를 끄덕이며 말했다.

"계좌번호 알려줘. 돈 입금시키게."

민수는 메모를 해서 선배에게 건넸다. 선배는 사무실로 전화를 걸어 여직원에게 계좌번호를 불러주고 지금 즉시 돈을 입금시키라고 했다. 전화를 끊은 선배가 빙그레 웃으며 민수에게 말했다.

"네가 웬일이냐. 생전 안 하던 돈 부탁을 다 하고……."

"급하게 어음 결제할 일이 있어서."

"그랬구나."

"아무튼 고마워. 선배."

"너 어디 아픈 데는 없지?"

"응. 왜?"

"얼굴이 전보다 축이 좀 간 것 같아서……."

"일 때문에 좀 바빠서 그래."

"그럼 다행이고……. 일도 좋지만 쉬엄쉬엄 해. 우리도 건강 챙길 나이야."

선배는 볼록 튀어나온 자신의 배를 쓸어내렸다. 그 모습을 보고는 빙그레 웃으며 민수가 말했다.

"선배, 들어가 봐야지."

"어, 그래. 그러지 않아도 3시에 바이어가 온다고 했는데 들어가 봐야겠다."

둘은 밖으로 나와 헤어졌다.

민수는 회사로 돌아와 밀린 서류를 결제하고, 평소 친분이 두터운 몇 군데 거래처에 전화를 걸어 밀린 대금 결제를 부탁했다. 잔뜩 긴장을 해서인지 피로가 밀려왔다. 민수는 소파에 등을 기댄 채 눈을 감고 휴식을 취했다. 그는 아무 생각도 하지 않았다. 이 순간만큼은 모든 근심을 내려놓고 싶었다. 얼마를 그렇게 있다 자신도 모르게 깜빡 잠이 들고 말았다. 민수는 퇴근 시간이 다 되어서야 깨어났다. 그는 자리에서 일어나 헝클어진 머리를 매만지고 사무실을 나섰다. 집으로 돌아오는데 휴대폰이 울렸다. 혜빈이었다.

"혜빈이구나?"

"지금 시간 어때?"

"괜찮아. 지금 집에 가던 길이야."

"그래? 난 아직 회사야. 곧바로 나갈 테니까 우리 회사 근처에 있는 르네상스로 올래?"

"알았어. 지금 그리로 갈게."

"그럼, 이따가 보자."

'왜 갑자기 보자는 걸까. 무슨 일이 있나?'

이렇게 생각하던 민수는 입술을 질끈 깨물며 또다시 생각에 잠겼다.

'혜빈이한테 부탁해 볼까? 혜빈이라면 10억 정도는 단번에 해결할 수도 있을 텐데……. 아냐, 이건 말도 안 돼. 이건 있을 수 없는 일이야……. 아니지, 우린 친구잖아. 친구 사이엔 충분히 부탁할 수 있어. 아무리 여자라고 해도……. 내가 지금 무슨 생각을 하는 거지. 아무리 돈이 궁해도 이건 말도 안 되는 일이야…….'

민수는 고개를 흔들며 강하게 부인했다. 그의 얼굴엔 갈등의 그림자가 짙게 드리워져 있었다. 민수가 르네상스에 도착해 차에서 내리는데 마침 혜빈이도 도착했다.

"오랜만이야."

민수가 손을 내밀어 악수를 청했다.

"넌 여전히 멋지구나."

"넌 여전히 예쁘고."

"호호호, 그런가?"

"자, 들어가자."

민수는 문을 열고 혜빈이 먼저 들어가길 권했다. 둘은 밖이 훤히 내다보이는 창 넓은 자리에 앉았다.

"많이 바쁘지?"

혜빈이 말했다.

"우리 같은 구멍가게 사장이야 늘 그렇지 뭐. 바쁘기로 치면 널 따라가겠니?"

"나나 너나 바쁘기는 매한가지지 뭐."

"근데 갑자기 무슨 일이야?"

"무슨 일은. 그냥 너랑 밥 먹고 싶었어. 본 지도 오래되고 해서."

그러고 보니 지난번에 만나고 나서 근 7개월 만이었다.

"그래? 다른 이유는 없고?"

"응."

둘은 음식을 먹으며 간단히 와인을 곁들였다. 민수는 음식을 먹으면서도 마음이 편치 않았지만 최대한 티를 내지 않으려고 했다. 티를 내다보면 공연히 혜빈이 무슨 일인가 해서 물을 거고, 그러면 어쩔 수 없이 말을 해야 되기 때문이다. 민수는 최대한 환한 얼굴을 했다. 음식을 먹고 나자 혜빈이 조심스럽게 입을 열었다.

"저, 오해하지 말고 들었으면 좋겠어."

"오해? 무슨……."

"약속부터 먼저 해. 무슨 얘길 해도 오해 안 한다고."

"알았어, 그럴게."

민수가 웃으며 말했다.

"저, 혹시 요즘 회사 사정이 많이 안 좋아?"

"……."

"왜, 말이 없어."

"누가 그래?"

"아니, 요즘 의료기기 사업이 좀 어렵다는 말을 들어서……."

"좀 그런 편이지. 하지만 괜찮아."

민수는 '사실 나 요즘 많이 힘들어. 네가 좀 도와줄래?'라고 말하고 싶었지만 그럴 수 없었다.

"그래? 그 말 믿어도 돼?"

혜빈은 살며시 웃으며 재차 말했다.

"왜, 안 믿겨?"

"민수야, 우리 사이에 좀 솔직해지면 안 돼?"

방금 전과는 달리 혜빈은 마치 민수의 처지를 다 안다는 듯 말했다.

"무슨 뜻으로 하는 말이야?"

민수는 웃음기를 지우며 말했다.

"내가 잘 아는 사람이 의료기기 분야에 있어. 그런데 그 사람이 그러더라. 네가 좀 어려움을 겪는 것 같다고……."

"솔직히 말해서 좀 어려운 건 사실이야. 하지만 크게 문제될 건 없어."

"단도직입적으로 말해서 내가 좀 도움을 주면 안 될까?"

"그렇게 말해줘서 고맙다. 하지만 네 고마운 마음만 받을게."

민수는 엷게 미소 지으며 말했다.

"네 뜻이 정 그렇다면 더 이상 말 안 할게. 하지만 언제든지 콜하면 달려올게."

"그래, 고마워."

둘은 서로 마주보며 눈으로 웃었다.

"혜빈아, 근데 너 언제까지 혼자 지낼 거야?"

"왜 걱정돼?"

"네 젊음이 너무 아까워서 그래."

"그래? 그 말 듣기 좋은데……."

"듣기 좋으라고 하는 말 아냐. 진심이야."

"네 말은 고맙지만 지금처럼 사는 게 속 편해."

"정말 그렇게 생각해?"

"응. 내가 하고 싶은 일하면서 살 거야."

혜빈은 민수가 인서와 결혼을 하고 나서 1년 후 아버지가 원하는 사람과 결혼을 했다. 그녀의 전 남편은 재미교포 2세로 예일대학을 졸업한 국제변호사였다. 그녀 아버지 회사의 미국 자회사 담당 변호사로 일하다가 아버지 눈에 들어 결혼까지 하게 된 것이다. 하지만 그녀는 결혼한 지 2년도 채 안 돼 이혼을 했다. 이혼 사유는 성격 차이였다. 활발하고 활동적인 혜빈에 비해 그는 소심하고 배려심이 부족했다. 그로 인해 둘 사이엔 연일 다툼이 있었고 결국은 헤어지고 만 것이다. 혜빈은 이혼 후 13년째 혼자 지내고 있다.

"네가 원하는 대로 살아. 그게 어쩌면 최선의 삶일 수도 있지."

민수의 말에 혜빈은 말없이 웃으며 고개를 끄덕였다. 혜빈의 마음속엔 아직도 민수에 대한 연정이 남아 있었다. 그러나 그녀는 그의 행복을 위해 언제나 자신의 마음을 숨기며 지내왔다. 민수는 그런 그녀의 마음을 전혀 알지 못했다.

'민수야, 넌 언제나 내 마음속에 있어. 넌 그런 내 마음 모를 거야. 하지만 너를 실망시키는 일은 안 할 거야. 이게 너에 대한 내 마음이 니까.'

혜빈은 이렇게 생각하며 민수가 자신에게 도움을 요청해주길 바랐다. 그에 대한 자신의 마음을 그렇게 해서라도 보여주고 싶었던 것이다. 아니, 그렇게 하는 것이 그에 대한 자신의 사랑법이라 믿고 싶었다.

둘은 와인을 두 병이나 비우고 나서야 자리에서 일어나 밖으로 나왔다. 밖으로 나오면서 혜빈이 잠시 휘청거렸다. 민수는 순간적으로 두 팔로 그녀를 부둥켜안았다.

"혜빈아, 괜찮아?"

"으응, 고마워."

혜빈은 몸을 곧추세우며 말했다. 민수는 그녀를 차에 태웠다. 그리고 대리기사에게 말했다.

"기사님, 잘 좀 부탁합니다."

"네, 염려 마십시오."

"민수야, 너도 조심해서 잘 가."

"그래, 다음에 보자."

민수는 혜빈과 헤어져 집으로 향했다. 집으로 가면서 그는 생각했다. 혜빈이 도움을 주겠다는 걸 극구 사양한 것에 대한 아쉬움도 있었지만 잘했다고 생각했다. 자신이 먼저 찾아가 도움을 요청해야 할 판에 도움을 주겠다고 찾아온 혜빈을 그대로 돌려보낸 것은 인서에 대한 그의 마음 때문이었다. 아무리 친한 친구라 해도 그녀에게 도움을 받는다는 것은 인서에 대한 도리가 아니라고 생각한 것이다.

집 앞에 도착한 민수는 시동을 끈 채 20여 분을 그대로 있었다. 이런저런 생각에 잠겨 있던 민수는 철저하게 연극을 하기로 했다. 인서와 아이들을 미리부터 걱정하게 하고 싶지 않았다. 차에서 내린 민수는 차고지에서 집으로 통하는 계단으로 올라가 현관 앞에 도착했다. 그는 아무렇지도 않은 얼굴로 벨을 눌렀다.

"아빠 왔다!"

인서가 문을 열자 민수는 크게 소리쳤다.

"술 마셨어?"

"응. 와인 좀 마셨어."

"자기 요즘 술이 잦네."

"그랬나?"

"무슨 일 있는 건 아니지?"

"그럼, 무슨 일 있으면 자기한테 말했지."

"아무 일 없으면 됐어."

인서는 민수의 옷을 받아 들고 안방으로 들어갔다.

"아빠 오셨어요?"

"그래. 아들딸 오늘도 잘 지냈어?"

"네, 아빠."

아이들은 민수의 양쪽 팔을 잡고 소파로 갔다. 민수는 유리를 번쩍 안고 말했다.

"아빠 딸, 조금만 더 있으면 시집보내도 되겠네."

"나 시집 안 갈 거예요."

"시집 안 가면 누구랑 살려고?"

"엄마, 아빠랑 살지."

"다 큰 어른이 엄마, 아빠랑 살면 남들이 흉볼 텐데."

"흉보라지 뭐. 난 엄마, 아빠가 제일 좋아."

"그래? 그럼 할 수 없지. 엄마, 아빠랑 언제까지나 살지 뭐."

민수는 이렇게 말하며 서너 바퀴를 빙글빙글 돌다 유리를 내려놓고 음악을 틀었다.

"자, 꼬마 아가씨, 아빠랑 춤 한번 추실까요?"

민수는 유리를 안고 빙글빙글 춤을 추었다.

"아유, 샘나. 누구는 아빠랑 춤추고."

"엄마, 샘나면 오빠랑 춤추면 되잖아요."

유리가 혀를 내밀고 말했다.

"아참, 그렇지. 아들, 우리도 춤추자."

"아이, 엄마. 저 춤 못 쳐요."

유빈이는 방으로 들어가려고 했지만 인서는 얼른 유빈이 팔을 붙잡고 거실 중앙으로 끌고 와서는 춤을 추었다.

"자, 엄마가 하는 대로 따라하면 돼."

유빈의 엉거주춤하는 우스꽝스런 모습에 민수도 인서도 유리도 큰 소리로 웃었다.

'아, 이 달콤한 행복, 이 행복이 깨지면 안 돼. 어떻게 해서라도 반

드시 막아야 한다. 반드시.'

민수의 마음속엔 오직 가족의 행복만이 자리 잡고 있었다. 흥겨운 시간이 끝나고 모두들 잠이 들었다. 불 꺼진 거실 소파에 앉아 있는 민수의 숨소리만 허공을 맴돌 뿐이었다. 민수는 오늘 밤도 잠을 이루지 못해 거실로 나왔다.

그는 가만히 자리에서 일어나 유리 방으로 갔다. 세상모르게 자고 있는 유리를 보자 갑자기 울컥하며 눈물이 났다. '저 어린 딸에게 상처를 주지 말아야 할 텐데' 하는 생각이 그의 가슴을 뭉클하게 했다. 유리는 유빈이만은 못하지만 공부도 잘하고 피아노도 잘 쳤다. 특히 글쓰기를 잘해 백일장에서 상을 받는 등 애교만점의 재간둥이다. 민수는 흐르는 눈물을 훔치고 나서 유리 볼에 뽀뽀를 했다.

그리고 이번엔 유빈이 방으로 갔다. 유빈은 언제나 전교 1등이었다. 공부뿐만 아니라 노래와 피아노 연주는 물론 운동도 잘하는 그야말로 팔방미인이다. 거기다 동생 유리를 잘 보살펴주고, 한 번도 부모 속을 썩인 일이 없는 속 깊은 아이다. 민수는 흐트러진 이불을 가지런히 덮어주고는 거실로 나왔다.

어둠에 잠긴 도시의 밤거리를 내려다보며 민수는 이 행복이 깨지지 않기를 간절히 빌었다. 그는 새벽 3시가 막 지나서야 방으로 들어가 가까스로 잠이 들었다.

다음 날도 그다음 날도 민수는 돈을 구하러 여기저기 찾아다녔다. 닷새 만에 선배에게 해줄 2억을 가까스로 마련했다. 민수는 돈이 마런되자마자 즉시 선배에게 전화를 걸었다.

"선배, 계좌번호 좀 알려줘. 덕분에 어려운 고비 잘 넘겼어, 고마워."

"고맙긴. 당연한 걸 갖고."

"선배, 조만간에 내가 크게 한턱 쏠게."

"하하, 그래? 기대하지."

"선배, 좀 이따 확인해봐."

"그래. 급한 일 있으면 주저하지 말고 연락해."

"알았어. 선배, 조만간에 연락할게."

민수는 전화를 끊고 여직원을 불러 종이에 적힌 계좌로 입금을 하라고 말했다. 그의 입에서 안도의 한숨이 흘러나왔다. 잠시 후 그는 도래되는 어음 결제 일자를 다시 한 번 꼼꼼히 확인했다. 한 달 안으로 10억을 결제해야 한다. 거기다 집을 담보로 받은 이번 달 대출금을 갚아야 한다. 순간 민수의 얼굴에 근심의 그늘이 드리워졌다. 그는 입술을 질끈 깨물고는 자리에서 일어나 밖으로 나갔다. 민수는 자금 확보를 위해 친분이 두터운 거래처를 직접 찾아다니며 대금 결제를 부탁하는 한편, 자신이 도움을 준 적이 있는 동종 업체 대표들을 만나 돈을 부탁했다. 그렇게 해서 돌아오는 어음을 7억이나 막았다.

그런데 생각지도 못한 일이 터지고 말았다. 말레이시아와 싱가포르, 대만 등에 수출한 물품에 문제가 생긴 것이다. 민수는 나머지 어음은 수출 대금을 받으면 해결할 생각이었는데 물거품이 되고 말았다. 당장 큰일이었다. 그의 속은 새까맣게 타들어갔다. 그렇다고 넋놓고 앉아 있을 수도 없었다.

민수는 건축 설계사무소를 하는 친구에게 전화를 걸어 잠시 후에 들르겠다고 한 후 회사를 나섰다. 친구를 만나러 가는 그의 가슴속에선 서늘한 바람이 쉼 없이 불어댔다. 민수는 "휴우!" 하고 깊은 심호흡을 하며 가슴이 뜨끔거리는지 왼손으로 가슴을 쓸어내렸다. 20여 분 후에 친구 사무실에 도착한 민수가 문을 열고 들어가자 기다리고 있던 친구가 반기며 맞았다.

"어서 와!"

친구는 손을 내밀어 민수의 손을 덥석 잡았다.

"그동안 잘 지냈어?"

민수는 웃으며 자리에 앉았다.

"나야 잘 지내지. 친구들 중에 제일 잘나가는 넌 어때?"

"나도 잘 지내지. 근데 친구들 중에 제일 잘나가다니……."

"넌 우리들 중에 퍼스트 아니냐?"

친구가 엄지손가락을 세우며 말했다.

"그렇게 생각해주니 나야 고맙지. 그럴 자격도 없는데 말이야."

"겸손해 하긴. 너무 그러지 마. 그것도 오만이야."

친구는 이렇게 말하며 껄껄 웃었다.

"그래, 그렇다고 해두자."

민수도 빙그레 웃었다.

"근데 어디 안 좋아?"

"왜?"

"지난번 만났을 때보다 얼굴이 안 좋네……."

"요즘 여기저기 다녔더니 피로가 누적됐나 봐.".

친구의 물음에 민수는 둘러대며 말했다.

"적당히 해. 그러다 몸 상하면 어쩌려고. 우리도 건강을 생각할 나이 아니냐."

"그래. 건강 생각할 나이지. 넌 어때?"

"나야, 건강하지. 난 원체 타고난 강골이잖아."

친구는 어깨를 으쓱해 보이며 말했다.

"건축설계 일은 어때?"

"요즘 건축경기가 불경기다 보니 건축설계사 해먹기도 힘들어. 그럭저럭 해나가고 있어. 참, 하고 싶은 말이 뭔지 해봐."

"……."

민수는 경기가 불황이라는 친구의 말에 돈 얘기를 한다는 게 어쩐지 내키지 않아 잠시 망설였다. 그러자 친구는 어서 말을 하라며 재촉하듯 말했다.

"무슨 얘긴데 그래. 너랑 나 사이에 못할 말이 뭐냐?"

"상혁아, 돈이 좀 필요해서 그런데……."

민수는 말을 다 잇지 못하고 끊었다.

"얼마나?"

"해 줄 수 있다면 얼마나 해 줄 수 있어?"

"한 5천만 원."

"그, 그래……."

5천만 원이라는 친구의 말에 민수는 기대감이 와르르 무너지는 기분이었다.

"상혁아, 미안한데 안 들은 걸로 해줘."

"많이 필요한가 보구나. 지난 달에 동생 사업 자금으로 3억이나 보태주느라 은행 잔고가 빈약해. 어쩌지? 도움이 못 돼서……."

상혁은 미안한 표정을 지었다.

"아냐, 신경 쓰지 마."

"근데, 회사에 무슨 일 있어?"

"작년 초에 공장 시설을 늘리느라 은행 돈을 좀 많이 썼어. 그런데 다 얼마 전에 갑자기 수출에 문제가 생겼어. 그러다 보니 운영자금이 좀 달려서."

"그랬구나. 해결 방법은 있는 거야?"

"지금 어느 정도는 자금이 확보돼 있어서 조금만 더 마련하면 돼."

민수는 둘러대며 말했다.

"그럼, 내가 한번 알아볼까?"

"아냐, 그러지 마."

"너 어려울 때 보탬이 못 돼서 미안하다."

"네 말만으로도 충분히 고맙다. 저, 상혁아, 내가 돈 얘기한 것 비밀로 해줘. 안 그러면 친구들이 마음 불편해 할 거야."

"그래 알았어. 나가서 한잔 할래?"

"아냐, 가볼 데가 있어. 일 해결하고 나서 조만간 한잔 하자."

"그래, 그럼."

민수는 그와 헤어져 밖으로 나왔다. 막막했다. 사실은 이 친구한테 기대를 많이 했었다. 그는 항상 현금 몇 억은 갖고 있었다. 그런데 계획이 수포로 돌아가고 만 것이다. 앞으로 일주일 사이에 3억을 마련해야 한다. 그렇지 않으면 부도 처리되고 만다.

앞으로 이틀 남았다. 다행히도 몇몇 거래처에서 대금 결제를 해주어 1억을 마련할 수 있었다. 이틀 동안 2억을 마련해야 하는데 지금으로서는 별 뾰족한 수가 없다. 하루가 숨가쁘게 지나갔다. 이제 내일이면 모든 것이 끝이다.

민수는 몇 번을 혜빈에게 전화를 걸까 하다 그만두었다. 도저히 해서는 안 될 것 같다는 생각에서였다. 그가 주저하는 사이 최종의 순간이 다가왔다. 결국 민수는 어음 결제를 하지 못해 부도 처리되고 말았다.

◆　◆　◆

괴로움에 젖어 고통스러워하던 민수는 집에 전화를 걸려고 휴대폰을 꺼냈다. 휴대폰은 어느새 배터리가 방전되어 있었다. 그는 근처에 있는 공중전화 부스로 가서 전화를 걸었다. 집에서 걱정하고 있을 가족들을 생각하니 도저히 견딜 수가 없었다.

"여보세요?"

인서의 목소리를 듣는 순간 민수의 가슴이 미어졌다. 미안했다. 너무도 미안해서 미처 대답하지 못하고 주춤거렸다.

"자기?"

"……."

"자기 맞지?"

인서는 민수라는 것을 직감적으로 알고는 다그치듯 말했다. 하지만 민수는 대답할 수가 없었다. 목구멍이 꽉 막힌 것처럼 소리를 낼 수가 없었던 것이다. 그가 침을 삼키고 말을 하려는데 인서가 재차 말했다.

"자기야! 왜 말이 없어?"

그녀의 목소리엔 걱정스러움이 진하게 배어났다. 혹시라도 그에게 무슨 일이라도 있을까 하여 속이 까맣게 타들어가는 것만 같았다.

"미안해……."

민수는 착 가라앉은 목소리로 말했다.

"자기 지금 어디야? 내가 얼마나 전화를 했는지 알아?"

인서는 울먹이며 말했다.

"미안해. 정말, 미안해……."

민수는 울먹이며 미안하다는 말만 되풀이했다. 그는 인서와 아이들에게 미안해서 견딜 수가 없었다.

"자기야! 얼른 집으로 와. 응?"

인서는 그에게 무슨 일이라도 생길까 싶어 어서 집으로 오라고 재촉했다.

"여기 강릉이야……."

"강릉? 강릉 어디?"

"걱정하지 마. 마음 가라앉는 대로 갈게……."

"자기, 혹시라도…….."

"걱정하지 마……. 나 믿지?"

민수는 전화를 끊고 나서 나무에 기대 참았던 눈물을 흘리고야 말았다. 인서와 아이들에게 실망을 안겨 준 것을 생각하니 못 견디게 마음이 아팠다.

'유리, 유빈아, 아빠가 너희에게 너무 못할 짓을 한 것 같아 마음이 너무 아프단다……. 내가 너희들을 어떻게 바라봐야 할지 생각만 해도 견딜 수가 없구나……. 너희들에게 너무 미안하다.'

아이들을 생각하며 민수는 견딜 수 없이 마음 아파했다. 그들의 소중한 미래를 빼앗은 것만 같아 죽고 싶을 만큼 괴로웠다. 민수는 날이 훤히 밝아오도록 바닷가를 서성이다가, 차 안에 있기를 반복하며 괴로워했다.

인서 또한 민수와의 전화를 끊고 잠을 이루지 못했다. 그가 혹시나 나쁜 마음이라도 먹을까 봐 조바심이 나서 도저히 견딜 수가 없었다. 물론 인서는 그가 가족에게나 스스로에게 무책임한 사람이 아니라는 걸 잘 알지만 사안이 사안인 만큼 걱정을 안 할 수가 없었다. 자리에서 일어난 인서는 아이들 방으로 가서 잠자는 아이들을 번갈아 바라보았다. 아무것도 모르고 자는 아이들을 바라보자 가슴 아래서 뜨거운 것이 치솟아 오르며 코끝이 찡하게 아려 오더니 눈물이 쏟아졌다.

"대체, 이 일을 어떡하면 좋아……. 제발 이 고비를 무사히 잘 넘겨야 할 텐데……. 만일 그러지 못한다면, 우리는 이제 어떡해야 하나……. 아, 미칠 것만 같아……."

인서는 흐르는 눈물을 닦지도 않은 채 한참을 서 있었다. 어둠 속에 묻혀 있는 자신이 마치 살아있는 인형처럼 느껴졌다. 그저 눈물만 흘릴 뿐 아무것도 할 수 없는, 숨만 쉬는 존재 같았다.

한동안 괴로워하던 인서는 주방으로 가서 와인을 따라 마셨다. 한 병을 다 비웠는데도 여전히 머리는 맑았다. 인서는 소파에 푹 파묻혀 눈을 감고 억지로 잠을 청했다. 하지만 점점 더 멀뚱거릴 뿐이었다. 그러는 사이 아침이 밝아왔다. 뜬눈으로 밤을 지새운 인서는 아이들이 일어나기 전에 눈물로 얼룩진 얼굴을 말끔히 씻었다. 그리고 아무 일도 없었던 것처럼 쌀을 씻어 안치고 아이들을 깨웠다.

"엄마, 안녕히 주무셨어요?"

"응. 우리 딸도 잘 잤어?"

"네, 엄마."

"자, 어서 세수해야지."

"네."

유리는 대답과 동시에 자리에서 일어나 이불을 가지런히 하고는 욕실로 갔다. 이번에는 유빈이를 깨웠다.

"아들, 일어나야지."

"엄마, 안녕히 주무셨어요?"

"그래, 우리 아들도 잘 잤고?"

"네."

"자, 어서 일어나 씻고 밥 먹어야지."

"네, 엄마."

유빈이는 자리에서 벌떡 일어나 안방에 있는 욕실로 가서 세수를 했다. 인서는 아이들을 바라보며 제발 아이들을 위해 아무 일도 없게 해달라고 간절히 기도했다.

욕실에서 나온 유리는 아침 준비를 하는 엄마에게 가서 말했다.

"엄마, 아빠는요?"

"강릉에 가셨어."

"강릉? 그럼 우리 콘도에요?"

"응."

인서는 유리 말에 둘러대며 말했다.

"그러면 우리도 데리고 가지."

유리는 아쉽다는 듯이 말했다.

"아빠 놀러 가신 거 아냐."

"그럼, 무슨 일로 가셨는데요?"

"일 때문에 가셨어. 그렇지 않으면 당연히 우리랑 같이 갔지."

"하긴 그래. 아빠는 언제나 가족과 함께 가는 걸 좋아하시니까."

유리는 제법 어른스럽게 말했다.

그러는 동안 유빈이도 단정히 한 채 식탁 앞에 앉았다. 인서는 서둘러 아침을 차렸다.

"자, 어서들 먹자."

"잘 먹겠습니다."

아이들은 큰 소리로 말했다.

"아빠는요?"

이번에는 유빈이가 이리저리 둘러보며 말했다.

"아빠는 일 때문에 강릉에 계셔. 어서 먹어."

아이들은 어제 일은 잊은 듯 엄마가 차려준 음식을 맛있게 먹었다. 인서는 맛있게 먹는 아이들을 보자 가슴 한구석이 싸늘하게 아려왔다. 앞으로 일이 잘못되면 아이들에게 당장 타격이 가해질 거라 생각하니 정신이 아득해졌던 것이다.

"엄마는 왜 안 드세요?"

그녀가 멍하니 있자 또다시 유빈이가 말했다.

"엄마는 이따 먹을 거야. 신경 쓰지 말고 어서 먹어."

인서는 아이들의 숟가락에 생선을 발라 올려주었다. 그러는 동안에도 그녀는 지금의 행복이 깨지지 않기를 간절히 바랐다.

"엄마, 너무 속상해하지 마세요. 아빠가 다 알아서 할 거예요."

아침을 먹고 학교에 가기 위해 가방을 멘 유리가 어른스럽게 말했다.

"그래. 걱정 말고 학교 잘 다녀와."

아이들을 학교에 보내고 난 인서는 어지럼증을 느끼곤 자리에 누웠다. 전혀 생각지도 못한, 너무도 갑작스런 일로 충격을 받은 데다 한숨도 자지 못해 그녀의 몸과 마음은 지칠 대로 지쳐 있었다. 인서는 잠시라도 눈을 붙여 보려고 했지만 마음이 편치 않아서인지 머리만 아플 뿐이었다. 자리에서 일어난 인서는 거실로 나가 우황청심환을 꺼내 먹었다. 방으로 들어온 그녀는 다시 침대에 누웠다. 그러고는 눈을 감고 잠을 청했다.

얼마가 지났을까, 인서는 가까스로 잠이 들었고 집 안은 쥐 죽은 듯이 고요했다. 지쳐 잠든 그녀의 숨소리만 들릴 뿐이었다. 인서의 얼굴엔 피로가 덕지덕지 달라붙어 그녀를 짓눌러댔다. 한참 동안이나 주검 같은 고요가 이어졌다.

고요를 깨고 인서가 자리에서 일어난 것은 요란한 현관 벨소리 때문이었다. 그녀가 비틀거리며 현관문을 열자 친정 엄마와 여동생 은서가 놀란 얼굴로 서 있었다.

"엄마, 무슨 일이에요? 연락도 없이……."

인서는 도리어 놀란 표정으로 물었다.

"무슨 일 있니?"

"일은 무슨…… 없어요."

"유빈이가 학교에서 전화를 했더구나. 엄마가 속이 아파 아침도 못 먹었다고……."

"그래요? 속이 좀 편치 않아서……."

"속이 많이 안 좋은가 봐. 언니 안색이 안 좋은데."

은서가 이리저리 살피며 말했다.

"아냐. 조금 거북할 뿐이야."

인서는 이렇게 말하며 엷게 미소 지었다.

"조 서방은 강릉에 갔다며?"

친정 엄마가 소파에 앉으며 말했다.

"네."

"강릉은 왜?"

"일이 좀 있어서요."

인서는 태연하게 말했다.

"언니, 솔직하게 말해봐. 무슨 일 있는 거 아냐?"

은서는 뭔가 평소와 다른 분위기를 느꼈는지 대뜸 이렇게 물었다.

"없어."

"없긴. 대체 저 빨간 딱지들은 뭐야?"

은서는 빨간 딱지가 다닥다닥 붙어 있는 걸 보고는 어서 말하라고 재촉했다. 은서의 다그치는 말에도 인서는 아무 말도 하지 않았다. 인서는 고개를 숙인 채 입술을 잘근잘근 깨물 뿐이었다.

"무슨 일 있으면 속으로 끙끙 앓지 말고 말해. 나중에 알게 될 일이라면 굳이 숨길 필요 없어."

엄마는 이렇게 말하며 인서의 두 손을 어루만져 주었다. 엄마의 따뜻한 손길을 느끼자 그녀의 코끝이 찡해지더니 눈에 눈물이 맺혔다. 그 모습을 지켜보는 엄마의 마음도 뭉클했다. 결혼 후 한 번도 보이지 않았던 딸의 모습이었다.

"엄마, 회사에 심각한 문제가 있나 봐요. 어제 법원에서 다녀갔어요."

인서는 최대한 감정을 절제하며 말했지만 그녀의 목소리는 가늘게 떨렸다.

"아니, 대체 무슨 일이 있었기에 그래?"

"그건 나도 잘 몰라."

"언니가 모르면 누가 알아?"

은서는 어이가 없다는 듯이 말했다.

"은서야, 그만해. 누구보다도 마음 아픈 사람은 언니야."

친정 엄마는 여동생에게 더 이상 아무 말 말라며 일침을 놓았다.

"답답해서 그래요."

"너도 그런데 언니는 얼마나 답답하겠니?"

"알았어요. 그만할게요."

은서는 주방으로 가서 치우지 않은 채 그대로 둔 아침상을 치웠다.

"언니, 뭐 해줄까?"

"생각 없어."

"생각 없어도 먹어야 한다. 그러다 건강 해친다. 네가 좋아하는 잣죽 끓어주랴?"

엄마의 말에 인서는 더 이상 거부할 수 없어 고개를 끄덕였다.

"자, 이제 그만 울거라. 조 서방이 오면 무슨 방법이 있겠지."

주방으로 간 엄마는 잣을 꺼내 죽을 끓였다. 속이 상한 건 마찬가지지만 딸 앞에서 내색하지 않을 뿐이었다. 잠시 후 친정 엄마는 죽을 담아 인서에게 내밀었다.

"입맛이 없더라도 어서 먹고 기운 차려야지."

"죄송해요, 엄마."

"죄송하긴. 살다 보면 이런저런 일이 있기 마련이지."

친정 엄마는 이렇게 말하며 숟가락을 쥐어주었다. 숟가락을 받아든 인서는 죽을 떠 입에 넣었다. 입안이 깔깔해 목구멍으로 넘기기가 쉽지 않았지만 끓여주신 엄마를 생각해 간신히 목구멍으로 넘겼다. 잣죽을 좋아해 자주 해 먹는 인서지만 상황이 상황이다 보니 아무런 맛도 느끼지 못했다.

인서는 찬물을 따라 들이켰다. 찬물이 속으로 들어가자 정신이 번쩍 났다. 그녀는 마음을 굳게 먹어야겠다고 생각했다. 앞으로 일이 어떻게 될지 모르는 상황에서 나약한 모습을 보인다는 것은 자신에게도 아이들에게도 결코 바람직하지 않다고 여긴 것이다. 목을 축이고 마음을 강하게 먹어서인지 조금 전과는 다르게 잣죽을 먹을 수 있었다.

인서가 잣죽을 먹는 동안 친정 엄마는 마치 어린아이를 바라보듯 측은한 눈으로 그녀를 바라보았다. 인서는 잣죽 한 공기를 다 비웠다. 잣죽을 먹고 나자 처졌던 몸과 마음이 조금 전보다는 한결 나아졌다.

"엄마, 고마워요."

"별소리를 다 하는구나."

"언니, 무슨 일인지는 몰라도 마음 약해지면 안 돼."

"그래. 네 말대로 할게."

인서의 대답에 친정 엄마와 은서는 안심이 되는지 안도하는 표정을 지었고, 한 시간 정도 더 있다가 집으로 갔다.

인서는 자리에서 일어나 세수를 하고 나서 아이들에게 줄 간식을 만들었다. 그녀는 간식을 먹으며 행복해할 아이들의 모습에 약한 엄마의 모습을 보이지 말아야겠다고 다짐했다.

학교에서 돌아온 아이들은 아침과는 다른 엄마의 모습에 밝은 표정을 지었다. 인서는 아이들과 간식을 먹으며 민수가 오기를 기다렸다. 그러나 그는 밤 10시가 되어도 오지 않았다.

인서는 '아빠가 왜 오지 않느냐'는 아이들의 물음에 내일은 올 거라며 안심을 시켰다. 아이들은 그녀의 말에 안도하는 표정으로 잠이 들었다.

인서는 민수에게 전화를 할까 말까 고민하다가 그만두었다. 민수가 올 때까지 그냥 기다리기로 했다. 그 또한 마음이 편치 않을 거라는 생각에 그가 올 때까지 차분히 기다려주는 것이 좋겠다는 생각에서였다.

인서는 음악을 듣다 베란다로 나가 어둠에 잠긴 도시를 바라보았다. 새벽에 바라보는 도시의 풍경은 완전 딴 세상 같았다. 움직이는 거라고는 간간이 지나가는 자동차와 어쩌다 지나가는 사람뿐 빌딩들도 아파트들도 어둠에 묻힌 채 잠들어 있었다. 인서는 마치 자신의 의지로는 그 무엇도 할 수 없는 어둠 속에 갇힌 무생물이 된 것 같았다. 그녀의 입에서는 자신도 모르게 깊은 한숨이 새어나왔다. 얼마를 그렇게 서 있었는지 모른다. 한기를 느낀 인서는 그제야 무생물 같았던 얼마 동안의 시간의 울타리를 벗어날 수 있었다. 방으로 들어온 그녀는 침대에 누웠지만 좀처럼 잠들지 못하다 겨우겨우 잠이 들었다.

민수는 인서와 통화를 한 지 이틀 만에 초췌한 모습으로 돌아왔다. 그의 모습을 바라보는 그녀의 얼굴엔 불안의 그림자가 번개처럼 스치고 지났다. 그의 모습에서 절망의 끝자락을 보는 것 같았기 때문이다.

"미안해. 걱정하게 해서……."

민수는 차마 인서를 똑바로 볼 수 없어 눈을 마주치지 않은 채 말했다. 인서는 아무 말도 할 수 없었다. 말없이 그를 바라보다 안방으로 들어갔다.

"아, 아빠!"

유리는 처음 보는 초췌한 아빠의 모습에 놀란 얼굴로 말했다. 항상 깔끔하고 단정한 모습만 보았기 때문에 놀란 빛이 역력했다. 유빈이도 마찬가지였다. 그저 놀란 얼굴로 그를 바라볼 뿐이었다.

"유리야, 유빈아, 미안해."

민수는 이렇게 말하며 아이들의 머리를 쓰다듬어주고는 서재로 들어갔다. 인서는 그가 안방으로 따라 들어올 줄 알았는데 서재로 들어가자 순간 화가 치밀어 올랐다. 그가 먼저 일의 경위에 대해 말할 줄 알았다. 그런데 자신의 생각이 빗나가자 어이가 없었다.

안방에서 나온 인서는 서재로 들어갔다. 민수는 의자에 몸을 기댄 채 눈을 감고 있었다. 그동안 신경 쓰느라 잠을 제대로 자지 못해 그의 얼굴은 살이 빠지고 탄력을 잃어 푸석푸석했다. 그런 민수를 바라보는 인서의 가슴이 시큰거렸다. 하지만 연민에 사로잡히면 제대로 물어볼 수 없다는 생각에 냉정하게 마음을 고쳐먹었다.

"무슨 일인지 말 좀 해."

"……."

민수가 아무런 말이 없자 인서는 목소리를 높여 말했다.

"뭐해? 말 좀 하자는데……."

"미안하지만, 나중에 하면 안 될까?"

"누구 속 터져 죽는 꼴 보려고 작정했어? 어떻게 그렇게 태연하게 말할 수 있어……. 내 속이 지금 어떤 줄이나 알아?"

인서는 답답한 자신의 마음을 몰라주는 그의 말에 화가 나서 견딜 수가 없었다.

"미안해……."

민수는 큰 죄를 지은 사람처럼 작은 목소리로 말했다. 그는 많이 피로해 보였지만 인서는 그런 건 안중에도 없다는 듯이 계속 추궁하듯 말했다.

"미안하단 말만 하면 다 되는 거야? 어떻게 된 일인지 말을 해 보란 말이야. 그래야 내가 덜 답답할 거 아냐!"

인서의 계속된 추궁에 민수는 감았던 눈을 뜨고 몸을 일으켜 세웠다. 순간 현기증이 일어 그가 휘청거렸다. 그는 간신히 책상 모서리를 잡고 몸을 바르게 했다. 인서는 민수의 모습에 약간 당황했지만 모르는 척 외면하며 그가 무슨 말이든 하기를 기다렸다. 민수는 깊은 숨을 몰아쉬었다. 그러고는 입술을 질끈 깨물고 나서 입을 열었다.

"다 말할게. 7개월 전에 박종민이 날 찾아왔었어. 부도 직전인데 이번 일만 막아주면 일이 잘 풀릴 거라며 자기를 살려달라고 간청을 하더라고. 그 친구의 눈빛이 너무도 간절했어. 하지만 나도 어렵다고 말했지. 그런데 자기를 살릴 사람은 나밖에 없다는 거야. 그래서 난 내가 해 줄 수 있는 건 아무것도 없다고 말했어. 그랬더니 절대 실수 안 할 테니 어음을 빌려 달라며 매달리더라고. 더 이상 외면할 수 없어서 6개월짜리 어음을 끊어줬어. 그런데 결제일 하루 전에 은행으로부터 연락을 받고 알아보니 미국으로 가 버렸더라고……. 거기다 대출금과 원재료 대금 결제가 맞물리고, 전혀 뜻하지 않은 수출 문제까지 겹치다 보니……. 미안해…….”

민수는 이렇게 말하고는 고개를 푹 떨구었다.

“회사도 어려운데 자기 친구 살리자고 우리가 이런 고통을 겪어야 돼? 도대체 자기는 어쩜 그렇게 중요한 일을 나하고 한마디 상의도 없이 결정할 수가 있어. 그리고 회사에 어려운 일이 있으면 말해줘야지. 나는 뭐야! 나는 허깨비야?”

인서는 열이 올라 마구 퍼부어댔다.

“…….”

민수는 말없이 그대로 있었다.

그때 인서의 언성에 놀란 아이들이 서재로 들어왔다.

“엄마, 무슨 일이에요?”

유빈이 놀라서 말했다. 그도 그럴 것이 지금껏 엄마, 아빠가 언성을 높여 싸우는 것을 한 번도 본 적이 없는 아이들이었다. 유리는 유빈이 옆에 찰싹 달라붙어 걱정 가득한 눈길로 바라보았다.

“엄마가 아빠한테 할 말이 있어서 그래. 너희들은 방으로 들어가.”

“엄마, 싸우지 마세요.”

“미안해. 하지만 꼭 해야 할 말이거든. 그러니 어서 방으로 들어가.”

인서는 이렇게 말하며 들어가라고 눈짓을 했다. 아이들은 걱정스런 얼굴로 서재를 나갔다. 아이들이 나가자 인서가 말했다.

"어서 말해봐."

"상의를 하려고 몇 번을 망설였는지 몰라."

"그런데 왜 상의를 안 했어?"

"자기, 걱정하게 할까봐."

"걱정할까봐 안 했다고? 걱정할 줄 알면 어음을 빌려주지 말았어야지."

"……."

"왜 말을 못해?"

"잘 될 줄 알았어. 그럴 친구도 아니고."

"그것부터가 잘못된 거라고. 아무리 친구라지만 어떻게 어음을 빌려줘. 그 봐, 결국은 믿었던 친구한테 배신을 당했잖아. 나를 아내라고 생각했다면 그럴 수는 없어."

"미안해."

"미안해, 미안해! 그 미안하단 말 좀 하지 마!"

"……."

"이건, 날 완전히 무시한 거야."

"내가 어떻게 자기를 무시해. 정말 걱정할까봐 그랬어."

"그런 말하지 마. 자기가 한 행동은 누구한테 물어보더라도 날 완전 무시한 거니까."

"……."

"내게 상의만 했더라도 이런 배신감은 안 들었을 거야."

그랬다. 그녀는 완전히 배신당한 기분이었다.

"배신이 아니야. 믿어줘."

"뭘 믿어줘. 이건 완전 배신인데……."

"……."

인서가 너무 강경하게 나오자 민수는 더 이상 어떤 말도 할 수 없었다. 더 말해봐야 그녀의 성질만 돋울 것 같았다.

"앞으로 우린 어떻게 되는 거야?"

인서는 숨 쉴 틈도 없이 민수를 몰아세웠다. 하지만 그는 깊은 한숨만 내쉴 뿐 아무 말도 하지 못했다.

"아니, 왜 말을 못하는 거야? 뭐라고 말 좀 해봐. 답답해서 나 쓰러지는 거 보려고 작정했어?"

인서는 금방이라도 쓰러질 것 같은 표정으로 말했다. 그러자 민수는 등 떠밀리는 사람처럼 풀죽은 목소리로 말했다.

"수습해 보는 데까지 해 볼 테니 날 믿고 기다려줘. 부탁이야……."

"기다리면 무슨 뾰족한 수가 있는 거야?"

"수습하는 데까진 해 봐야지……. 답답하겠지만 조금만 기다려줘."

민수는 애원하듯 말했다. 그의 눈빛이 그것을 말해주었다. 인서는 자신이 무시당했다는 생각에 온몸이 부들부들 떨렸지만 그를 믿어보기로 했다. 그녀는 최대한 감정을 절제하며 말했다.

"…… 제발, 꼭 그렇게 해. 자기한텐 우리가 있다는 거 잊지 마."

"그렇게 말해줘서 고마워……."

"……."

인서는 말없이 서재를 나갔다.

민수는 깊은 숨을 몰아쉬며 천장을 올려다보았다. 그의 가슴엔 오직 가족들 걱정으로 가득 차 있었지만, 인서는 너무 화가 난 나머지 그런 그의 마음을 헤아려 줄 생각은 하지 못했다.

다음 날 민수는 은행으로 갔다. 어떻게 해서든 방법을 찾아볼 참이었다.

"안녕하세요?"

"어서 오세요, 조 사장님. 이리로 앉으세요."

지점장이 자리를 권했다.

"감사합니다."

민수는 자리에 앉으며 말했다.

"저, 유감스럽게도 그만……."

지점장이 어색한 표정을 지으며 말했다.

"아, 아닙니다. 모든 것이 제 불찰입니다."

"그렇게 말씀해 주시니 더더욱 송구합니다."

지점장은 가압류한 것에 대한 자신의 불편한 심정을 말했다. 그러나 그로서도 어쩔 수 없는 일이라는 걸 잘 아는 민수는 어떻게든 난관을 극복해 보려는 의지를 강하게 어필해보임으로써 그에게 도움을 청할 요량이었다.

"지점장님, 부탁이 있습니다."

"부탁이요?"

"네."

"말씀해 보세요."

"어떻게든 최선을 다하겠습니다. 제가 이 문제를 해결할 수 있도록 도와주십시오."

"저 혹시 따로 생각하시는 방도라도 있으신지요?"

"딱히 방법은 없습니다만, 시간을 좀 주시면 해결방법을 찾아보겠습니다."

"좋습니다. 상부와 의논해서 연락드리겠습니다."

"감사합니다. 저, 그럼 이만……."

민수는 자리에서 일어났다.

"네. 그럼 안녕히 가십시오."

밖으로 나온 민수의 가슴은 착잡했다. 회사도 압류가 되어 직원들은 모두 회사를 떠나고 말았다. 다만 총무부장과 과장이 뒤처리를 위해 회사를 지키고 있을 뿐이었다.

민수는 미리 약속을 해둔 지인을 만나러 갔다.

◆　◆　◆

그 시각 인서는 친정 엄마와 이야기를 하고 있었다. 민수가 왔다는 말을 듣고 그녀의 어머니가 집으로 온 것이다.

"그래, 조 서방이 뭐래?"

"회사가 어려운 가운데 친구에게 어음을 빌려줬대요. 그런데 그 친구가 그이가 빌려준 어음을 자신이 거래하는 회사에 결제대금으로 사용하고, 몰래 미국으로 갔대요."

"회사도 어려운데 친구한테 어음을 빌려주다니, 매사에 분명한 조 서방이 어쩌다 그랬대?"

"왜, 엄마도 알잖아. 그이 친구 박종민이라고."

"뚱뚱하고 인사성 밝은 친구?"

"네."

"그 사람 회사가 잘된다고 했잖아. 전에 듣기로는 그랬던 것 같은데……."

친정 엄마는 고개를 갸웃거리며 말했다.

"근데 작년에 회사를 확장하느라 무리를 했나 봐요."

"그런 일이 있었구나. 그런데 조 서방은 그걸 알고도 어음을 빌려줬다는 거야?"

인서는 대답 대신 고개를 끄덕였다.

"원 사람도. 아무리 친구도 중요하지만 본인도 어려운데 어음을 빌려주다니……. 못된 사람 같으니라고 자신을 도와준 친구를 곤경에 빠지게 해놓고 저 살자고 도망을 가? 아주 고약한 사람이네."

친정 엄마는 이렇게 말하며 분노했다. 믿는 도끼에 발등 찍힌다고 완전 그 짝이었으니, 화가 나는 건 당연했다. 더구나 자신이 애지중지하는 딸이 그 일로 고통받는다고 생각하니 더욱 화가 났다.

"엄마, 죄송해요. 신경 쓰이게 해드려서……."

"괜찮다. 그런데 조 서방은 무슨 대책이 있대?"

"그동안 혼자 여기저기 알아봤나 봐요."

"그런데……."

"근데 일이 잘 안됐나 봐요."

"그래, 당장 갚아야 할 게 얼마나 된대."

"지금 당장 막아야 할 돈이 15억이나 된대요."

"15억이나?"

친정 엄마는 15억이라는 말에 놀란 입을 다물지 못했다.

"그러니 보통 문제가 아니지요."

인서는 힘없이 말했다.

"지금 얼마나 융통할 수 있대?"

"그동안 어음을 결제하는 데만 7억이 들었대요. 또 회사를 확장하느라 집을 담보로 대출받은 대출금을 다달이 갚아 왔으니 별로 준비가 안 된 눈치예요."

"그럼, 우리 집이라도 팔아야지."

"엄마 집을 팔다니, 말도 안 돼요."

"급하면 급한 대로 해야지. 어쩌겠니."

"그 집 판다고 해도 10억도 안 될 텐데……."

"십시일반이라고 하다 보면 무슨 방도가 있겠지."

"엄마 말씀은 고맙지만 그건 절대 안 돼요. 그 집은 아버지의 손때가 묻은 집이고, 엄마가 살 집이에요."

인서는 펄쩍 뛰었다. 그 집은 아버지가 교편생활을 하며 마련한 집이었다. 그 집에서 인서와 동생 은서가 태어났고 성장했다. 그녀에게 있어 그 집은 집 이상의 가치를 지닌 그야말로 금쪽같은 것이었다. 그녀의 아버지는 교직을 평생 소명처럼 여긴 교육자답게 청렴결백하여 많은 사람들과 제자들에게 존경을 한 몸에 받았다. 그런데 교장으로 정년퇴직을 하고 2년 뒤 갑작스럽게 세상을 떠나셨다.

친정 엄마는 매월 나오는 연금으로 생활하여 넉넉한 편은 아니지만 언제나 교직자의 아내답게 품위를 잃지 않았다. 장녀인 인서가 어렵게 되자 애지중지하는 집을 내놓겠다고 한 것이다.

"그러니 어쩌겠니. 우선 네가 살고 봐야지."

"절대 그렇게는 못해요. 두 번 다시 그런 말씀 하지 마세요."

인서는 딱 잘라 말했다. 그녀의 완고한 말에 친정 엄마는 더 이상 아무 말도 할 수 없었다.

"어쩌다 너한테 이런 일이 다 생겼다니. 조 서방도 너도 누구한테 해코지 한 일도 없고, 가난하고 어려운 사람들한테도 참 잘 했는데……."

"……."

엄마는 이렇게 말하며 인서의 등을 어루만졌다. 언제나 착하기만 했고, 남편과 아이들을 위해 최선을 다한 딸인데, 너무도 갑작스럽게 어려운 일이 닥치고 보니 마음이 아파 견딜 수가 없었다. 그래서 앞뒤 생각할 겨를도 없이 집도 팔아서 보태주고 싶었는데 딸이 저리도 완강하니 어쩔 도리가 없었다.

"엄마, 그이가 해결해본다고 나갔으니 잘될 거예요. 그러니 너무 걱정하지 마세요."

인서는 엄마의 야윈 두 손을 꼭 잡고 말했다.

"그래, 잘 해결해야지. 이 가여운 것, 요 며칠 사이 얼굴이 반쪽이 됐구나. 냉장고에 보니 네가 좋아하는 아귀가 있던데 아귀찜 해줄게."

"네, 엄마. 오랜만에 엄마가 해주시는 아귀찜 먹고 싶어요."

"그래, 누워서 잠시만 기다려라. 내 얼른 해주마."

친정 엄마는 인서의 볼을 어루만지며 말하고는 자리에서 일어났다. 그녀는 엄마를 말리지 않았다. 잠시라도 엄마의 마음을 편하게 해드리고 싶었다.

'정말 무슨 방법이 있는 걸까. 이대로 무너진다면…… 우리는 어떻게 되는 거지……. 그건 말도 안 되는 일이야. 생각만으로도 끔찍해.'

인서는 두 손으로 머리를 감싸 쥐고는 옅은 신음을 쏟아냈다.

민수는 몇몇 지인들을 만나봤지만 시원한 답변을 듣지 못했다. 다만 두 사람이 각각 2억과 1억을 해주겠다고 약속했을 뿐이다.

거리는 봄기운이 완연했고, 사람들 옷차림에도 봄이 왔다. 하지만 민수의 마음은 한없이 추웠다. 그는 어깨를 약간 움츠린 채 걸었다. 얼마쯤 걷던 그가 고속버스터미널로 가기 위해 지하철역으로 갔다. 항상 차를 갖고 다녔던 터라 지하철은 익숙지 않았다. 지하철을 이용하는 사람들이 그렇게 많은지 처음 알았다.

민수는 전동차에 올랐다. 전동차는 순식간에 어둠을 뚫고 달렸다. 그런데 갑자기 숨통이 막혀 왔다. 마치 폐쇄된 공간에 있는 듯 불안감이 밀려왔던 것이다. 민수는 최대한 손잡이를 꽉 잡았다. 그렇지 않으면 어둠속으로 빨려 들어갈 것만 같았다. 그의 두 다리에도 힘이 잔뜩 들어갔다. 그의 얼굴엔 땀이 송골송골 맺히고, 등에선 식은땀이 흘러내렸다. 그는 눈을 꼭 감았다. 20여 분 후 고속버스터미널역에 도착했다.

민수는 사람들에게 떠밀려 밖으로 나와 깊은 숨을 토해냈다. 잠시 동안 심호흡을 하고 난 그는 매표소로 가서 원주행 표를 끊었다. 원주에는 그의 어머니가 계신다. 공무원이셨던 아버지는 그가 고등학교 2학년 때 돌아가셨고, 아버지가 남겨준 것은 대지 76평에 건평 28평인 2층짜리 집과 연금이었다. 이후 어머니는 두 가구에서 받는 월세와 연금으로 그와 여동생 둘을 먹이고 입히고 가르쳤다.

민수가 의료기기 벤처사업을 시작하고 회사가 잘되자 그의 어머니는 무척 기뻐하셨다. 그는 넓은 집을 마련하고 나서 어머니를 모시려고 했지만, 서로가 편히 살자며 극구 반대하시는 바람에 어머니를 모시지 못해 늘 마음에 짐을 지고 있는 것 같았다. 게다가 일이 워낙 바쁘다 보니 명절 때나 어머니 생신 때 찾아뵙는 게 고작이었다. 그래도 어머니는 섭섭해하지 않으셨다. 항상 그를 자랑스럽게 여겼다.

언제나 자신을 대견스러워 하는 어머니가 갑자기 못 견디게 보고 싶었다. 풍전등화와 같은 시기에 어머니를 뵈러 간다는 것이 죄를 짓는 기분이었지만 어머니가 너무도 보고 싶은 마음에 무작정 표를 끊어 버스에 올랐다.

원주 어머니 집

고속버스는 서울 시내를 벗어나자 속도를 높였다. 차창 밖으로 내다보이는 산에도 봄기운이 물씬 풍겨났다. 들판 여기저기에는 농부들이 허리를 굽혀 무언가를 하고 있는데 그 모습이 마치 밀레의 만종을 연상케 했다. 일에 쫓겨 바쁘게 다닐 땐 몰랐는데 버스에 몸을 싣고 차창 밖을 바라보니 모든 것이 달라 보였다. 그동안 소중한 것을 놓치고 살아온 기분이 들었다.

민수는 누구보다도 열심히 살았다. 대학을 마치고 2년 동안 대기업에서 일을 배우고 자신의 꿈을 위해 벤처사업을 시작했을 때 그는 자신감에 불탔다. 2년 동안 모은 돈과 어머니가 마련해 준 돈으로 작은 사무실을 얻었다. 그때 직원이라고는 그와 두 명의 후배가 고작이었지만 무척 행복했다. 그 작은 공간이 자신의 꿈을 실현해줄 드림랜드라고 여긴 것이다. 그는 밤을 새우기 일쑤였다. 그래도 힘든 줄 몰랐다. 후배들도 열심히 일했고 일하는 즐거움에 푹 빠져 지냈다. 그러는 동안 인서와 결혼을 했고, 고등학교 국어교사였던 그녀는 결혼 후에도 계속 학교에서 아이들을 가르쳤다. 사업이 번창하면서 그녀는 두 아이를 키우고 남편을 돕기 위해 학교를 그만두었다.

민수의 회사는 임직원이 50여 명이나 되는 탄탄한 중소기업으로 자리 잡았고, 성공한 젊은 벤처기업가로 각 신문사마다 기사화되었다. 이뿐만 아니라 대통령 표창 등 여러 상을 받았다. 그러나 지금의 그는 끈 떨어진 연과 같은 처지로 전락했다.

민수는 지난 시절이 마치 꿈을 꾼 것만 같았다. 그가 지난 시절 추억에 잠겨 있는 동안 버스는 원주 고속버스터미널에 도착했다. 버스에서 내린 민수는 과일바구니를 사들고 택시를 탔다. 택시를 탄 지 10여 분 후 어머니 집에 도착했다.

대문 벨을 누르는 그의 손이 바르르 떨렸다.

"누구세요?"

어머니였다. 순간 그의 목구멍을 타고 슬픔이 밀려왔다. 그는 헛기침을 하고는 대답했다.

"저예요, 어머니!"

"아범이라고?"

"네, 어머니."

현관문 열리는 소리와 함께 어머니가 밖으로 나왔다. 어머니를 보자 그의 코끝이 찡하게 저려왔다.

"아이고, 어서 오너라."

어머니는 주름진 손을 내밀어 민수의 손을 잡았다. 어머니의 따뜻한 손길이 느껴지자 그의 가슴은 더욱 뭉클했다.

"어머니, 그동안 안녕하셨어요?"

민수는 약간 잠긴 목소리로 말했다.

"그럼, 나야 잘 지내지. 어서 들어가자."

거실로 들어선 민수는 어머니에게 큰절을 올렸다. 어머니는 그를 지긋한 눈으로 바라보았다. 언제나 자랑거리 아들인 그는 어머니에겐 희망이며 삶의 뿌리였다.

"집에 별일은 없고?"

"네."

"어미도 유리, 유빈이도 건강하지?"

"네, 어머니는 건강 어떠세요?"

"난 건강해."

"죄송해요, 어머니. 자주 찾아뵙지도 못하고."

"죄송하긴, 당최 그런 소리 말거라. 그저 무탈하게 가족 건강하고, 하는 일이 잘되면 감사한 일이지. 무엇을 더 바라겠니."

"어머니, 고맙습니다. 건강하게 잘 지내주셔서……."

민수는 어머니 손을 꼭 잡으며 말했다.

"근데 얼굴이 좀 안돼 보이는구나."

어머니가 걱정스럽게 말했다.

"요즘 일이 바빠서 잠을 못 잤더니 그래요. 아픈 곳은 없으니까 걱정 마세요."

"그래. 늘 건강 잘 챙기거라. 그저 건강이 최고란다."

"네, 어머니……."

"근데 연락도 없이 원주는 무슨 일로……?"

"의료기기 공단에 일이 있어서요. 또 어머니도 뵙고 싶어서……."

"그랬구나. 오늘 올라가야 하니?"

"네. 자고 갔으면 좋겠는데 내일 급히 처리할 일이 있어서요."

"그럼, 저녁을 서둘러야겠구나."

"괜찮아요, 어머니. 그냥 계세요."

"아니다. 잠시만 기다리거라. 내 얼른 저녁 지으마."

어머니는 서둘러 주방으로 가셨다. 민수는 자리에서 일어나 학창 시절 자신의 방으로 갔다. 어머니는 그가 쓰던 책과 기념품 등 그의 손때가 묻은 것은 그 어느 것도 버리지 않고 그대로 두었다.

민수는 이것저것을 만져보며 어머니의 세심함에 감사를 느꼈다. 그는 피아노 앞에 앉았다. 아버지는 피아노를 좋아하는 아들을 위해 당시에도 고가였던 피아노를 사주셨다. 그때 얼마나 기뻤던지 그는 몇 날 며칠을 뛸 듯이 좋아했었다. 아버지는 그런 아들을 보고 매우 흐뭇해 하셨다. 아버지의 얼굴이 피아노 위로 오버랩되었다.

"아버지……."

민수의 입에서는 자신도 모르게 아버지라는 단어를 내뱉었다. 자신이 두 아이의 아버지가 되고 나서 아버지란 이름이 새삼 존경스럽고 자랑스럽다는 걸 느끼곤 했었다.

"아버지, 이럴 때 아버지가 저라면 어떻게 하시겠어요? 아버지, 저에게 힘을 주세요."

민수는 이렇게 중얼거리며 잠시 동안 눈을 감았다. 가슴이 미어지는 것 같아 눈을 뜰 수가 없었다. 그러면 소리 내어 울 것만 같았다. 그는 입술을 깨물고 뭉클한 감정을 억제하며 피아노 뚜껑을 열었다. 하얀 건반과 검은 건반이 그에게 어서 연주해 보라고 속삭이는 것 같았다.

그는 심호흡을 하고 나서 즐겨 치던 사이먼 앤 가펑클의 '험한 세상 다리가 되어'를 천천히 연주하기 시작했다. 그는 기쁜 일이 있을 때나 마음이 울적할 땐 언제나 이 곡을 연주했다. 피아노 반주에 맞춰 노래를 부르고 나면 한결 마음이 가벼워지곤 했다. 말하자면 이 노래는 그의 마음을 씻어주는 청량제와도 같았다. 두 번째 곡으로는 캐리 앤 론이 부른 'I.O.U'를 연주했다. 이 노래는 아내 인서가 좋아하는 곡이다.

"나는 캐리 앤 론이 부른 'I.O.U'가 참 좋아. 이 노래를 듣고 있으면 뭐라고 할까, 마음이 맑게 정화되는 느낌이랄까? 아무튼 그런 느낌을 받곤 해."

그녀가 이 노래를 들으며 그에게 했던 말이다.

"자기가 좋아해서 그런지 나도 이 노래가 참 좋아졌어. 특히 여가수의 흐느끼듯 하는 짙은 음색이 너무 인상적이야."

"그래? 그럼 자주 듣자."

"그래."

그 후 둘은 이 노래를 시간이 날 때마다 차를 마시며 듣고, 때론 배를 깔고 나란히 엎드려 듣기도 하고, 차에 CD를 가지고 다니며 듣기도 했다. 민수는 그때의 기억이 떠오르자 가슴이 아려왔다. 벌써 10여 년의 세월이 흐르고 말았다.

그가 회상에 잠겨있던 사이 어머니께서 부르는 소리가 들렸다.

"아범!"

"네, 어머니."

그가 문을 열고 나갔다.

"시장할 텐데 어서 저녁 먹어."

"네, 어머니. 어머니도 같이 드세요."

"그래. 오늘 저녁은 우리 아들과 한번 먹어보자."

어머니는 이렇게 말하시며 환하게 웃었다.

'어머니!'

민수는 속으로 어머니를 부르며 눈으로는 웃었다.

"자, 이거 한번 먹어봐."

어머니는 그가 좋아하는 더덕무침과 두릅을 그 앞에 놓아주었다.

"네, 어머니. 보기만 해도 군침이 도네요."

"그래? 어서 먹어."

"네, 어머니."

민수는 더덕무침과 두릅을 맛있게 먹었다.

"어머니, 참 맛있어요."

"넉넉하게 했으니 많이 먹어."

어머니는 더덕무침을 집어 그의 밥 위에 얹어 주었다. 그는 마치 어린 시절로 되돌아간 듯했다. 어머니는 아들이 초등학교 때도 그랬고, 중·고등학교 때는 물론 대학에 다닐 때에도 집에 내려오면 가끔씩 그가 좋아하는 반찬을 밥 위에 얹어 주곤 했었다.

"어머니도 어서 드세요."

"그래. 이렇게 아범하고 먹으니 밥맛이 한결 좋구나."

"네, 어머니. 저도 그렇습니다."

어머니와 민수는 환하게 웃었다. 그는 무거운 마음의 짐을 잠시 내려놓고 오랜만에 맛있게 밥을 먹었다. 민수는 저녁 7시가 다 되어 자리에서 일어나 밖으로 나왔다. 그는 어머니의 손을 잡고 말했다.

"어머니, 식사 잘 챙겨 드시고 건강하세요."

"그래, 아범도 건강하고."

"네, 어머니. 그럼 가보겠습니다."

"그래, 근데 차는 어쩌고?"

어머니는 차가 안 보이자 의아한 얼굴로 물었다.

"차에 문제가 생겨서 정비소에 맡겨두었어요."

"그랬구나. 그럼 조심해서 가거라."

"네, 어머니. 안녕히 계세요."

민수는 인사를 하고 골목길을 걸어 나왔다. 그가 골목길 끝에 다다라 뒤를 돌아보자 어머니는 손을 흔들어 주었다. 그도 손을 흔들었다. 순간 그의 눈가에 눈물이 맺혔다. 그는 손등으로 눈물을 닦고 택시를 탈까 고민하다 네온사인으로 빛나는 시내를 걸었다. 고속버스터미널까지 걸어갈 생각이었다.

여기저기서 퇴근한 사람들이 삼삼오오 식당으로 들어가는 모습이 보였다. 젊은 커플들은 팔짱을 낀 채 걸었다. 도시의 저녁은 활기찼다. 그런데 이상하게도 마치 처음 발을 디딘 도시처럼 거리가 낯설게 느껴졌다. 민수는 그 자리에 멈추어 서서 누군가를 찾듯, 이리저리 돌아보았다. 그만큼 그의 마음은 초조함으로 흔들리고 있었던 것이다. 잠시 동안 이리저리 살피던 그는 발걸음을 옮기기 시작했다.

그가 고속버스터미널에 도착했을 때, 시곗바늘이 7시 40분을 가리켰다. 그는 표를 끊어 버스에 올랐다. 일이 잘 해결되기를 바라며 기다리고 있을 인서를 생각하니 마음이 착잡했다. 마치 죄를 지은 기분이었다. 어떻게든 일을 해결해야 한다는 것은 그에게 있어 소명과도 같았다. 자신의 손에 아내 인서와 두 아이의 행복이 달려 있다는 것만큼은 분명한 사실이니까 말이다.

민수는 등을 기댄 채 눈을 감았다. 눈을 감으니 조금은 마음이 안정되는 것 같았다. 잠시 후 고속버스가 서울을 향해 출발했다.

민수가 일을 보고 원주에 들른 동안 인서는 친정 엄마와 시간을 보내며 엄마가 해준 아귀찜을 맛있게 먹었다. 그동안 먹는 둥 마는 둥 하루하루가 가시밭길을 걷는 기분이었는데 자신이 그토록 좋아하는 아귀찜을 먹고 나자 조금은 마음이 가뿐해지는 것 같았다.

"엄마가 해주신 아귀찜을 먹고 나니 기운이 솟는 것 같아요. 고마워요, 엄마."

인서는 엷게 미소를 지으며 말했다.

"맛있게 먹었다니 듣기 좋구나. 절대로 밥 굶지 마라. 건강해야 일이고 뭐든 잘 해낼 수 있단다."

"네, 엄마."

"조 서방 오면 잘 해줘라. 누구보다도 가장 힘든 사람은 조 서방이다."

"네. 엄마, 이제 그만 가보세요. 피곤하실 텐데……."

"그래야겠다. 다 잘될 테니 속 끓이지 마라."

"네, 그럴게요."

"나 가마. 나오지 마라."

인서는 엄마를 배웅했다.

"엄마, 조심히 가세요."

"그래, 어서 들어가."

"네."

인서는 어머니의 모습이 안 보일 때까지 대문 앞에 서 있다가 집으로 들어왔다.

집으로 들어온 인서는 다시 마음이 편치 않았다. 밖에서 동분서주하고 있을 남편 민수를 생각하니 가슴이 따끔거리며 저려왔다. 인서는 불편한 마음을 덜기 위해 음악을 틀었지만 오히려 마음이 더 초조했다. 그녀는 눈을 감고 될 수 있는 한 생각을 안 하기로 했다.

그러는 사이 저녁이 되었고, 저녁을 먹은 유리와 유빈이는 각자의 방으로 들어가 공부를 했다. 인서는 어둠이 안개처럼 내리는 시가지를 굽어보았다. 수많은 차량들의 행렬로 시가지는 휘황찬란한 장관을 연출했다. 인서는 민수에게 전화를 할까 하다 그만두었다.

고속버스를 타고 서울로 오는 내내 민수는 눈을 감고 있었다. 눈을 뜨기가 싫었다. 눈을 뜨는 순간 감당할 수 없는 그 무엇이 자신을 집어삼킬 것만 같았다. 눈을 감고 있는 것이 오히려 편했다. 그는 자신도 모르게 깊은 숨을 토해내곤 했다. 숨을 토해내는 순간 응어리진 그 무엇이 밖으로 빠져나오는 것 같았기 때문이다. 그는 버스가 강남터미널에 도착하고 나서야 눈을 떴다.

버스에서 내린 민수는 집으로 가기 위해 지하철역으로 갔다. 지하철역에는 많은 사람들로 붐볐다. 잠시 후 전동차가 도착하고 사람들이 내리자 민수는 전동차에 올랐다. '이 많은 사람들이 모두 하루 일과를 마치고 사랑하는 가족이 있는 집으로 가겠지'라고 생각하니 새삼 가족이란 의미가 새롭게 그의 가슴에 각인되었다.

전동차는 흑암 같은 지하철로를 바람처럼 달려갔다. 그리고 30여 분 후 그가 내릴 역에 도착했다. 지하철역을 나온 민수는 빠르게 걸어 집으로 향했다. 갑자기 인서와 아이들이 보고 싶어졌다. 그는 정신없이 걸어가다 집으로 향하는 언덕길에 이르자 걸음을 늦추었다. 일이 해결되지 않은 걸 알면 많이 실망할 인서를 생각하는 것만으로도 마음이 무거웠던 것이다.

민수는 되도록 천천히 걸어갔다. 인서를 마주 대할 자신이 없었다. 아니 좀 더 솔직히 표현한다면 그녀가 실망하는 모습이 두려웠다. 그는 사랑하는 그녀가 실망하는 모습을 보는 것이 죽기보다 싫었다.

집에 도착한 민수는 곧바로 들어가지 못하고 한참을 서 있다가 벨을 눌렀다. 이내 대문이 열렸다. 집으로 들어서는 그의 다리가 휘청거렸다. 그는 마음을 가다듬고 심호흡을 한 뒤 현관문을 열었다.

"아빠, 오셨어요?"

"그래, 오늘도 즐겁게 지냈어?"

"네."

유리와 유빈이는 인사를 했지만 아이들 얼굴에서는 웃음기가 사라졌다. 그런 아이들을 바라보는 그의 마음은 편치 않았다. 언제나 밝고 아빠라면 끔찍이도 좋아했는데, 법원에서 다녀간 이후 아이들의 모습에서는 불안감이 역력했다.

"어서 씻고 나와. 저녁 차려 놓을게."

"먹었어."

"먹었다고?"

주방으로 향하던 인서가 되물었다.

"응."

민수는 이렇게 말하며 방으로 들어가 옷을 갈아입고 거실로 나왔다. 소파에는 인서 혼자 앉아 있었다. 그녀가 아빠와 할 말이 있다며 아이들을 방으로 들여보낸 것이다.

그가 소파에 앉자 하루 종일 기다리고 있었다는 듯 인서가 말했다.

"오늘 일 잘 봤어?"

"……."

민수가 선뜻 대답하지 못하자 그녀가 재차 말했다.

"왜 일이 잘 안 됐어?"

"응."

그는 작은 소리로 말했다.

"걱정이네……."

인서는 실망한 목소리로 말했다.

"은행에서는 한 달간 시간을 주겠다고 했어."

그가 원주로 내려갈 때 은행으로부터 연락을 받았던 것이다.

"그래? 그럼 일단 한 달이란 시간은 번 셈이네……."

인서의 얼굴에는 방금 전의 실망한 빛이 가시고 안도의 빛이 역력했다. 그러한 그녀의 모습을 보는 민수의 마음은 죽을 만큼 힘들었다. 사랑하는 그녀에게 몹쓸 짓을 하는 것만 같았기 때문이다.

"어떻게든 한 달 내에 해결해야 돼. 무슨 방법은 있는 거야?"

"어떻게든 해봐야지."

"제발, 잘 좀 해결해봐."

"최선을 다할게."

민수는 인서의 말에 최선을 다하겠다며 안심시켰다. 그렇게 하루가 또 지나갔다.

갈등의 숲길에서

다음 날 민수는 일찍이 집을 나섰다. 딱히 약속한 곳은 없었지만 불안해 하는 인서를 위해 서둘러 나온 것이다. 앞으로 한 달이다. 한 달 안에 해결하느냐 못 하느냐에 따라 가족의 미래가 달려 있다.

그는 날마다 이곳저곳을 바쁘게 뛰어다니며 일을 수습하느라 밥도 제대로 먹지 못하고, 잠도 제대로 자지 못해 입술이 부르텄다. 몸은 쌓인 피로로 고통스러웠지만 가족들 앞에선 그 어떤 내색도 하지 않았다.

민수에게 하루하루는 너무도 고통스러웠다. 너무 괴로운 나머지 한강에 몸을 던질까도 생각했지만 가족들이 눈에 밟혔다. 자신이 죽는 것은 두렵지 않았으나 자신이 죽고 나면 상처 입은 마음으로 평생을 살아가야 할 가족을 생각하니 도저히 그럴 수가 없었다. 그는 나쁜 마음이 들 때마다 이를 악물고 참아냈다.

◆ ◆ ◆

이제 은행과 약속한 일자가 3일밖에 남지 않았다. 그동안 확보한 돈은 5억이었다. 아직도 10억이나 모자랐다. 하루하루 있었던 일을 낱낱이 알고 있는 인서의 얼굴에는 절망의 그림자가 깊게 드리워져 있었다. 민수를 대하는 그녀의 태도에는 짜증과 원망으로 가득했다. 한 가닥 남아 있던 희망이 사라진다고 생각하니 불안해서 견딜 수가 없었던 것이다. 민수는 극도의 불안감에 싸여 있는 그녀와 되도록이면 마찰을 피하려고 했다.

더 이상 알아볼 데라고는 없었다. 있다면 단 한 군데, 혜빈뿐이었다. 그녀라면 그의 고통을 단숨에 해결해 줄 수 있을 것이다. 그렇게 되면 아무 일도 없었던 것처럼 원활하게 잘 돌아갈 수 있다.

민수는 혜빈에게 전화를 하려다 그만두길 벌써 여러 차례였다. 그의 머리에서는 두 마음이 서로 격렬하게 다투었다. '당장 전화해. 그녀라면 널 고통에서 건져줄 수 있어'라는 마음과 '안 돼. 그건 인서에 대한 배신이야. 그녀의 도움을 받는 순간 인서에 대한 너의 마음은 순수함을 벗어나게 될 거야'라는 마음이 서로 밀고 당기를 거듭했다.

그의 입에서는 탄식이 흘러나왔다. 혜빈에게 SOS만 치면 당장이라도 해결될 텐데, 그렇게 하지 못하는 데서 오는 고통 때문이었다. 한참을 고통 속에 신음하던 그는 자신도 모르게 혜빈의 회사 쪽으로 발길이 향했다. 막상 혜빈의 회사 근처에 이르고 보니 마음이 내키지 않았다. 그는 망설이다 되돌아왔다. 그러다가 또다시 그녀의 회사로 향했다. 그리고 다시 되돌아오기를 여러 차례 반복했다.

민수의 머리에서는 두 마음이 계속 다투었다.

'바보 같이, 지금 네가 사느냐 죽느냐 하는 기로에 서 있어. 너보다도 더 사랑하는 인서와 아이들을 생각해봐. 일이 잘못되면 무슨 얼굴로 가족을 바라볼 거야. 널 도와주겠다는 혜빈이가 있는데 무슨 걱정이야. 지금 당장 전화해서 부탁해. 그러면 그녀가 단박에 해결해 줄 거야. 망설이고 해 봐야 무슨 뾰족한 수가 있어? 시간 낭비하지 말고, 속 끓이지 말고 어서 전화해. 어서 전화하라고!'

한쪽 마음은 계속 그녀에게 전화를 걸라고 재촉했다. 하지만 한편에서는 그의 마음을 잡아당겼다.

'네가 혜빈의 도움을 받을 수 있을지는 몰라도, 그 순간부터 너는 이제껏 인서에게 지켜왔던 순수한 마음을 더럽히게 될 거야. 그건 네가 사랑하는 인서에 대한 배신이야. 그래놓고 아무렇지도 않게 그녀를 바라볼 수 있겠어? 아냐, 넌 절대로 바라볼 수 없어. 그건 가식에 불과할 테니까. 진정한 사랑을 위한다면 우정을 팔아서는 안 돼. 그건 자칫 불행을 초래할 수도 있어. 그래도 좋아? 그렇다면 지금 당장 전화해. 하지만 혜빈의 도움을 받는 순간부터 넌 늘 자책하며 살게 될 거야. 내 말 명심해.'

민수는 이러지도 저러지도 못하고 한동안 괴로워했다. 그러면서 또 하루가 지나가고 말았다. 이제 이틀 남았다.

다음 날 민수는 꽤 이른 시간에 집에서 나왔다. 그 어떤 해결책도 없었지만 집에서는 있을 수 없었다. 인서에게 끝까지 최선을 다한다는 모습을 보여주고 싶었다. 또 그래야만 하는 것이 가장의 도리이자 의무이기 때문이다. 그는 조금 전 은행으로부터 내일까지 변제를 못하면 바로 법적조치를 취하겠다는 최후의 통보를 받았다. 민수는 다시 한 번 생각했다. 그의 생각은 '이대로 주저앉느냐, 아니면 혜빈의 도움을 받느냐'에 초점이 맞춰져 있었다. 그날도 두 마음이 계속 다투는 가운데 하루를 보냈다.

마지막 날 아침, 인서는 그가 나가는데도 꿈쩍도 하지 않았다. 그녀로서도 포기한 것 같다는 생각에 민수의 가슴은 뜨끔거리며 통증이 왔다. 가압류를 당한 이후 집에는 웃음이 사라진 지 이미 오래였다. 얼마 동안은 그를 살갑게 대하던 아이들도 이제는 똑바로 쳐다보지 않으려 했다. 영리한 아이들은 집안 상황을 이미 다 알고 있었던 것이다.

민수는 혜빈의 휴대폰 번호를 누르려다 그만두길 일곱 차례나 반복했다. 자신이 없었다. 결국 그는 은행시간 마감을 넘기고 말았다. 그는 인서에 대한 자신의 순수함을 지키는 쪽을 택한 것이다.

◆　◆　◆

민수의 뼈를 깎는 노력에도 불구하고 결국 회사도 집도 채권단에게 넘어가고 말았다. 또 가압류되었던 가재도구와 값나가는 물건들이 모두 넘어갔다. 그의 가족은 언덕배기에 있는 방 두 개짜리 월세 집으로 쫓기듯 옮겨갔다.

"결국 이렇게 끝나고 말았네."

월세 집으로 이사를 한 인서는 이렇게 말하며 소리 내어 흐느꼈다. 아이들의 눈에서도 눈물이 흘러내렸다. 그 모습을 지켜봐야만 하는 민수의 눈에서도 콩알보다도 굵은 눈물이 흘러내렸다. 어느 누구도 말하지 않았다. 그냥 흐느껴 울었다. 그날은 민수에게 있어 마치 지옥과도 같은 날이었다.

날이 갈수록 인서와 아이들의 불평불만은 더해만 갔다. 모든 것이 낯설고 불편했다. 편한 것에 길들여진 가족에게는 한마디로 죽을 맛이었다. 모두가 구닥다리에다가 한 번도 보지 못했던 것들이어서 당황스럽기까지 했다.

"이런 집에서 어떻게 살란 말이야! 뭔가 대책을 세워야 할 거 아냐? 우리에게 이런 고통을 주고 어떻게 자기는 태연할 수 있는 거야? 뭐라고 속 시원히 말 좀 해봐."

"……."

"꿀 먹은 벙어리야? 왜 말을 못해!"

너무나도 속이 상한 인서는 민수를 볼 때마다 타박하며 비난을 퍼부었다. 하지만 그는 아무 말도 하지 않았다. 이렇게 된 모든 것을 자기 탓으로 여길 뿐이었다. 그에 대한 원망은 여기서 끝나지 않았다.

"아빠, 창피해서 학교 가기 싫어요."

유리는 학교에 가지 않겠다고 울며 떼를 썼다.

"저도 유리하고 같은 생각이에요."

유빈이도 창피하다며 민수의 마음을 아프게 했다.

아이들을 바라보는 그의 눈가에 이슬이 맺혔다. 가슴이 천 갈래 만 갈래 찢어지듯 아프고 저렸다. 사랑하는 아이들의 눈에서 눈물을 흘리게 한 자신이 죽도록 미웠다.

하루가 일주일 같이 더디게만 흘러갔다. 하루하루가 가시방석에 앉아 있는 듯 괴로웠다. 날이 갈수록 가족의 불평은 점점 심해져갔다. 그는 아무런 말도 하지 못한 채 묵묵히 가족들의 비난을 받아들였다. 그의 가슴은 쓰리고 아팠다. 어디다 마음 둘 곳이 없었다. 그는 가족에 대한 죄책감으로 모든 비난을 감수하며, 오히려 가족들을 염려하고 걱정했다. 그는 한시도 마음이 편할 날이 없었다.

민수의 눈물

민수의 마음은 한겨울 날씨만큼이나 추웠다. 그를 이해하고 위로
해 주는 가족이 한 사람도 없다 보니 너무 외로웠다.

'내 목숨을 내주어도 하나도 아까울 것이 없는 소중한 가족인
데…… 그런데 이렇게밖에 될 수 없다니…….'

그의 눈에서는 푹 꺼진 볼을 타고 뜨거운 눈물이 주르르 흘러내
렸다.

인서와 아이들은 지금의 현실을 인정하지 않았다. 잘살던 때를 그
리워하며 그 시절로 되돌아가고픈 마음만 그들의 가슴에 붙박여 있
었다. 민수는 그런 와중에도 재기의 길을 찾아보려고 밤낮으로 뛰어
다녔다. 하지만 자신의 바람대로 일이 풀리지 않자 점점 자신감을
잃어갔다.

그러던 어느 날 아침 외출을 하는 그에게 인서가 말했다.

"오늘 밖에서 좀 봐."

"무슨 일인데 밖에서 보자는 거야?"

"그럴 일이 있어. 이따 2시에 밀레니엄에서 봐."

그녀는 민수를 쳐다보지도 않고 말했다.

"알았어."

밖으로 나온 민수는 일을 제대로 보지 못했다. 아니, 볼 수가 없었다. 생각이 온통 그녀에게 가 있었다. 부도가 나고 두 달이 넘도록 둘은 같이 외출은커녕 다정하게 이야기 한번 나눈 적이 없었다. 너무도 삭막한 시간의 울타리에 갇혀 있던 민수는 인서와의 약속 장소로 가는 내내 어쩌면 오늘 일을 계기로 닫혔던 그녀의 마음이 열릴지도 모른다는 기대감에 부풀었다.

약속 장소에는 인서가 먼저 나와 있었다.

"먼저 와 있었네."

민수는 엷게 미소 지으며 말했다.

"……."

그의 말에 인서는 아무런 대꾸도 하지 않았다.

잠시 주검 같은 침묵이 흘렀다. 민수는 무슨 말을 하려다 그만두었다. 인서가 먼저 말하기를 기다렸다. 잠시 창밖을 바라보던 그녀가 입을 열었다.

"그동안 많은 생각을 해봤지만, 더는 자기랑 한 집에서 살 자신이 없어."

"그게 무슨 말이야?"

민수는 놀란 얼굴로 말했다. 그녀의 말이 마치 예리한 화살처럼 그의 가슴에 박혔다.

"내 말 무슨 뜻인지 모르겠어?"

인서는 이렇게 말하며 그를 똑바로 쳐다보았다.

"……."

민수는 아무런 말도 할 수 없었다. 그녀의 말이 무엇을 의미하는지 짐작할 수 있었기 때문이다.

"왜 말이 없어. 내가 말해줘?"

인서는 비웃음 가득한 표정으로 그를 노려보며 말했다.

"……."

민수는 고개를 숙인 채 침묵으로 일관했다.

"우리 이혼해."

인서가 말했다. 그 말을 듣고 민수는 하얗게 질린 표정으로 그녀를 바라보았다. 마치 무언가에 된통 얻어맞은 기분이었다. 잠시 동안 멍하게 있던 그가 더듬거리며 간신히 입을 열었다.

"지, 지금, 이혼이라고 했어?"

"그래, 이혼."

인서는 그와는 전혀 다른 표정으로 당당하게 이혼을 요구했다. 그녀에 반해 그의 모습은 눈물겹도록 초라하고 작아 보였다.

"꼭 그렇게 해야겠어?"

"응."

민수는 순간 할 말을 잃고, 애꿎은 찻잔만 만지작거렸다. 그녀가 이혼하자는 말에 뭐라고 할 말이 없었다.

"왜, 이혼하자니까 겁나?"

"……."

인서의 계속된 말에도 그는 여전히 고개를 숙인 채 찻잔을 만지작
거렸다. 잠시 침묵이 강물처럼 흘러갔다. 그는 여전히 똑같은 행동
을 반복하면서 할 말을 찾고 있는 눈치다. 그의 그런 모습을 차가운
표정으로 바라보던 인서는 더는 참을 수 없다는 듯이 신경질적인
반응을 보이며 큰 소리로 말했다.

"아이, 답답해. 뭐라고 말 좀 해봐!"

"……."

그녀의 성화에도 민수는 여전히 말이 없었다.

"정말 말 안 할 거야?"

민수가 계속 입을 다물고 있자 인서는 큰 소리로 말했다. 그 바람
에 카페에 있던 사람들의 눈길이 동시에 민수에게로 쏠렸다. 순간
그의 등에서는 식은땀이 흘러내렸다. 그는 최대한 마음을 가라앉히
고 말했다.

"이혼이라니, 그게 무슨 말이야?"

"왜, 내가 못할 말이라도 했어?"

"그게 말이 되는 소리야!"

민수는 방금 전과는 달리 약간 높은 목소리로 말했다.

"왜 말이 안 돼? 자기는 우리와 같이 살 자격이 없어."

"그 말 진심이야?"

"그래, 진심이야!"

"……."

민수는 인서의 말에 하늘이 무너져 내리는 듯한 충격을 받았다. 자신이 그토록 사랑하는 여자로부터 진심으로 이혼하자는 말을 들으니 자신이 비참하게 느껴졌던 것이다. 그는 더 이상 그 자리에 앉아 있을 수가 없어 자리를 박차고 나오고 싶었다. 하지만 꾹 참았다. 자신이 그냥 나와 버리면 자존심 강한 그녀가 받을 마음의 충격을 생각하니 도저히 그럴 수가 없었다.

"난 더 이상 자기하고 한 집에서 얼굴 맞대고 살 자신이 없어."

"내가 일부러 부도낸 것도 아닌데……."

"그걸 말이라고 해? 자기는 나를 완전히 바보로 만들었잖아."

"내가 말을 안 한 건 지난번에도 말했지만 내 잘못이야. 하지만 자기를 무시하려고 한 건 절대 아니야."

"그 어떤 말을 해도 나로서는 그렇게밖에 생각이 안 들어. 난 자기한테 완전히 허깨비였으니까."

"그 점에 대해 다시 한 번 사과할게. 정말 미안해."

민수는 힘없이 말했다. 어떻게든 그녀의 굳은 마음을 되돌리고 싶었다. 아니, 반드시 되돌려야만 했다. 자신이 생각해도 그녀가 그런 마음을 갖고 있다면 한 집에서 얼굴을 대한다는 것은 서로에게 불편한 일이기 때문이다.

"난 자기를 용서할 수 없어."

인서는 여전히 차가운 얼굴로 말했다. 15년을 함께 살았지만 이 순간만큼은 그 오랜 세월의 부부애는 찾아볼 수 없었다. 그의 입에서는 "아!" 하는 탄식이 절로 나왔다. 민수는 최대한 마음을 가다듬고 말했다.

"자기 마음 충분히 이해해. 나라면 더 했을 거야."

"내 마음 돌리려고 마음에도 없는 말하지 마."

"진심으로 하는 말이야."

"더 이상 다른 말하지 마. 그럼 나 이대로 나가버릴 거야. 내가 밖으로 나가는 순간 자기와는 끝이야. 내 이성이 나를 지탱하고 있을 때 내가 원하는 대로 해줘. 만일 그렇지 않는다면 나중에도 자기와는 그 어떤 말도 하지 않겠어."

"조금만 참고 기다려 줘……. 그러면 내가 반드시 재기하도록 할게."

"재기? 어느 세월에……. 내 마음은 이미 굳혀졌어. 아무리 자기가 뭐라고 해도 내 마음은 절대 흔들리지 않아."

인서는 작심한 듯 말했다. 그녀의 말을 들으며 이건 그냥 화가 나서 하는 말이 아니라는 걸 느낀 민수의 얼굴에는 말할 수 없는 슬픔과 절망의 빛이 가득했다. 그의 모습은 차마 눈 뜨고는 볼 수 없을 만큼 눈물겨웠다. 가까스로 마음을 추스른 그가 입을 열었다.

"우린 그렇다 쳐. 그럼 애들은 어떡하고?"

"애들은 내가 맡을게. 자기는 애들 양육비만 대주면 돼."

"그건 애들한테 돌이킬 수 없는 상처만 주게 된다고. 왜 그런 생각은 못하는 거야?"

"그건 걱정하지 않아도 돼."

"어떻게 걱정하지 않을 수 있어."

"우리 애들 아직은 어리지만 생각하는 건 어른 이상이야. 그러니 그런 걱정은 하지 마. 애들도 원하는 일이고……."

"애들이 그걸 원한다고?"

"그래. 유리도 유빈이도 아빠가 창피해서 싫대."

"정말, 애들이 그랬단 말이야?"

"그럼, 내가 없는 말하는 줄 알아?"

민수는 서러움에 목이 메어 아무런 말도 하지 못했다. 그의 표정은 힘없이 일그러졌다. 그러한 그의 모습은 처음이었다. 한참 동안이나 그는 괴로워했다. 그의 모습을 바라보고 있던 인서는 재촉하며 말했다.

"그러니까 우리 이혼해."

"……."

"혹시라도 안 한다고 하진 않겠지?"

"……."

"이러면 이럴수록 자기만 비참해져. 우린 이미 자기를 원하지 않으니까."

"내가 원하지 않는다면……."

민수는 착 가라앉은 목소리로 말했다.

"그럼, 법정에서 만나는 수밖에……."

"법정? 꼭, 그래야만 하겠어?"

"응. 지금 내 목적은 이혼이니까."

끈질긴 인서의 요구에 민수는 한없는 절망감에 사로잡혔다. 그러지 않아도 힘들고 괴로운 나날인데, 가족마저 자신을 버린다고 생각하니 모든 걸 포기하고 싶었다. 너무나 확고한 인서의 모습에 기가 질린 민수는 포기하듯 말했다.

"생각할 시간을 줘……."

"그런다고 달라지는 건 없어."

"알아. 그렇지만 나에게도 생각할 시간을 줘야 하잖아."

"그러고 싶지 않아."

"부탁해. 오래가진 않을 거야……."

그는 사정하며 말했다. 잠시 생각에 잠겨있던 인서가 말했다.

"좋아. 그럼 이렇게 해."

"어떻게?"

"자기가 따로 나가 살아."

"별거하자고?"

"어차피 이혼할 건데 그 편이 낫지 않겠어?"

"그렇게까지 해야 해?"

"응. 난 한시도 자기와 마주하고 싶지 않아. 자기만 보면 속에서 불이 나 미칠 지경이라고. 정말 나 미치는 거 보고 싶어?"

인서는 마치 자신의 요구를 듣지 않는다면 당장이라도 어떻게 할 것 같은 표정이었다. 그러나 민수는 간절하게 말했다.

"다시 한 번 생각해 봐. 그 길만이 최선인지……."

"또 생각해 보라고? 그러고 싶지 않아."

"그래도 한 번만 더 생각해보면 안 될까?"

"그런 일은 절대 없어! 그러니 미련을 버리는 편이 좋을 거야."

단호하고 냉혹한 그녀의 말에 민수는 풀죽은 목소리로 말했다.

"알았어. 자기가 원하는 대로 할게……."

그는 인서의 끈질긴 요구에 결국 굴복하고 말았다. 그리고 사흘 후 쫓겨나듯 집을 나왔다.

물 위를 걷는 남자

민수가 집을 나갈 때 아이들은 아무 말도 하지 않았다. 그는 짐을 옮기면서 한 마디 언짢은 말도 하지 않았다. 그저 아이들에게 미안하다는 말만 되풀이했다.

"아빠가 너희들 마음을 너무 아프게 했어. 정말 미안하다."

민수의 눈언저리가 발갛게 부풀어 올랐다. 아이들은 그런 아빠의 모습에도 결코 눈물을 보이지 않았다. 그는 아이들의 모습에서 자신에 대한 미움이 너무도 크다는 걸 느꼈다. 짐을 차에 다 실은 뒤에도 그는 곧바로 떠나지 못하고 한동안 아이들이 있는 방을 바라보았다.

민수에게는 모든 것이 낯설었다. 여태껏 인서가 해주는 따뜻한 밥을 먹고, 깨끗이 빨아서 손질해준 옷을 입어 왔던 그는 당장에 그 일부터 해결해야 했다. 빨래는 세탁기가 해준다고 해도 밥은 자신이 직접 해 먹어야 하는데 그에겐 여간 힘든 일이 아니었다. 반찬을 할 줄 몰랐던 그는 마트에서 반찬을 사다 먹었지만 입맛에 맞지 않다 보니 굶는 날이 더 많았다. 그의 몸은 점점 야위어갔다.

민수는 하루하루가 물 위를 걷는 기분이었다. 그만큼 그의 마음은 편치 않았다. 그의 마음속에는 오직 가족뿐이었다.

민수는 휴대폰 번호를 바꾸었다. 혹시라도 친구들을 비롯해 자신을 아는 사람들로부터 전화가 올 것을 염려해서다. 그는 다시 재기하기 전에는 그 어느 누구와도 만나지 않기로 결심했다. 그는 스스로 철저하게 고립되기를 바랐다. 그에게 지나간 일은 과거일 뿐 그 이상도 그 이하도 아니었다. 그는 오직 예전의 행복을 가족들에게 찾아주고 싶은 마음만이 간절했다.

◆　◆　◆

민수가 집을 나온 지도 어느덧 두 달이 되었다. 인서도 아이들도 특별한 일이 아니면 그에게 전화하지 않았다. 아이들이 마음에 걸려 맛있는 것이라도 사주려고 전화하면 아이들은 그와 만나는 것 자체를 피하려고만 했다. 그러는 가운데 인서는 집요하게 이혼을 요구했고, 민수는 자신이 집을 나온 이상 이혼만은 안 된다며 버텼다.

그러던 어느 날 이혼을 결심한 인서가 민수에게 전화를 했다.

"우리 좀 만나."

"무슨 일 있어?"

민수는 그녀의 만나자는 말에 가슴이 철렁 내려앉았다. 혹시라도 또 이혼을 요구하는 게 아닐까 해서였다.

"만나보면 알아."

"그, 그래. 어디로 갈까?"

"내일 12시에 지난번에 만났던 밀레니엄으로 와."

"그래, 그럼 내일 봐."

전화를 끊고 나자 그의 가슴에 불안감이 몰려왔다.

'무슨 일로 만나자는 걸까. 집에 무슨 일이 있나? 혹시 이혼하자고 하는 건 아닐까?'

민수의 머릿속은 복잡하게 얽혀 돌아갔다. 인서의 만나자는 말 한마디에 그의 마음은 사시나무 떨듯 흔들렸던 것이다. 그렇지 않아도 최근까지 전화로 몇 번이나 이혼을 요구받았기 때문이다.

민수는 하던 일도 손에 잡히지 않았다. 마음이 불안해서 견딜 수가 없었다. 그는 집 안에 있는 것이 답답해서 밖으로 나가 한강으로 갔다. 한강 둔치 이쪽 끝에서 저쪽 끝까지 왔다 갔다 하기를 반복했다. 맑고 투명한 7월 초순의 날씨는 여름 날씨답지 않게 신선했지만 불안감에 사로잡힌 그의 마음을 안정시키는 데는 전혀 도움이 되지 않았다. 민수는 자리에 앉아 흐르는 강물을 하염없이 바라보고 또 바라보았다.

'저 강물을 따라 가고 싶다. 나도 강물이 되어 어디든지 흐르고 스며들고 싶다. 하지만 나는 그럴 수 없다. 내가 강물이 되어 어디론가 흘러간다면 인서와 아이들은 어떻게 될까. 나는 강물조차 되어서는 안 되는구나. 아니, 될 수가 없는 존재구나. 나는 가족을 궁지에 몰아넣은 나쁜 남편이자 나쁜 아빠니까. 내가 속죄를 받는 것은 끝까지 버텨 내가 사랑하는 가족들이 잃어버린 웃음과 행복을 찾아 주는 거야. 난 함부로 강물이 되어서는 안 되는 사람이야. 강물도 나를 패배자라고 받아주지 않을 테니까.'

민수가 이런저런 생각에 빠져 있는 동안 어둠이 안개처럼 내렸다. 강 건너편으로 하나둘씩 피어나는 불꽃을 바라보자 따뜻한 집이 그리워졌다. 불 켜진 집은 보기만 해도 그렇게 포근해 보일 수가 없었다. 순간 그의 눈에서 뜨거운 눈물이 주르르 그의 야윈 뺨을 타고 흘러내렸다. 갑자기 북받치는 슬픔에 그의 몸과 마음은 눈물덩어리가 된 것만 같았다. 민수는 두 손으로 입을 틀어막았다. 그렇지 않으면 깊은 슬픔으로 뭉친 울음이 소리가 되어 터져 나올 것만 같았다. 그가 앉아 있는 주변으로는 산책 나온 사람들이 삼삼오오 지나가고 있었다. 민수는 자신의 슬픔을 어느 누구에게도 보이고 싶지 않았다. 그는 깊은 슬픔을 참는다는 것이 얼마나 큰 고역인지를 뼈저리게 절감하며 소리 없이 울었다.

아주 오랜 시간 민수는 꼼짝도 않고 석등처럼 앉아 있었다. 그가 집으로 돌아왔을 때 시간은 이미 자정을 넘기고 있었다. 민수는 저녁을 굶은 채 그대로 침대에 쓰러지고 말았다. 그의 몸은 물에 젖은 솜처럼 축 처졌다. 민수는 죽은 듯이 한동안 꼼짝도 안 했다. 그는 몸과 마음을 가눌 수조차 없을 만큼 지쳐있었다. 새벽 2시가 되었을 때 미동도 없던 그가 비틀거리며 자리에서 일어나다 그대로 다시 쓰러져 잠들었다.

다음 날 민수가 눈을 떴을 땐 10시가 다 되어서였다. 그는 자리에서 일어나다 말고 머리를 짚었다. 어지럼증을 느꼈던 것이다. 민수는 심호흡을 여러 번 한 끝에 몸을 추슬러 세수를 하고 머리를 감았다. 얼마 후 외출 준비를 마쳤지만 인서와의 약속 시간은 1시간이나 남았다. 하지만 민수는 아침도 굶은 채 밀레니엄으로 갔다. 약속 장소에 도착하고 나서도 20분이나 시간이 남았다.

민수의 가슴은 연신 두근거렸다. 그는 마치 바늘방석에 앉아 있는 것 같았다. 그런데다 어제 저녁과 아침을 걸러 현기증이 일었다. 민수는 등받이에 몸을 깊숙이 기댄 채 눈을 감았다. 금방이라도 등받이 속으로 빨려들 것만 같았다. 아무 생각 없이 그대로 잠들고 싶었다. 그러고 있기를 한 10분쯤 지났을 때였다. 그가 감았던 눈을 뜨고 몸을 고쳐 앉았다. 인서에게 자신의 흐트러진 모습을 보이고 싶지 않아서였다.

잠시 후 문을 열고 인서가 들어왔다. 그녀를 직접 보는 것은 두 달 만이었다. 그녀의 아름다운 모습은 여전히 변함이 없었다.

"오랜만이야."

"……"

민수의 말에 인서는 말없이 고개만 끄덕였다.

"점심부터 먹고 얘기할까?"

그가 말했다.

"점심은 됐고, 차 마실게."

"점심때잖아."

"밥 생각 없어."

"그, 그래……."

민수는 인서의 말에 차만 시켰다. 차를 한 모금 마시고 나서 그가 말했다.

"애들은 잘 지내지?"

"응."

"애들한테 너무 못할 짓을 한 것 같아 많이 괴로워……."

"……."

"자기한테도 그렇고……."

"됐어. 그 얘긴 그만해."

"그, 그래."

민수는 인서의 말에 더 이상 말하지 않았다. 두 달 만에 만나는 자리지만 그녀에겐 깊은 앙금이 그대로 남아 있었다.

"내가 만나자고 한 건…… 우리 이혼 문제를 결정짓고 싶어서야."

"이혼?"

민수는 이혼이라는 말에 가슴이 따끔거려 놀란 듯 말했다.

"왜 그렇게 놀라? 처음 듣는 것처럼……."

"지난번에도 말했지만 이혼은 생각한 적이 없어. 그러니 이혼하자는 말만은 하지 마."

"그건 자기 생각이고. 우리 이혼해."

인서는 싸늘한 태도로 말했다.

"제발 부탁할게. 이혼만은 안 돼."

민수의 표정이 일그러졌다.

"내 마음은 이미 자기를 떠난 지 오래야. 더 이상 법적인 부부가 무슨 소용이 있어. 난 호적에서 당장이라도 자기 이름을 파내고 싶어."

"그렇게도 내가 싫어?"

"그래. 질리도록 싫어."

"……."

민수는 인서의 말에 깊은 절망감에 사로잡혔다. 자신이 그녀에게 그토록 증오의 대상이라는 생각에 견딜 수가 없었다. 민수는 마치 최후의 통첩을 받은 패장 같았다. 더 이상 애원하고 무슨 말을 한다고 해도 그녀가 돌이키지 않는다는 걸 처절하리만치 느끼고 또 느꼈다. 그러서도 더 이상 할 말이 없었다. 잠시 동안 무거운 침묵이 흘렀다. 인서는 눈을 떼지 않고 그를 바라보았다.

잠시 후 그녀가 입을 열었다.

"나는 이미 결심을 굳혔으니 더 이상 날 설득한다는 것은 무의미할 뿐이야."

"자기가 원하는 대로 다 할 테니까, 제발 아이들 생각해서 이혼만은 말아줘. 부탁이야."

민수는 간절한 눈빛으로 말했다. 정말이지 이혼만은 피하고 싶었다.

"부탁은 내가 할게. 제발 우리 이혼해."

"이혼만이 최선은 아니잖아."

"자기는 그럴지 모르지만 나에게는 이혼만이 최선이야."

인서는 조금도 틈을 주지 않고 밀어붙였다.

"애들은 어떡하고?"

"애들 걱정은 하지 마. 내가 알아서 할 거야."

"어떻게 걱정이 안 돼?"

"그걸 아는 사람이 집을 이 지경으로 만들어놔? 자기는 나와 아이들에 대해 말할 자격이 없어. 더 이상 아무 말도 하지 마. 그럴수록 자기만 비참해지니까."

인서의 말에 민수는 생각에 잠겼다. 순간 무거운 침묵이 흘렀다. 잠시 생각에 잠겼던 민수가 무겁게 입을 열었다.

"그럼, 내가 애들 만나보고 결정하면 안 될까? 애들이 원하면 그렇게 할게."

"알겠어."

"그럼, 이번 토요일 날 연락할게."

둘은 각기 다른 방향으로 헤어졌다.

인서와 헤어져 집으로 온 민수는 서리 맞은 배추처럼 축 처져 그대로 방에 쓰러졌다. 그의 얼굴에는 깊은 슬픔이 짙은 어둠처럼 번졌다. 마치 희망을 잃은 사람에게서나 볼 수 있는 비통함 그 자체였다. 민수는 엎치락뒤치락거리면서 연신 짙은 한숨을 토해냈다. 한참을 똑같은 행동만 거듭하던 그가 서럽게 흐느끼기 시작했다. 민수의 서러움은 밤새도록 이어지고 또 이어졌다.

◆　◆　◆

"유리, 유빈이 그동안 잘 지냈어?"

"네."

민수의 물음에 유리는 대답하고, 유빈이는 고개만 끄덕였다. 아이들을 바라보는 그의 심정은 말로는 설명할 수 없을 만큼 쓰리고 아팠다. 마치 칼로 심장을 도려내는 것 같이 고통스러웠다. 하지만 그는 이런 자신의 감정을 절제한 채 자애로운 미소를 지으며 말했다.

"너희들이 먹고 싶은 거 주문해."

"안 먹어도 돼요."

유빈이가 말했다.

"그러지 말고 무엇이든 시켜. 저 여기요!"

민수는 이렇게 말하며 직원을 불렀다. 직원이 다가왔다. 아이들은 잠시 주저하다 피자와 아이스크림을 주문했다. 잠시 후 피자와 아이스크림이 나왔다.

"어서 먹어."

민수는 엷은 미소를 지으며 아이들을 바라보았다.

"아빠도 드세요."

유리가 피자를 집어 그에게 건넸다.

"그, 그래. 많이 먹어."

"네."

아이들이 대답은 했지만 전과는 다른 느낌이었다. 아이들의 그런 모습에서 민수는 지독한 비애를 느꼈다. 그는 입술을 질끈 깨물었다. 깊은 슬픔이 목젖을 타고 올라왔다. 민수는 목이 메어 연신 헛기침을 했다. 아이들은 두 조각을 먹고는 더 이상 먹지 않았다.

"왜, 더 먹지."

"많이 먹었어요."

유빈이가 물을 마시고 나서 말했다.

"그럼 포장해 달라고 할 테니 집에 가서 먹어."

민수는 직원을 불러 포장을 부탁했다. 그러고는 아이들을 번갈아 보고 나서 입을 열었다. 하지만 막상 자신의 입으로 말을 하려니 망설여졌다. 가뜩이나 힘든 아이들에게 못할 짓을 하는 것만 같았다. 잠시 머뭇거리던 그가 조심스럽게 말했다.

"아빠가 유리와 유빈이를 힘들게 해서 너무 미안해."

그의 말에 아이들은 고개를 숙인 채 말이 없었다.

"유리야, 유빈아. 아빠가 하는 말에 솔직하게 대답해줄 수 있지?"

"무슨 말인데요?"

유빈이가 말했다.

"아빠가 이런 말해서 너무 미안한데…… 엄마랑 아빠랑……."

민수는 말을 멈췄다. 아이들에게 아빠로서 도무지 할 말이 아니라는 생각이 들었던 것이다.

"저, 아빠가 너희들에게 할 말이 있었는데……. 엄마한테 얘기하는 게 좋겠어."

아이들은 그를 의아하게 바라보았다.

"유리야, 유빈아. 힘들어도 조금만 참아. 아빠가 열심히 일해서 예전처럼 행복하게 해 줄게. 정말 미안해."

민수는 아이들의 머리를 쓰다듬어 주었다. 그의 손이 파르르 떨렸다. 그는 끓어 오르는 슬픔을 가까스로 참고 있었다.

밖으로 나온 민수는 택시를 타고 아이들을 집으로 데려다 주었다. 그리고 기다리고 있던 인서와 집 앞 공원에서 만났다.

"애들한테 말했어?"

"아니. 애들한테 그런 이야기를 한다는 게 너무 마음이 아파서 못했어."

"그럼 어떻게 할 건데?"

인서는 차갑게 말했다.

"자기가 원하는 대로 할게. 애들한테는 자기가 잘 이해시켜줘."

"알겠어. 그럼 내일 10시에 법원에서 만나."

"그, 그래."

민수의 대답이 채 끝나기도 전에 인서는 집으로 향했다. 그는 잠깐 멍하니 서 있다 발길을 돌려 집으로 돌아왔다.

민수는 집을 나온 이후 두 달 동안 하루도 잠을 제대로 잔 적이 없었다. 자다 깨다를 반복하거나 악몽에 시달리곤 했다. 두 달 동안은 그에게 있어 물 위를 걷듯 힘들고 아슬아슬한 시간의 연속이었다. 그런데 이제 정말로 사랑하는 인서와 아이들과 이별을 해야 한다. 그토록 이혼만은 피하고 싶었는데, 운명은 그의 편이 아니었다. 민수는 동이 터오도록 한숨도 자지 못하고 뜬눈으로 밤을 지새웠다. 그는 부석부석한 얼굴을 두 손으로 쓸어내리고는 세수를 했다. 세수를 하고 나서 시간을 보니 9시 20분이었다.

민수는 밖으로 나왔다. 날씨는 우울한 그의 마음과는 달리 너무도 맑고 쾌청했다. 그가 갑자기 비틀거렸다. 불면에 시달리며 식사를 제대로 하지 못해 그의 영양 상태는 최악이었다. 민수는 몸을 곧추 세웠지만 또다시 휘청거렸다. 그는 잠시 벽을 짚고 서 있었다. 차차 몸이 안정되어 그는 법원을 향해 발길을 옮겼다.

그런데 그 순간, 그대로 어디론가 사라져버리고 싶은 마음에 사로잡혔다. '그러면 이혼을 연기할 수도 있을 텐데' 하는 마음에서였다. 몇 번을 거듭 생각하고 생각했지만 자신의 생각과는 달리 그의 발길은 법원 현관을 들어서고 있었다.

이별

민수가 법원 문을 열고 들어가자 인서가 먼저 와 있었다.

"언제 왔어?"

"방금 전에."

이렇게 말하는 인서의 얼굴에는 짙은 그늘이 드리워져 있었다. 그 모습에 민수는 더 이상 말을 할 수 없었다. 그것은 그녀를 괴롭히는 일이 될 거라는 생각에서였다.

많은 사람들이 무언가를 작성하고 있었고, 다른 한쪽에서는 젊은 부부인 듯한 이들이 서로 언성을 높여 싸우다 법원 직원으로부터 제지를 당하기도 했다. 민수는 눈을 감았다. 자신 또한 그 사람들과 별반 다를 게 없다고 생각하니 어디론가 숨어버리고 싶었다. 마치 인생의 낙오자가 된 기분이었다.

"빨리 작성해."

인서가 그의 생각을 깨웠다.

"뭘?"

"이혼 서류."

"……."

"빨리 하고 가. 여기서 빨리 벗어나고 싶어."

인서 또한 민수와 같은 생각이었던 것이다.

"저, 다시 한 번 생각해 보면 안 될까?"

민수가 용기를 내어 말했다.

"뭘?"

인서가 싸늘한 표정으로 말했다.

"꼭 이래야 해?"

민수는 지푸라기라도 잡는 심정으로 말했다.

"더 이상 말하지 마."

싸늘한 인서의 말에 민수는 아무 말도 할 수 없었다. 그는 이혼 서류 양식을 작성했다. 펜을 든 손이 가볍게 경련을 일으켰다. 서류 작성을 마친 그는 법원 직원에게 제출했다. 그리고 자리에 앉아서 판사가 부르길 기다렸다. 인서는 아무런 말도 하지 않았다. 그 또한 묵묵히 앉아 있었다. 20여 분 후 들어오라는 직원의 말에 따라 둘은 판사 앞에 앉았다.

"협의 이혼에 대해 몇 가지 묻겠습니다. 이혼에 대해 이의가 없습니까?"

"네."

인서가 대답했다.

"조민수 님은 왜 대답을 안 하십니까? 다시 한 번 묻겠습니다. 이혼에 대해 이의가 없습니까?"

"네."

민수는 "아닙니다"라고 말하고 싶었지만 마지못해 대답했다.

"아이들은 유인서 님이 양육하기로 했는데 이에 대해 이의가 없습니까?"

"네."

민수가 대답했다.

"지금이라도 화해할 생각은 없습니까?"

"네."

이번에도 인서가 먼저 대답했다.

"조민수 님은요?"

"저도 그렇습니다."

"이로써 협의 이혼이 처리됐습니다. 나가보세요."

판사의 말에 둘은 밖으로 나왔다.

15년간의 결혼생활이 단 2분도 안 되어 남남으로 끝났다. 민수는 너무도 허무했다. '이게 대체 뭐란 말인가'라는 생각에 가득이나 고통스러운 그의 마음은 더욱 고통으로 일그러졌다. 인서도 고통스럽기는 마찬가지였다. 하지만 그녀는 내색하지 않았다. 이혼은 순전히 자신의 요구에 따른 것이기 때문이다.

둘은 말없이 법원을 나와 묵묵히 걷기만 했다. 부부로 15년간을 함께 했는데 이제 영원히 남남으로 살아야 한다는 생각이 둘의 입을 꼭꼭 다물게 했다.

둘은 택시 승강장에 이르렀다. 그리고 말없이 택시를 타고 구청으로 갔다. 구청에 도착한 그들은 담당자에게 이혼 서류를 제출하고 밖으로 나왔다. 이로써 둘의 관계는 부부에서 남남이 되었다.

"끝까지 자기와 애들을 지켜주지 못해 미안해……. 애들을 위해 열심히 노력할게. 그리고 자기 신장이 안 좋아 늘 걱정스러웠는데, 건강해야 해. 정말 미안해……. 유리, 유빈이 잘 부탁해……."

"애들 걱정은 하지 마."

"그렇게 말해줘서 고마워."

인서는 말없이 그를 바라보았다.

"그럼, 어서 가."

민수가 택시를 잡아주며 말했다. 인서는 말없이 택시에 올랐다.

"잘 가."

민수가 물기 젖은 목소리로 말했다. 인서는 말없이 고개를 끄덕였다. 이내 그녀를 태운 택시가 그의 시야에서 벗어났다.

민수는 그 자리에 서서 움직일 수 없었다. 마치 손에 쥐고 있던 귀중한 것을 놓친 기분이었다. 지금이라도 쫓아가 물리고 싶은 마음이었다. 그는 너무도 허전한 마음에 어찌할 바를 몰랐다. 잠시 동안 안절부절못하던 그는 가까스로 마음을 가다듬고 집으로 발길을 돌렸다. 집 가까이에 이르자 숨이 막혀왔다. 집으로 들어가는 게 마치 죽음의 동굴 속으로 빨려 들어가는 것만 같았다. 그는 방향을 바꿔 고속버스 터미널로 향했다. 터미널로 가는 내내 반은 정신이 나간 사람 같았다.

고속버스 터미널에 도착한 민수는 무작정 강릉 가는 표를 끊어 차에 올랐다. 버스가 출발하고 이천을 지나는데 비가 내리기 시작했다. 그는 고개를 창가로 돌린 채 꿈쩍도 않고 마네킹처럼 앉아 있었다. 그의 볼을 타고 뜨거운 눈물이 흘러내렸다. 민수는 이혼했다는 사실이 실감나지 않았다. 마치 꿈속을 헤매는 표정이었다. 그러다 현실을 깨닫고는 속으로 끊임없이 절규했다.

'내가 어쩌다 이렇게 됐지……. 그토록 열심히 살아왔건만, 내가 무엇을 잘못했기에 가족과 생이별을 해야 한단 말인가……. 내가 이 세상에서 제일 사랑하는 그들이었는데……. 내 목숨을 주고도 바꾸지 않을 나의 핏줄이었는데……. 내 희망은 어디로 간 걸까…….'

민수의 마음은 갈기갈기 찢어지는 듯이 괴로웠다. 그는 회사가 부도난 것이나 믿었던 친구의 배신보다도 가족의 가슴에 평생 씻을 수 없는 아픔을 남겨주었다는 상실감에 더욱 괴로웠다. 그의 얼굴에는 참혹한 절망의 그림자가 주검처럼 맴돌았다.

창밖으로 보이는 산과 들은 여전히 푸르고 아름다운 모습을 하고 있었다. 그러나 그것을 바라보는 민수의 눈에는 눈물이 고여 희뿌옇게 보일 뿐이었다. 버스는 장평을 지나고 있었다. 비는 민수의 깊은 슬픔처럼 더욱 세차게 내렸다. 한 번 흐르기 시작한 눈물은 그의 볼을 타고 슬픔의 강물이 되어 흘러내렸다. 반대편 쪽에 앉은 30대 여자가 그런 그의 모습을 안쓰러운 얼굴로 바라보았다. '대체 얼마나 슬픈 사연이 있기에 남자가 저리도 슬픔의 동굴에서 빠져 나오지 못하는 걸까' 하는 마음인 것 같았다. 남의 시선 따윈 안중에도 없을 만큼 그의 괴로움은 컸던 것이다.

한동안 소리 없이 울던 그는 눈물을 머금고, 손수건을 꺼내 눈물을 닦았다. 그러고는 고개를 등받이에 기댄 채 눈을 감았다. 그러나 그는 여전히 슬픈 모습이었다. 민수가 슬픔에 잠겨 있는 동안 고속버스는 대관령을 지나 강릉터미널에 도착했다. 버스에서 내린 민수는 곧바로 택시를 타고 경포대로 향했다. 택시는 이내 시내를 벗어나 낯익은 도로를 달려갔다. 가족과 전에 가끔씩 지나갔던 도로의 흔적들이 그의 가슴을 후벼팠다.

잠시 후 경포대 진입로가 나타나고 곧바로 경포호가 친근한 모습으로 다가왔지만 민수의 입에선 옅은 한숨이 기포소리를 내며 배어나왔다. 택시기사가 룸미러를 통해 뒷좌석에 앉아 있는 그를 힐끔거리며 쳐다보았다. 그러나 그는 전혀 개의치 않았다. 그 어떤 것도 지금 그의 감정을 통제하지 못했다.

택시에서 내린 민수는 무표정한 얼굴로 바다를 향해 걸어갔다. 그의 다리는 힘없이 휘청거렸다. 흐느적거리며 소나무 숲 가까이에 이르자 그는 비릿한 바다 내음에 양미간을 찡그렸다. 그는 무심한 얼굴로 바다를 바라보았다. 그러고는 지난날의 회상에 잠겼다.

민수의 가족은 틈만 나면 강릉이나 속초에 있는 콘도에 머물며 즐거운 시간을 보내곤 했다. 민수는 백사장을 걸으며 깔깔거리고 웃던 가족의 모습이 생각나자 또다시 "흑!" 하는 소리와 함께 목이 메었다. 지금 이 순간 그의 상실감은 그 무엇으로도 치유될 수 없었다. 자신의 목숨보다도 소중한 가족과 헤어져 살아야 한다는 것은 그에게 있어 죽음보다도 더 무서운 형벌이었다.

한동안 주체할 수 없는 슬픔에 잠겨 있는데 갑자기 어디선가 딸 유리의 목소리가 들려왔다.

"유, 유리야!"

민수는 소리 나는 쪽으로 몸을 돌리며 외쳤다. 지난날 유리와 자신이 함께 했던 환영이 그를 보고 웃고 있었다. 그는 꼼짝도 하지 않은 채 지난날의 환영 속으로 빨려 들어갔다.

"아빠!"

"응?"

"우리 달리기 시합해요. 지는 사람이 이긴 사람에게 아이스크림 사주기로 하는 거예요? 알았지, 아빠?"

"그래, 알았어."

"준비, 땅!"

유리는 이렇게 말하고는 뒤도 돌아보지 않고 앞만 보고 달렸다. 민수가 유리 옆으로 바짝 다가서면 유리는 손으로 떠밀며 자기가 먼저 가려고 안간힘을 썼다. 민수는 유리의 그런 모습이 재밌어 자꾸만 유리 옆으로 바짝 다가서곤 했다. 그러다간 일부러 속도를 늦추어 주었다.

"야호! 내가 이겼다."

시합에서 이긴 유리는 두 팔을 들고 큰 소리로 환호성을 질렀고, 그는 그런 유리의 모습을 보고는 활짝 웃었다.

"그렇게도 좋아?"

"네, 아빠."

"아빠도 너무 좋다."

"졌는데도요?"

"응."

"왜요?"

"우리 예쁜 유리한테 졌으니까 그렇지."

"만약에 다른 사람이라 하면요?"

"다른 사람이라면 절대로 안 졌지."

"와, 우리 아빠 정말 멋쟁이에요."

"왜?"

"아빠가 날 위해서 일부러 졌으니까요."

"아닌데. 아빠가 실력이 안 되서 진 건데……."

"아빠, 나도 어린아이가 아니에요. 그 정도는 알거든요."

"하하하, 그래?"

"네."

"그러고 보니 우리 유리 다 컸네. 이제 얼마 안 있으면 시집보내야 겠는데."

"시집? 나 같이 조그마한 애가 어떻게 시집을 가요?"

"조금 전에는 어린아이가 아니라더니?"

"아잉, 아빠. 그건 유치원 꼬마가 아니라는 거죠."

"하하하, 그래?"

"네."

유리와 민수는 서로를 바라보며 큰 소리로 웃었다.

민수는 유빈이와 씨름하던 생각도 떠올렸다. 하지만 그때 함께 했던 가족은 그 어디에도 없고 그만이 홀로 덩그러니 서 있었다. 지난날의 모습이 생생하게 떠오르자 더욱 감정이 격해졌다. 그는 격한 감정을 억누르기 위해 입술을 깨물었다.

지난날의 환영에서 간신히 빠져나온 민수는 다시 바다에 눈길을 고정시키고 장승처럼 서 있었다. 그러는 동안 땅거미가 지고 어둠이 해무처럼 경포바다를 뒤덮었다. 하지만 그는 오랫동안 경포바다를 떠나지 못했다.

◆　◆　◆

유리는 요즘 학교 가기가 정말 싫었다. 다른 아이들이 새 옷을 입고 오거나 못 보던 것을 가지고 와서 자랑을 하기 때문이다.

'만약 아빠 회사가 부도나지 않았다면 나는 더 좋은 것도 살 수 있었을 텐데…….'

너무도 속이 상한 유리는 아빠가 더욱 밉고 슬펐다.

부도가 나기 전에는 반에서는 물론 동네에서도 제일 부자였다. 그래서 반 아이들은 누구나 할 것 없이 유리를 부러워하며 잘 따랐다. 그러나 지금은 그 어느 누구도 유리를 부러워하지 않았다. 유리는 친구들을 보면 일부러 피해 다니곤 했다.

유빈이 또한 너무도 달라진 가정형편에 기가 꺾여 친구들하고도 잘 어울리지 않았고, 밖에도 잘 나가지 않았다. 집에서 보내는 시간이 점점 늘어갔다. 그리고 말끝마다 아빠를 원망했다.

"아빠, 정말 미워. 우리를 이렇게 고생시키고……. 난 아빠 같은 사람 안 될 거야."

"유빈아, 네가 그러면 엄마는 너무 힘들어."

"마음으로는 안 그러고 싶은데 자꾸만 저도 모르게 말이 나와요."

유빈이는 속상해 했다.

"네 맘 알아. 하지만 꾹 참고 지금처럼 열심히 지내자. 엄마도 열심히 노력해서 다른 집으로 이사갈 수 있도록 할게. 그리고 너와 유리가 필요한 것도 다 해줄 거야. 그러니 힘들고 속상해도 조금만 참아."

인서는 이렇게 말하며 유빈이의 아픈 마음을 달래주었다. 그녀는 아이들이 속상해 할 때마다 민수가 더욱더 미웠다. 이렇듯 그를 향한 가족의 원망과 불평은 조금도 변함이 없었다.

◆　◆　◆

사랑하는 가족과 함께 살지 못한다는 것은 민수에겐 크나큰 고통이었다. 평소에 신장이 약해 정기적으로 진료를 받았던 인서가 맘에 걸렸고, 한창 자라나는 아이들을 곁에서 지켜주지 못한다는 자책감에 하루도 마음 편한 날이 없었다. 거기다 이혼 사실을 알게 된 어머니에 대한 죄송함 또한 그의 마음을 무겁게 했다.

민수는 자신의 처지를 친구들이나 주변 사람들에게 보이기 싫어 철저하게 숨겼지만 어머니에겐 차마 숨길 수가 없었다. 물론 이혼하고 나서 근 3개월 동안은 어머니 모르게 지냈지만, 이상한 낌새를 느낀 어머니의 추궁에 더는 속일 수가 없었다.

이혼하기 전에는 일주일에 한 번은 꼭 인서가 문안전화를 했다. 그런데 이혼하고 나서 문안전화가 없으니 어머니도 궁금하게 여긴 것이다. 민수의 어머니는 바쁜 일이 있어서 그런가 보다 했지만 한 달이 넘도록 전화가 없자, 민수에게 전화해서 "무슨 일이 있느냐"며 물었고, 그는 "인서가 원하는 일을 하게 되었는데 너무 바빠 전화를 못 드렸나 보다"라며 둘러댔다.

그런데 이혼하고 두 달이 지난 어느 날, 뭔가 이상하다는 생각에 걱정이 된 어머니가 그에게 전화를 해서 따져 물었다.

"아범이냐?"

"네, 어머니."

"어미는 아무리 바빠도 그렇지 전화할 시간도 없다니?"

"죄송해요 어머니. 그럴 사정이 좀 있어서 그래요."

"그럴 사정이 뭔데 전화도 못한다니?"

"제가 찾아뵙고 말씀드릴게요."

"회사는 별일 없고?"

"네, 어머니."

"별일 없으면 됐다. 다음에 올 때 다들 같이 오너라."

"그럴게요, 어머니."

"그럼, 이만 끊는다."

"네, 어머니."

전화를 끊고 난 민수는 어머니를 속였다는 게 너무 괴로웠다. 그러지 않아도 가뜩이나 죄송한 마음인데 어머니 전화를 받고 보니 자신이 너무도 못난 자식처럼 느껴졌다. 그는 그날 하루 종일 우울한 마음을 감출 수 없었다.

민수는 이혼 후 두 달이 지나도록 마음의 갈피를 잡을 수 없었다. 이를 악물고 참아보려 해도 언제나 마음뿐이었다. 그는 그런 와중에도 꿈을 잃지 않고 사람들을 만났다. 그에게는 의료기기에 대한 축적된 노하우가 있어 자문일이나 연구를 해야겠다고 생각했다. 그러면서 기회를 엿볼 생각이었다. 그는 자신에게 호의적인 회사 서너 군데에 이력서를 내고 기다리기로 했다. 그리고 틈을 내 어머니를 만나러 갔다. 더 이상 어머니를 속인다는 것은 스스로도 용서할 수 없는 일이라고 여긴 것이다. 원주로 가는 내내 충격받을 어머니를 생각하니 착잡한 마음을 떨칠 수가 없었다.

원주에 도착한 민수는 곧바로 집으로 갔다.

"어미하고 애들은 어떡하고 혼자 왔어?"

현관문을 열고 나온 그의 어머니는 두리번거리며 말했다.

"들어가서 말씀드릴게요."

민수는 이렇게 말하며 안으로 들어갔다.

"아무래도 이상하구나. 무슨 일이 있는지 어서 말해 보거라."

"저, 어머니. 어머니께 큰 잘못을 했습니다."

민수는 착잡한 마음으로 말했다.

"왜, 회사에 안 좋은 일이라도 있니?"

어머니는 어두운 얼굴로 말했다.

"저, 사실은 애들 엄마하고 이혼했어요."

"뭐, 뭐라고! 이, 이혼을 해?"

어머니는 심한 충격을 받은 듯 더듬거리며 말했다.

"네, 어머니……."

"이유가 뭐야?"

"모두가 다 제 잘못이에요."

"아범이 뭘 잘못했는데 이혼까지 해?"

"제가 친구에게 빌려준 어음과 수출한 것이 잘못되는 바람에 회사가 부도났어요."

"가뜩이나 회사가 어려운데 어쩌자고 어음을 빌려줬어. 또 그렇다고 해서 이혼하면 어떻게 해. 애들은 어떡하고……."

"다 제가 부족한 탓이에요. 애들 엄마는 아무 잘못이 없어요."

"아무리 그래도 그렇지. 이혼한다고 해서 뭐가 달라져. 돈이야 다시 벌면 되지만……."

"제가 애들 엄마한테 한마디 의논도 안 했거든요. 그 바람에 마음에 큰 상처를 받았어요."

"왜 그랬어? 의논을 하지 않고……."

말을 채 잇지 못하고 어머니는 눈물을 흘리셨다.

"어머니, 잘못했습니다. 절 용서하지 마세요."

민수는 눈시울을 붉혔다.

"이를 어쩐다니……. 아범이랑 어미랑 애들도 다 어쩐다니……."

민수는 한탄스러워하며 우는 어머니를 쳐다볼 수가 없어 고개를 숙인 채 소리 없이 눈물을 흘렸다. 한동안 무거운 침묵이 흐르고 어머니의 탄식만이 거실을 가득 채웠다.

"그래, 어미와 애들은 어떻게 지내?"

"많이 힘들어 해요."

"그렇겠지. 고생이라고는 안 했으니. 그래, 아범은 어떻게 지내?"

"몇 군데 이력서를 넣었어요. 곧 소식이 올 거예요."

"그래, 산사람은 죽으라는 법은 없다. 밥 잘 먹고 어서 보란 듯이 재기하거라."

"네, 반드시 재기할 겁니다. 어머니, 너무 마음 상해하지 마세요."

"그래. 잘되서 다시 합쳐야지……."

"네, 꼭 그럴게요."

민수는 막상 어머니에게 알리고 나니 마음의 짐을 조금은 덜은 것 같았다. 서울로 돌아온 그는 조금은 가벼운 마음으로 일을 할 수 있었다.

한편 인서는 입시학원에 나가 강의를 하며 생계를 꾸려나갔다. 평소 신장이 좋지 않아 늘 약을 복용해 오던 인서는 늦은 시각까지 학생들을 가르치다 보니 점점 더 신장이 악화되었다. 그녀는 가끔 몸이 많이 힘들었지만 내색하지 않고 학생들을 열심히 가르쳤고, 그 결과 그녀의 강의에는 많은 학생들이 몰려들었다. 그런 만큼 학원에서도 그녀를 대우해 주면서 가계도 안정을 되찾았고, 아이들도 점점 나아지는 집안 형편에 어두웠던 마음의 그림자를 지워나갈 수 있었다. 하지만 아이들의 마음속에서 아빠의 존재는 점점 희미해져 갔다. 그에 대한 미움만이 여전히 남아있을 뿐이었다.

민수는 이력서를 낸 곳으로부터 연락이 오기를 기다렸지만 한 달이 넘도록 아무런 연락이 없었다. 아무래도 일이 잘 안 되는 것 같다는 생각이 들었다. 한동안 실의에 빠져 있던 그는 마음을 다잡았다. 자신이 이대로 무너진다면 인서나 아이들에게 정말 나쁜 사람이 될 것만 같았다. 또 예전의 행복을 되찾기 위해서라면 하루 속히 무언가를 시도해야만 한다고 생각했다. 그는 의료기기 사업에 대한 미련을 잠시 접고, 지금 당장 자본 없이 자신이 잘할 수 있는 일을 하기로 마음먹었다. 그래서 시작한 것이 입시학원 강사였다.

시간이 지나면서 민수는 실력 있는 학원 강사로 이름을 날리게 되었다. 학원은 그의 강의를 듣기 위한 학원생들로 넘쳐났다. 그런 만큼 수입도 늘어나 경제적으로 안정을 찾게 되었다. 하지만 지난날의 고통은 여전히 가시지 않고 그를 괴롭혔다.

민수는 아이들이 너무도 보고 싶은 날이면 무작정 아이들이 사는 집 근처로 가서 불 켜진 창을 바라보다, 쓸쓸히 발길을 돌리곤 했다. 그럴 때마다 당장이라도 문을 열고 들어가고 싶었다.

어느 날은 내리는 비를 흠뻑 맞고 감기에 걸려 며칠 동안 심한 고생을 한 적도 있고, 또 어떤 날은 자다가도 벌떡 일어나 가족이 사는 집으로 달려가곤 해서 새벽이슬에 옷깃을 적신 적도 있었다. 사랑하는 가족과 함께 하지 못하는 고통은 마치 천형의 그것보다도 더 혹독했던 것이다.

민수는 수시로 옷이며 책이며 아이들에게 필요한 물품을 사서 보내주었고, 아이들 생일에는 선물과 케이크를 편지와 함께 보내며 축하해 주었다. 그는 가족의 생일이나 명절에 가족과 함께 보낼 수 없는 처지를 몹시 슬퍼했다. 특히 남들이 즐거워하는 명절은 민수에겐 지독한 그리움과 싸워야만 하는 처절한 시간이었다. 그의 그리움은 저문 산처럼 점점 깊어만 갔다.

카페 베네치아에서

민수는 못 견디게 그리움에 사무친 날이면 무작정 집에서 나와 걸었다. 집에 있으면 가슴이 답답해서 견딜 수가 없었다. 마치 사방이 꽉 막힌 것처럼 숨이 막혔다. 그대로 있다가는 필경 숨이 멎을 것만 같아 밖으로 나와 한참을 걷다 보면 마음이 조금씩 잦아들어 그리움으로부터 간신히 벗어날 수 있었다.

그러던 어느 날 밤이었다. 그날도 집을 나와 걷던 민수는 자신도 모르게 베네치아 문 앞에 서 있었다. 베네치아는 대학시절 민수와 친구들의 아지트였다. 그들은 강의가 없을 때나 무슨 일이 있을 땐 늘 그곳에서 죽치고 앉아 시간을 보내곤 했다. 대학을 마치고 나서 두어 번 간 뒤로는 발길이 끊겼다. 서로 각자의 일에 쫓기다 보니 그곳에서의 일들은 옛 추억이 된 것이다.

민수는 문을 열고 들어가 예전에 자신이 늘 앉았던 창가로 갔다.

그는 자리에 앉아 두리번거리며 살폈다. 많은 것이 변했지만 느낌만은 그대로였다. 지난날을 떠올리는 그의 입가에는 엷은 미소가 배어났다. 인서와의 기억이 새록새록 피어올랐던 것이다.

그는 대학교 총학생회장으로 이름을 날릴 만큼 유명세를 누린 쟁쟁한 실력파였고, 인서는 여학생 퀸으로 미모뿐만 아니라 노래 등 다방면에서 인정받는 재원이었다. 그런 두 사람이 연인이라는 사실은 학생들 사이에 대단한 빅뉴스거리였다. 둘은 늘 화젯거리를 몰고 다녔다. 베네치아는 둘의 첫 만남이 이루어진 뜻깊은 곳이기도 했다.

◆　◆　◆

민수가 군대를 제대하고 3학년에 복학하고 나서 처음으로 친구들과 베네치아에서 만나기로 했다. 그는 설레는 마음으로 베네치아 문을 열고 들어갔다.

"민수야!"

그가 소리 나는 쪽으로 고개를 돌렸다. 거기에는 그의 절친 이동국을 비롯해 박종민, 홍혜빈이 그를 기다리고 있었다. 민수는 활짝 웃으며 일행이 있는 곳으로 갔다.

"야, 다들 반갑다!"

그들은 악수를 하며 반가움에 한껏 들떴다.

"혜빈이는 못 본 사이에 상당히 예뻐졌다."

민수가 혜빈에게 말했다.

"그래? 고마워. 그렇게 말해줘서……."

혜빈은 엷게 미소 지으며 말했다.

"듣기 좋으라고 하는 말 아냐. 너 정말 예뻐졌어."

"너무 그렇게 띄우면 나 정말 그런 줄 알아."

혜빈은 조금 전과는 달리 크게 웃으며 말했다. 그녀는 민수와 대학 동기지만 작년에 대학을 졸업하고 아버지가 경영하는 회사 마케팅부에서 일하고 있다. 혜빈은 민수를 무척이나 좋아했지만 한 번도 그런 자신의 속내를 보인 적이 없었다. 그녀에게 있어 민수는 언제나 해바라기 같은 존재였다.

"야, 니들 그렇게 나란히 있으니 잘 어울린다."

민수와 혜빈이 나란히 앉은 모습을 보고 종민이 말했다.

"그래? 우리가 그렇게 잘 어울려?"

"그래. 마치 한 쌍의 비둘기 같다."

민수의 말에 종민이 너스레를 떨며 말했다. 그 순간 혜빈의 얼굴이 붉게 물들었다.

"야, 혜빈이 봐라. 얼굴이 빨개졌다."

"뭐가?"

동국의 말에 혜빈이 눈을 흘기며 말했다.

"너 얼굴 빨개졌어. 못 믿겠으면 거울 봐봐."

종민이 말했다.

"정말, 자꾸만 놀릴 거야?"

혜빈이 자리에서 일어나며 말했다.

"아, 아니. 그, 그만 할게."

종민은 손을 앞으로 내저으며 말했다. 혜빈은 한 손으로 머리를 쓸어 올리며 화장실로 갔다.

"야, 니들 왜 그래? 무안하게."

민수가 나무라며 말했다.

"너, 몰라?"

"뭘?"

종민의 물음에 민수가 말했다.

"혜빈이가 너 많이 좋아하는 거."

"혜빈이가 나를?"

민수는 의외라는 표정을 지으며 말했다.

"그래. 널 많이 좋아하는 것 같아."

이번에는 동국이 말했다.

"그럴 리가……."

민수는 믿을 수 없다는 표정으로 말했다.

"전에도 그렇고 지금도 그렇고 널 대하는 눈빛이 달라. 우린 한눈에 보이는데 너는 못 느꼈어?"

종민이 조금 전과는 달리 웃음기를 지우고 말했다.

"응. 난 전혀 생각지도 못했어."

민수는 너무도 뜻밖이라는 듯이 말했다. 항상 그들 셋과 어울렸지만 한 번도 혜빈이를 이성으로 생각해 본 적이 없었다. 그녀는 늘 누구에게나 친절했고, 상냥했으며 대기업 회장의 딸답지 않게 소탈하고 순수했다. 그런데 그런 그녀가 자신을 좋아한다니 그로서는 전혀 믿기지가 않았던 것이다.

"민수야, 지금이라도 잘해봐."

"뭘 잘해봐."

동국의 말에 민수가 두 손으로 얼굴을 문지르며 말했다.

"혜빈이 의외로 괜찮아. 집 부자겠다, 얼굴도 예쁘고, 성격도 좋지. 뭐 하나 나무랄 게 없잖아."

종민은 이렇게 말하며 커피를 한 모금 들이켰다.

"나도 알지. 혜빈이가 뭐 하나 부족함이 없다는 걸. 하지만 한 번도 이성으로 느껴 본 적이 없어."

"그러니까, 지금이라도 대시하라는 거야."

동국이 말했다.

"대시? 대시도 감정이 생겨야 하지."

"안 생기면 생기게 하면 되잖아."

종민이 답답하다는 듯이 가슴을 두드리며 말했다.

"어떻게 해야 생기는데?"

민수가 웃으며 말했다.

"둘이 함께 하는 시간을 자주 만들어. 그러면 혜빈이가 적극적으로 나올 거야."

동국이 거들고 나섰다.

"마음에서 우러나와야지 억지로 그런다고 돼?"

"너도 참 그렇다. 지금과는 다르게 대해 봐."

"그렇지. 바로 그거야. 네가 조금만 마음 쓰면 혜빈이는 너한테 넘어오게 돼있어."

종민의 말에 동국이 맞장구를 쳤다.

"야, 니들 나하고 혜빈이 엮어주려고 만나자고 했냐?"

"아냐, 그건. 그동안 너에 대한 혜빈이의 감정을 보고 말하는 것뿐이야."

종민이 손을 내저으며 말했다.

"야, 좋으면 니들이 대시하면 되잖아."

"우린 안중에도 없어. 그러니까 우린 대시해 봐야 소용없지. 그치만 너는 다르잖아."

동국은 이렇게 말하며 자신과 종민이 같은 생각이라는 것을 증명이라도 하듯 종민을 보고 눈짓을 해보였다.

"그만하자. 혜빈이 진짜 속마음도 모르면서 니들 추측만으로 그러는 건 아무리 친구 사이라지만 결례야."

"아이고 알았네요. 누구는 가만히 있어도 좋아하고, 우리 둘은 안중에도 없고. 이거 너무 불공평하다."

종민의 애교 섞인 넋두리에 민수와 동국이 소리 내어 웃었다. 그때 막 화장실에 갔던 혜빈이 돌아왔다.

"니들 내 흉 본 거 아니지?"

혜빈이 웃으며 말했다.

"흉은 무슨. 네가 흉잡힐 일을 해야 말이지."

종민이 능청스럽게 말했다.

"그럼 다행이고. 자, 오늘 저녁은 내가 크게 한턱 쏜다."

"그러면 우린 너무 좋지. 안 그래? 얘들아."

종민은 이렇게 말하며 손뼉을 쳤다.

"그럼, 우리야 너무 황송하지."

동국의 말에 모두들 한바탕 신나게 웃었다. 웃고 나서 민수가 화장실에 가기 위해 자리에서 일어났다. 그가 막 몸을 돌리려는 찰라 뒷자리에서 일어나던 한 여학생과 부딪쳤다. 그 바람에 여학생이 들고 있던 가방에 스쳐 민수의 손등에 상처가 났다. 순식간이었다.

"어머, 죄송해요."

"아, 아닙니다."

당황해 하는 여학생 말에 민수는 아무렇지도 않게 말했다.

"저, 피가 많이 나네요."

그녀는 이렇게 말하며 자신의 가방에서 하얗고 길쭉한 연고를 꺼냈다.

"손 이리 내 보세요."

그녀는 민수의 손을 잡고 연고를 바른 후 밴드를 붙여주었다.

"고맙습니다."

민수는 그녀의 친절에 어쩔 줄 몰라 했다. 그녀는 손놀림이 매우 유연했을 뿐만 아니라 그를 대하는 태도가 그렇게나 자연스러울 수가 없었다. 게다가 빼어난 미모는 그의 마음을 단박에 사로잡기에 조금도 부족함이 없었다.

"고맙긴요. 제가 너무 죄송하지요."

그녀는 이렇게 말하며 가방에서 메모지를 꺼내더니 무언가를 적었다. 그리고 적은 것을 민수에게 주며 말했다.

"저, 이거 제 전화번호인데요, 혹시라도 치료받을 일이 생기면 전화주세요."

"아, 아닙니다. 괜찮습니다."

민수는 손사래를 치며 말했다.

"혹시라도 치료할 일이 생기면, 제 마음이 불편해서 그래요."

그녀는 이렇게 말하며 민수의 손에 메모지를 쥐어주었다.

"아, 네. 알겠습니다."

민수는 이렇게 말하며 엷게 미소 지었다.

"저, 그럼 이만 가 볼게요."

"네. 그러시죠."

그녀는 일행과 같이 밖으로 나갔다. 민수는 그녀가 나간 문을 향해 눈길을 돌렸다. 그러고는 그녀가 안 보일 때까지 바라보다 화장실로 향했다.

그는 거울에 비친 자신의 모습을 바라보았다. 거울 속의 그는 잠시 무언가에 넋이 빠진 모습이었다. 마치 방금 전에 있었던 일이 꿈만 같았다. 이지적인 얼굴에 동양적인 얼굴선이 조화롭게 균형 잡힌 마스크와 온몸과 마음을 빨아들일 것만 같은 깊은 눈, 가지런한 하얀 치아와 도톰한 입술, 쭉 빠진 늘씬한 몸매는 그가 지금껏 보아왔던 여학생들과는 전혀 다른 느낌이었다. 뭐랄까 한마디로 그녀는 사람을 깊이 몰입시키는 흡인력이 대단했다. 그는 두근거리는 가슴을 쓸어내리며 그녀가 건네준 메모지를 펼쳐보았다.

〈휴대폰 011-534-4580 유인서〉

그녀의 휴대폰 번호와 이름이 적혀 있었다.

'유인서, 유인서…….'

민수는 무슨 주문이라도 외듯 연신 '유인서'를 되새겼다. 그가 자리로 돌아오자 맛있는 음식이 차려져 있었다.

"야, 이거 참 맛있겠다."

민수가 자리에 앉으면서 말했다.

"조금 전 무슨 일이야? 그 손등은 또 뭐고……."

동국이 궁금한 표정으로 말했다.

"아, 아무것도 아냐. 그냥 좀 스쳤을 뿐이야."

"병원 안 가 봐도 돼?"

혜빈이 걱정스럽게 말했다.

"응, 괜찮아. 자, 어서들 먹자."

민수는 이렇게 말하며 마치 자신이 사는 것처럼 말했다.

"그래, 어서들 먹자."

혜빈이 말에 모두들 맛있게 먹었다. 그들은 식사를 하고 나서 수다를 떨다 두 시간이나 지난 후 베네치아에서 나와 헤어졌다.

민수가 하숙집으로 향해 가는데, 은색 BMW가 그 앞에 멈추어 섰다. 그는 흘끗 쳐다보고는 고개를 돌려 발걸음을 옮기다 자신을 부르는 소리에 뒤를 돌아보았다. 혜빈이었다. 그녀가 차문을 열고 밖으로 나왔다.

"어, 혜빈아."

민수는 약간 놀란 듯 말했다.

"할 말이 있어."

"지금?"

"응. 시간 어때?"

"괜찮아."

"그럼, 어서 타."

"어디 가려고?"

"응. 저, 교외로 나가도 되지?"

혜빈이 눈을 반짝이며 말했다. 마치 중요한 말이라도 하려는 듯 보였다.

"응. 그런데 무슨 일이야?"

"가서 얘기할게."

"그래, 그럼."

민수가 차에 오르자 혜빈은 방향을 바꾸어 달리기 시작했다. 카스테레오에서 캐롤 키드의 '웬 아이 드림'이 흘러나왔다. 잔잔한 선율에 캐롤 키드의 부드러운 음색이 절묘하게 어우러졌다. 민수는 흥얼거리며 따라 불렀다. 혜빈은 미소 띤 얼굴로 그를 바라보았다.

"웬 아이 드림은 언제 들어도 좋아."

민수는 흥얼거림을 멈추고 말했다.

"정말 좋은 노래지. 난 라이오넬리치의 '디 엔드리스 러브'도 좋아하지만 캐롤 키드의 '웬 아이 드림'이 더 좋아."

"그건 나도 그래. 이상하게 캐롤 키드의 노래에는 마력이 있어."

"그래? 난 몰랐네. 네가 캐롤 키드의 노래를 좋아하는지……."

혜빈은 그의 말에 웃으며 말했다.

"그랬어? 하긴 우리 둘만이 어울린 적이 없으니까 당연하지."

그의 말에 혜빈이 쓸쓸하게 웃었다.

둘이 이런저런 얘기를 하는 사이 차는 경춘 국도를 달려 청평면내를 조금 벗어나 북한강가에 있는 '빈'이란 카페 앞에 멈추어 섰다.

차에서 내린 민수는 좌우로 살피며 둘러보았다.

"여기 어때?"

"경치 끝내준다."

혜빈의 말에 그가 감탄 섞인 목소리로 말했다.

"강가 마을이 한 폭의 그림처럼 잘 어울리지?"

"응. 나중에 돈 벌면 여기다 멋진 집 짓고 살고 싶다."

민수가 강가를 내려다보며 말했다.

"나도 그런 생각해 본 적 있어."

혜빈이 마치 꿈을 꾸듯 말했다.

"그래? 너도 그런 생각을 했어?"

"응."

"근데, 넌 여긴 어떻게 알았어."

"이곳에 작은 집이 있는 친구가 있어. 2년 전 그 친구와 함께 왔다 이곳 매력에 푹 빠졌지."

"그랬구나. 아무튼 네 덕분에 멋진 풍경을 보게 돼서 고맙다."

"고맙긴. 앞으로 자주 오면 되지……."

"그렇지. 그러면 되겠구나."

민수의 말에 혜빈은 마음속으로 '나랑 자주 오면 되잖아'라고 말했다. 둘은 잠시 둑길을 걸었다. 향긋한 풀냄새가 민수의 코를 스치고 지났다. 그는 연신 "흠흠"거리며 풀냄새를 들이마셨다. 폐부 깊숙이 상쾌해졌다.

혜빈은 두 손을 바지에 넣은 채 걷다 돌부리에 걸려 휘청거렸다. 순간 민수는 재빨리 그녀의 팔을 붙잡았다. 그런데 균형을 잃고 그녀를 덥석 안고 말았다. 의도적인 것은 아니지만 그렇게 되고 말았다. 순간적이지만 그녀의 체취가 짙게 묻어났다. 또한 그녀의 볼륨 있는 가슴이 그의 몸에 닿자 아찔한 현기증이 일었다.

혜빈도 마찬가지였다. 민수의 넓은 가슴에 안기는 꼴이 되다 보니 그녀 역시 그의 체취를 진하게 느꼈던 것이다. 혜빈은 한기를 느끼듯 부르르 몸을 떨었다.

"혜, 혜빈아. 괜찮아?"

민수가 몸을 떼며 말했다.

"으응. 괘, 괜찮아."

"다행이다."

"고마워. 네가 아니면 둑 아래로 구를 뻔 했는데……."

"별걸 다 고맙다고 하네."

혜빈의 말에 그가 웃으며 말했다.

"이제 그만 카페로 들어갈까?"

혜빈이 말했다

"그래."

둘은 카페로 들어갔다.

강가가 한눈에 내려다보이는 창가에 마주 앉았다.

"와인 할래? 아님 맥주?"

"와인으로 할게."

혜빈의 말에 민수는 와인으로 하겠다고 말했다. 잠시 후 와인이 나오고 둘은 한 모금씩 마셨다.

"맛이 참 좋다."

민수가 입맛을 다시며 말했다.

"이곳 사장님이 직접 만드신 거래."

"그래? 어떻게 만들었기에 이런 맛이 나지?"

민수는 또다시 한 모금을 마셨다.

"10년 넘게 연구해서 얻은 비법이래."

"그래?"

"응."

"내가 먹어 본 와인 중 최고다. 네 덕분에 이런 것도 다 먹어보고……."

"그 정도로 맛있어?"

"응."

혜빈은 민수의 말에 마음이 붕 떴다. 자신과 단둘이 있는 자리에서 자신을 칭찬한다고 생각하니 너무도 기분이 좋았다.

"참, 하고 싶은 말이 있다며? 무슨 말인지 해봐."

민수는 생각난 듯 말했다.

"그, 그래……."

그의 말을 듣는 순간 혜빈은 마치 자신이 할 말을 들키기라도 한 듯 더듬거리며 말했다. 민수는 그런 그녀를 뚫어지게 바라보았다. 그러고는 '이제 보니 혜빈이도 참 예쁘구나' 하고 생각했다.

혜빈은 서구적인 외모에다 훤칠한 키 그리고 누구와도 잘 어울리는 성격을 가져 남자들의 이목을 끌곤 했다. 하지만 민수는 동국과 종민에게 말했듯이 그녀를 단지 친구로만 생각했던 것이다.

"왜 내 얼굴에 뭐가 묻었어?"

"아, 아냐. 그, 그냥……."

혜빈의 느닷없는 말에 민수는 자신의 마음을 들키기라도 한듯 좌우로 손을 흔들며 말했다. 그런 그의 모습을 보고 혜빈이 미소 지으며 말했다.

"민수야, 넌 나를 어떻게 생각해?"

"너, 너를?"

갑작스런 혜빈의 물음에 더듬거리며 그가 말했다. 전혀 뜻밖의 질문이었기 때문이다.

"응."

"예쁘고, 상냥하고, 부잣집 딸같지 않게 소탈하고…… 좋은 친구지."

"그것 말고는……."

혜빈은 정작 듣고 싶은 얘기를 못 들어 재차 물었다.

"그것 말고는이라니? 내 말이 믿기지 않아?"

"아니. 그것 말고 다른 건······."

"다른 거? 다른 거 뭐······. 아, 넌 부족함 없이 착한 여자지."

민수의 말에 혜빈은 눈으로 웃었다. 그 눈빛은 마치 '넌 참 눈치가 없구나. 내 마음도 모르고'라고 말하는 것 같았다.

"왜? 내 말이 틀렸어?"

"아, 아니."

"그럼 왜 서운한 기색이야?"

"내가 서운해 하는 것처럼 보여?"

"응."

"서운하긴. 그런 거 아냐."

"그럼 뭔데? 네가 말해 봐."

민수의 말에 혜빈이 잠시 생각에 잠기더니 입을 열었다.

"저, 내가 무슨 말을 하더라도 이해해 줄 수 있어?"

"그래. 어서 말해 봐."

그의 말에 혜빈은 와인을 한 모금 들이켜고 나서 말했다.

"나, 고백할 게 있어."

"고백? 무슨······."

"저······ 나, 너 좋아해."

"나를?"

민수는 혜빈의 말에 놀란 듯 말했다.

"왜, 좋아하면 안 돼?"

"아, 아니, 그건 아니고…… 너무 뜻밖이라서."

민수는 더듬거리며 말했다.

"사실 나 대학에 처음 입학했을 때부터 너 좋아했어."

"그랬구나. 미, 미안해."

"뭐가 미안한데?"

"그냥. 미안해."

민수는 딱히 할 말을 찾지 못해 미안하다는 말만 되풀이했다. 이럴 땐 자신으로서도 어떻게 할지 난감했던 것이다. 전혀 생각지도 않았던 말을 들었을 땐 누구나 할 수 있는 말이다.

"넌 날 어떻게 생각해?"

"아까 말했잖아. 좋은 친구라고."

"그런 것 말고. 여자로서……."

민수는 너무도 직설적인 혜빈의 물음에 당황하여 잠시 말을 잊고 말았다. 그녀의 표정으로 봐서는 무슨 말이라도 해야겠는데, 대체 그 말이란 걸 '어떻게 해야 하나' 하는 심정이었다. 좋아하지 않으면서 "나도 네가 좋아"라고 말할 수도 없고, 또 그렇다고 해서 "난 너 안 좋아해"라고 말할 수도 없는 노릇이었다. 그는 와인을 단숨에 마셔버렸다. 그렇지 않으면 안 될 것 같은 기분에 사로잡혔던 것이다.

"왜 내가 여자로서 매력이 없어?"

"아, 아니."

"그럼 왜 말을 못해."

"난 널 여자로 생각해 보지 않았거든. 그냥 좋은 친구로만 생각했어."

"한 번도 날 여자로 생각해 보지 않았어?"

"…… 응."

"그랬구나."

그가 자신을 한 번도 여자로 생각해 보지 않았단 말에 혜빈은 말끝을 흐리며 창밖을 바라보았다. 그런 그녀의 모습에선 왠지 모를 슬픔이 묻어났다. 순간 민수는 혜빈에게 너무 미안했다.

"미안해……."

"아니, 괜찮아. 내가 미안하지 뭐."

"네가 왜?"

"난데없이 내 마음을 밝혔으니 네가 놀라는 건 당연해. 하지만 민수야, 지금부터라도 내가 한 말 깊이 생각해 주었으면 좋겠어. 그래 줄 수 있어?"

"…… 그, 그래."

"고마워."

민수는 혜빈의 말에 이러지도 저러지도 못하고 "그래"라고 말해 버렸다. 혜빈은 그의 말에 일말의 기대를 거는 듯했다. 어쨌든 그는 혜빈으로부터 사랑고백을 받았다. 앞으로 무슨 말이라도 듣기를 원할 것이다. 그는 숙제를 받은 기분이었다. 마치 풀기 어려운 문제처럼. 그들은 한 시간 정도 더 있다 서울로 돌아왔다.

그로부터 3일 후 민수가 학교 정문을 막 들어서는데 저쪽 한구석에서 여학생들이 무언가를 나누어 주고 있었다. 그런데 여학생 무리 중 유독 돋보이는 여자가 있었다. 그녀는 청바지에 하얀 티셔츠를 입고 있었는데도 마치 후광을 받는 듯 반짝였다. 그녀의 피부 또한 눈이 부실 만큼 하얬다. 주체할 수 없는 호기심에 그는 좀 더 가까이 다가가 가만히 그녀를 살펴보았다. 그러다 자신도 모르게 "유인서……?" 하고 중얼거렸다. 그랬다. 그녀는 3일 전에 베네치아에서 보았던 유인서였다.

그녀를 확인한 순간 민수의 가슴은 두근거리기 시작했다. 민수는 그냥 지나치면 그녀를 다시는 만날 수 없을 것만 같아 그녀가 있는 쪽으로 방향을 틀어 좀 더 가까이 다가갔다. 그러고는 그녀가 봐주길 은근히 기대했다.

하지만 그녀는 학생들에게 둘러싸여 그에게는 눈길조차 주지 않았다. 그는 '아, 이러면 안 되는데'라고 생각하면서 좀 더 가까이 다가갔다. 그러고는 그녀가 잘 볼 수 있는 방향으로 몸을 돌리려는 순간 "저, 잠깐만요!" 하고 부르는 소리가 들렸다. 민수는 소리 나는 곳을 향해 돌아섰다. 그녀였다. 그는 놀라움을 감추며 시치미를 뗀 채 말했다.

"저요?"

"네. 저, 지난번 베네치아에서……."

그녀는 방긋 미소 지으며 말했다.

"아, 네. 전 누군가 했더니……."

민수는 기억이 난다는 듯 그녀를 똑바로 바라보며 말했다.

"저, 손 괜찮아요?"

그녀는 걱정이 되었는지 민수의 손부터 물어보았다.

"네. 지난번에 치료를 잘 해주셔서 괜찮습니다."

"그래요. 그렇지 않아도 궁금했는데 괜찮다니 다행이네요. 저, 근데 여긴 어떻게……."

"아, 저는 이 대학 경영학과 3학년이에요."

"어머, 그러세요? 저도 이 대학에 다니는데……."

그녀는 반가운 듯 활짝 웃으며 말했다.

"그래요? 너무 뜻밖인데요."

민수 역시 반가운 마음에 놀란 표정으로 말했다. 그도 그럴 것이 잘 하면 그녀를 자주 볼 수 있겠다는 생각에 마음이 부풀어 올랐기 때문이다.

"다음 주 목요일에 우리 과에서 행사를 하는데 시간 어떠세요?"

"괜찮습니다."

"그럼 초대해도 될까요?"

그녀가 생긋 웃으며 말했다.

"그래주시면 저는 고맙지요."

민수는 고개를 끄덕이며 재빠르게 대답했다.

"초대에 응해 주셔서 감사합니다."

그녀는 이렇게 말하며 초대장을 주었다.

"시낭송회를 하는군요."

초대장을 보고 민수가 말했다.

"네……. 꼭 오실 거죠?"

그녀는 재차 확인하듯 말했다.

"물론이지요. 만사를 제쳐두고서라도 꼭 가겠습니다."

민수는 밝은 목소리로 흔쾌히 말했다. 그렇지 않아도 '어떻게 하면 그녀와의 만남을 시도할까' 생각 중이었는데 의외로 쉽게 이루어진 것이다.

"그럼, 목요일 날 뵐게요."

"네. 그때 뵙겠습니다."

민수는 기분 좋은 표정을 지어 보이고는 강의실로 향했다.

다음 주 목요일까지는 7일 남았다. 민수는 하루하루를 손꼽아 그날을 기다렸다. 그는 친구들과 이야기를 하는 도중에도, 밥을 먹으면서도 자신도 모르게 낄낄거리곤 했다.

"민수, 너 아무래도 수상하다. 뭐 기분 좋은 일이라도 있냐?"

동국이 그를 보고 말했다.

"좋은 일은 뭐."

"그런데 왜 허파에서 바람 빠진 것처럼 낄낄대."

이번엔 그의 배를 툭 치며 종민이 말했다.

"뭘 꼬치꼬치 묻고 그래?"

"평소에 안 하던 짓을 하니까 그렇지."

동국이 때리는 시늉을 하며 말했다.

"그런 게 있어."

민수는 뻐기듯 말하며 웃었다.

"아무래도 너 수상하다. 좋은 일 있으면 우리도 좀 끼자."

동국이 민수의 어깨에 팔을 올리며 말했다.

"너희들이 끼고 그럴 자리가 아니야."

민수는 이렇게 말하며 또다시 키득거렸다.

"무슨 일이 있는 게 분명해. 요즘 반쯤은 정신이 나간 것 같다니까."

종민은 이렇게 말하며 자신의 머리에 가운데 손가락을 펴 좌우로 돌려댔다.

"야, 그만 좀 해라. 나 정신 멀쩡해."

민수는 또다시 낄낄대고 웃었다.

"아이고 앓느니 죽지."

동국은 이렇게 말하며 고개를 살랑살랑 흔들어 댔다.

"궁금해도 조금만 참아라. 때가 되면 다 알게 되느니라."

민수는 이렇게 말하며 어깨를 으쓱거렸다.

"아이고, 아니꼬워 못 봐주겠네."

그의 모습에 종민은 웃으며 말했다. 그러자 동국이도 큰 소리로 따라 웃었다.

드디어 기다리고 기다리던 목요일이 되었다. 민수는 무스를 발라 머리를 세우고 검정색 양복에 파란 셔츠를 받쳐 입고 최대한 멋을 냈다. 자신이 봐도 마음에 드는지 아주 만족한 표정을 지었다. 화원으로 향하는 그의 발길이 매우 경쾌해 마치 공중에 떠서 가는 것 같았다.

화원에 도착한 민수는 프리지어와 안개꽃으로 엮은 꽃바구니를 주문했다. 꽃바구니를 만드는 동안에 그는 연신 콧노래를 흥얼거렸다. 그의 모습을 보고 화원 집 여자가 빙그레 웃으며 말했다.

"학생, 무슨 좋은 일이 있는가 봐요?"

"네. 태어나서 최고로 기분 좋은 날입니다."

민수는 행복한 웃음을 지으며 말했다.

"혹시, 여자 친구?"

화원 집 여자는 꽃바구니를 만들며 물었다.

"네. 아주 예쁜 여자 친구죠."

그는 마치 인서가 자신의 여자 친구라도 되는 것처럼 말했다. 이상한 일이었다. 그 어떤 만남도 없었지만 이미 그녀는 그의 마음속의 여자로 깊이 뿌리내렸다. 인서는 그의 마음을 단숨에 사로잡아버린 것이다.

"어머, 그래요? 더욱 신경 써서 만들어야겠네요."

화원 집 여자는 호들갑스럽게 말했다.

"그러니까, 잘 만들어주세요."

민수는 이렇게 말하며 두 손을 마주 잡고 '잘 부탁합니다' 하는 몸짓을 해보였다.

"네. 그러지요."

그의 애교에 화원 집 여자는 깔깔대며 웃었다.

행사장은 이미 많은 학생들로 붐비고 있었다. 민수는 고개를 두리번거리며 인서를 찾았다. 잠시 후 친구들과 이야기를 하고 있는 그녀를 발견했다. 그녀의 빼어난 미모는 많은 여학생 속에서도 단연 돋보였다. 그는 입가에 가득 미소를 띤 채 거침없이 그녀를 향해 걸어갔다.

"안녕하세요?"

민수는 밝고 큰 목소리로 말했다.

"네. 오셨어요?"

인서는 얘기를 하다 말고 활짝 웃으며 다가왔다.

"축하합니다. 저 이거……."

민수는 꽃바구니를 건넸다.

"이거 저 주시는 거예요?"

"네. 선물입니다."

"어머, 너무 예쁘다. 내가 너무 좋아하는 꽃인데……."

인서는 기쁨에 찬 얼굴로 말했다.

"프리지어를 좋아할 것 같아 샀는데 정말 다행이네요."

민수 역시 기쁨 가득한 얼굴로 말했다.

"이렇게 예쁜 꽃 선물 고맙습니다."

인서는 함박웃음을 지으며 좋아했다. 그녀의 좋아하는 모습에 민수도 덩달아 기분이 좋았다. 그녀가 진심으로 좋아해주니 마치 기대 이상의 보너스를 받은 느낌이었다.

"별것도 아닌데 좋아해주니까 좀 쑥스럽네요."

"왜 별것도 아니에요. 전 생각지도 못했는데요."

인서는 이렇게 말하며 꽃바구니를 코에 대고 향기를 맡았다. 민수는 그 모습이 너무 예뻐 순간 안아주고 싶은 감정에 사로잡혔다. 잠깐이지만 마치 그녀가 자신의 여자가 된 듯한 착각이 들었다.

"저, 행사 끝난 뒤에 약속 있어요?"

민수가 엷게 미소 지으며 말했다.

"네, 뒤풀이가 있어요. 왜요?"

"저, 제가 맛있는 것 대접하고 싶어서요."

"대접은 제가 해야지요. 예쁜 꽃바구니도 받았는데…….'"

"오늘은 제가 대접하고 싶어요. 저, 시간이 괜찮다면 뒤풀이 끝나고 베네치아로 오시겠어요?"

"좀 늦을 수도 있어요. 그래도 괜찮으시다면…….'"

"네. 전 괜찮습니다. 그럼, 일정이 끝나는 대로 오시겠어요?"

"네. 그럴게요."

"그럼, 저는 객석으로 가겠습니다. 멋진 시낭송 부탁해요."

"네……."

민수의 말에 인서는 환하게 웃었다. 그는 손을 흔들어 보이고는 행사장 안으로 들어갔다. 그리고 20여 분 후 시낭송회가 열렸다. 민수는 인서의 순서가 되기를 손꼽아 기다렸다. 다른 학생들의 시낭송은 귀에 들어오지 않았다. 오직 그녀가 나오기만을 기다렸다. 프로그램 중간쯤에 그녀의 순서가 있었다. 지루한 순서가 지나고 드디어 인서의 순서가 되었다.

"다음은 국문학과 3학년 유인서 양이 김옥림 시인의 '가을의 시'

낭송과 자작시 '사랑이 나에게 가르쳐 준 것들' 낭송이 있겠습니다."

인서가 단상에 등장하자 민수는 있는 힘껏 박수를 쳤다. 그녀는 빼어난 미모와 부드러운 목소리로 행사장의 분위기를 단숨에 사로잡았다.

〈가을의 시〉

가을엔 단풍에 고이 적어 보낸
어느 이름 모를 산골 소녀의
사랑의 시가 되고 싶다
가을엔 눈 맑은 새가 되어
뒷동산 오솔길 풀잎 위의 아침 이슬 머금고
사랑하는 이들에게
햇푸른 사랑의 노래이고 싶다
가을엔 눈빛 따스한 햇살이 되어
시월 들판을 풍요롭게 하는
대자연의 너그러운 숨결이고 싶다
가을엔 모두를 사랑하고
모두를 용서하고 모두와 화해하고
잊혀져간 소중한 이름들을 하나하나 떠올리며
해맑은 기도를 드리고
살아있는 모든 것들에게

간절한 열망의 의미를 부여하고 싶다
가을엔 나보다 더 외로운 이들에게
따스한 가슴으로 다가가
그들의 야윈 손을 잡아주고 싶다
가을은 겸손과 감사의 계절
가을은 풍요와 사랑의 계절
가을엔 그 모두에게 읽혀지고 기억되어지는
사랑의 시가 되고 싶다

그리고 이어 그녀의 자작시 낭송이 이어졌다. 민수는 눈을 감은 채 한 자도 놓치지 않고 마음에 차곡차곡 새겼다. 그녀의 시낭송이 끝나자 여기저기서 큰 소리와 함께 박수가 터져 나왔다. 민수는 누구보다도 크게 소리치며 박수를 쳤다. 시낭송회는 가을밤을 흠뻑 적실 만큼 감동을 주었다.

시낭송회가 끝나고 민수는 곧바로 행사장을 나와 베네치아로 향했다. 그의 발걸음은 칸타빌레라는 음악 용어처럼 노래하듯 경쾌하고 날렵했다. 마치 지금 이 순간 자신이 간절히 원하는 것을 손에 쥔 기분이었다.

베네치아에 도착한 민수는 제일 좋은 자리에 앉아 나누어준 낭송 시집을 펼쳐들었다. 그러고는 천천히 읽어 내려갔다. 마침 베네치아에서는 쇼팽의 '야상곡'이 은은히 흘러나왔다. 음악을 들으며 시를 읽는 기분이 새삼스레 그에게 시적 감흥을 불러일으켰다. 그는 눈을 떼지 않은 채 수록된 32편의 시를 단숨에 읽어버렸다. 시가 좋은 줄은 알았지만 지금처럼 가슴에 적셔들 만큼 좋은 줄은 미처 알지 못했다.

민수는 눈을 감고 인서를 생각했다. 아무리 생각하고 생각해도 너무 좋았다. '왜 진즉에 그녀가 내 앞에 나타나지 않았을까' 하는 안타까운 마음이 들 만큼 그녀가 참 좋았다. 이런 그의 마음도 모른 채 시간은 더디게만 흘러갔다. 아니, 그만큼 인서가 빨리 와주기를 바랐던 것이다. 시간이 흘러 11시가 되었다. 민수는 초조한 마음에 연신 현관 쪽으로 눈길을 보냈다. 그렇게 11시 10분이 막 지날 때쯤 기다리던 그녀가 나타났다.

"여깁니다! 인서 씨."

민수는 자신도 모르게 벌떡 일어나 크게 소리쳤다. 그 바람에 베네치아 안에 있던 사람들의 눈이 온통 그에게로 쏠렸다. 그는 머쓱함도 잊은 채 그녀에게 자리를 권했다.

"오래 기다리셨지요?"

인서는 한 손으로 머리칼을 쓸어 올리며 말했다. 불빛에 비친 그녀의 하얗고 긴 손가락은 만지고 싶은 충동이 들 만큼 가녀렸다.

"기다리는 건 괜찮았지만 인서 씨가 안 오면 어떡하나 했지요. 그런데 이렇게 와 주셔서 고맙습니다."

"저도 고마워요. 좋은 선물도 주시고 또 이렇게 초대해 주셔서……."

"고맙기로 따지면 제가 더 고맙지요."

"왜요?"

"이렇게 멋지고 예쁜 인서 씨를 독차지 할 수 있으니까요."

"네에? 호호호……."

인서는 민수의 말에 깔깔대며 웃었다. 그녀의 하얀 치아가 불빛을 받아 밤하늘의 별처럼 반짝거렸다. 또한 가지런한 치열은 그녀의 도톰한 입술을 더욱 돋보이게 했다.

"저, 어떤 걸로 드시겠어요?"

민수는 메뉴판을 펼쳐 내보이며 말했다.

"저는 간단한 걸로 할게요."

"비싸고 맛있는 걸로 드세요."

"뒤풀이에서 안 먹으면 또 그렇고 해서 조금 먹었거든요. 그러니 신경 쓰지 마시고 간단한 걸로 시켜주세요."

"그래요, 그럼……. 저, 와인 좋아해요?"

"네, 가볍게."

"그럼, 와인도 시킬게요."

민수는 스테이크와 스파게티를 시키며 와인도 주문했다.

"저, 오늘 시낭송회 너무 감동적이었습니다."

민수는 감동에 젖은 얼굴로 말했다.

"감동적이었다니 다행이네요. 흉이나 잡히지 않을까 했는데……."

그녀가 살짝 얼굴을 붉히며 말했다. 그 모습이 일을 저지르고 무안해 하는 여섯 살 꼬마 여자아이 같이 순수했다.

"흉이라니요. 정말 좋았습니다."

"고맙습니다."

인서는 이렇게 말하며 물을 마셨다.

"인서 씨는 시를 아주 좋아하나 봐요?"

"네. 소설도 좋지만 저는 시가 더 좋아요."

"그렇군요. 저도 앞으로는 시를 많이 읽겠습니다."

"그러면 좋지요. 근데 왜죠?"

그녀가 미소를 머금은 채 궁금한 얼굴로 물었다.

"그래야, 앞으로 인서 씨와 대화가 되지요."

"네에? 호호호……."

그녀는 큰 소리로 웃었다. 단지 이유가 그뿐이냐는 듯이.

"제 말이 우스운가요?"

그가 미소를 머금고 말했다.

"아니요. 너무 재밌어서……."

그녀 역시 웃음 띤 얼굴로 말했다.

"그래요. 어쨌든 전 시를 많이 읽을 겁니다. 하하하……."

민수의 말에 인서는 깔깔대고 웃었다. 잠시 후 웃음을 멈춘 그녀
가 대뜸 그의 나이를 물었다.

"저, 학년은 저랑 같은데, 나이는요?"

"스물다섯입니다."

"그럼, 제대하고 복학하셨나 봐요?"

"네. 7월 말에 제대하고 이번 학기에 복학했습니다."

"그러면 선배님이시네요."

"그렇죠. 3년 선배죠."

"선배님."

인서는 조금 전과는 달리 깍듯이 말했다.

"갑자기 선배님이라고 하니 좀 그런데요."

"그럼 뭐라고 해요?"

"음, 내 이름이 조민수이니, 민수 씨라고 불러요."

"어떻게 그래요. 선배님이신데……."

"그럼 이러면 되잖아요."

"어떻게요?"

"지금 이 시간부터 친구하는 거 어때요?"

"친구요?"

"네."

"어떻게 갑자기……."

"내가 맘에 안 드나 보군요."

"아니, 그런 건 아니에요. 너무 갑작스러워서……."

인서는 두 손을 만지작거리며 말했다. 민수는 백옥처럼 하얀 그녀의 손을 만지고 싶을 정도로 그녀가 좋았다.

"그럼 그 말은 내가 괜찮은 남자라는 말이네요. 그죠?"

"네. 솔직히 말하면……."

인서는 이렇게 말하며 살짝 얼굴을 붉혔다. 자신이 말하고도 부끄러웠던 것이다. 민수는 속으로 '오예!' 하고 쾌재를 불렀다. 마치 뜻밖의 행운이 찾아온 것처럼 너무 좋았다.

"그럼 됐어요. 우린 지금부터 친구예요. 자, 친구 된 기념으로 한잔

해요."

민수는 활짝 웃으며 잔을 들어 인서의 잔과 부딪쳤다. 그녀도 조금 전과는 달리 활짝 웃었다. 그러고는 천천히 음미하듯 마셨다.

"자, 인서 씨 약속해요."

"뭘요?"

"우린 서로 친구라는 걸요. 자, 약속."

민수는 새끼손가락을 내밀었다. 그러자 인서는 기다렸다는 듯이 하얗고 가느다란 새끼손가락을 그의 손가락에 걸었다. 민수는 크게 웃으며 좋아했다.

"와, 오늘부터 인서는 내 거다."

"어머, 그런 법이 어디 있어요? 그건 내가 허락한 게 아닌데……."

그녀는 샐쭉거리며 말했다.

"인서 씨는 내 친구니까, 그러니까 내 거예요."

"그런 논리가 어디 있어요?"

"여기 있지요. 나한테만 통하는 논리예요."

"어머, 순 엉터리야."

인서는 이렇게 말하며 깔깔깔 웃었다. 민수 또한 큰 소리로 웃었다. 둘은 아주 오랜 연인처럼 자연스러웠고 막힘이 없었다.

그날 이후 둘은 찰떡궁합이 되어 바늘 가는 데 실 가는 것처럼 붙어 다녔다.

◆　◆　◆

민수는 선거에서 당당하게 총학생회장으로 당선되었다. 인서 또한 러닝메이트로 부회장에 당선되었다. 그들이 연인 사이라는 게 밝혀지면서 학교는 그들로 인해 연일 시끄러웠다. 그리고 이 소문은 혜빈에게도 알려졌다. 멀리서 그를 지켜봐야만 하는 그녀는 마음이 편치 않았다. 혜빈은 여러 구실을 만들어 민수와 만나 자신의 마음을 적극적으로 어필했지만 인서와의 사랑에 빠진 그의 귀에는 혜빈의 말이 들어오지 않았다.

민수가 졸업을 앞둔 어느 날 오후 혜빈은 그에게 이번이 마지막이라는 심정으로 만나기를 요청했다. 둘은 베네치아에서 만났다.

"이제 곧 졸업이네."

와인을 한 모금 마시고 나서 혜빈이 말했다.

"응. 세월 참 빠르다. 대학에 입학한 지 엊그제 같은데……."

민수는 엷게 웃으며 말했다.

"그러게……. 졸업하면 뭐할 건데?"

"대기업에 취업해서 실무 경험을 익힌 뒤 벤처기업을 할 생각이야."

"무슨 벤처?"

혜빈은 궁금한 얼굴로 물었다.

"전부터 계획해 오던 게 있는데, 의료기기 벤처야."

"의료기기? 난 의료기기에 대해서는 잘 몰라. 전망은 어때?"

"밝은 편이야."

"그래……."

혜빈은 이렇게 말하며 뒷말을 흐렸다. 그리고 잠시 무언가를 생각하더니 그에게 말했다. 그녀의 말의 요지는 민수에게 자신과 결혼하여 자신의 아버지 회사에서 경영 수업을 함께 받는 것이었다. 혜빈의 말에 그는 크게 당황했지만 차분하고 조심스럽게 말했다.

"혜빈아, 나에 대한 네 마음 참 고맙다. 그러나 난 이미 인서와 결혼을 약속했어. 이해해줘."

"……."

그의 말에 혜빈은 고개를 숙인 채 말이 없었다.

"넌 정말 좋은 친구야. 네 마음을 받아주지 못해서 미안해."

거듭된 그의 말에도 혜빈은 역시 말이 없었다. 그녀는 울고 있었던 것이다. 그 모습을 물끄러미 바라보는 민수의 마음도 편치 않았다. 자신을 이처럼 생각해주는 혜빈에게 고맙고 미안할 뿐이었다. 그는 혜빈이 말할 때까지 묵묵히 있었다.

소리 없이 울던 혜빈이 고개를 들었을 때 그녀의 젖은 눈이 전등불빛에 반사되어 반짝거렸다. 그 모습을 보자 민수는 마음이 저렸다. 아무것도 아닌 자신이 그녀의 마음을 아프게 한다는 게 너무 미안했다. 하지만 그는 딱히 뭐라고 할 말이 없었다. 자신이 무슨 말을 하더라도 그녀의 마음을 달래줄 수 없다는 걸 잘 알기 때문이었다.

혜빈은 손수건을 꺼내 눈물을 훔치고 나서 조용히 입을 열었다.

"미안해. 마음 불편하게 해서……."

그녀의 목소리는 푹 가라앉았다.

"난 괜찮아. 네가 걱정될 뿐이야."

민수는 혜빈을 똑바로 쳐다보고 말했다.

"걱정하지 마. 나 이제 너 힘들게 안 할 거야."

"……."

"인서 씨한테 잘해줘. 너무 예쁘고 좋은 여자야."

"고마워. 그렇게 말해줘서……."

자신이 사랑하는 사람을 포기한다는 것은 죽음처럼 참혹한 아픔을 준다는 것을 민수는 잘 알고 있었다. 그랬기에 그는 그렇게 말해준 혜빈이 진심으로 고마웠다.

"나 이제 씩씩한 혜빈으로 돌아갈 거야."

"그래. 넌 충분히 그럴 수 있어. 난 널 믿어."

"그래. 앞으로도 우리는 좋은 친구지?"

"물론이지. 누구보다도 절친이지."

"그래. 우린 절친이지."

둘은 와인을 두 병이나 비우며 그동안 마음에 담고 있던 것들을 죄다 털어놓았다. 그리고 서로를 포옹하고 나서 기분 좋게 헤어졌다. 그녀와 헤어져 하숙집으로 오는 내내 민수는 한쪽 가슴이 아렸다. 하숙집으로 온 그는 샤워를 하고 침대에 누웠다. 그리고 눈을 감았다.

그 시각 혜빈은 경춘 국도를 달려 지난번 민수와 함께 갔던 청평 강가에 차를 대고 큰 소리로 울었다. 참았던 눈물을 다 쏟아내듯 흐느끼고 또 흐느꼈다. 사랑을 잃은 여자의 슬픔은 먹구름이 태양을 가리듯 주변을 온통 슬픔의 그늘로 만들어 버렸다. 주변에 있는 나무와 풀들도 그녀의 서글픔에 같이 몸을 떨며 울었다.

한참 동안을 울어대던 혜빈은 울음을 멈추고 깊은 어둠에 잠긴 강을 바라보았다. 그동안 꿈을 꾼 것 같았다. 자기 혼자만의 착각에 갇혀 사랑이라는 꿈을 꾼 것을 깨닫는다는 건 그녀에게 크나큰 슬픔이었다. 혜빈은 손수건을 꺼내 젖은 눈을 닦고 콤팩트를 꺼내 얼굴을 잠시 다듬고는 차를 돌려 천천히 서울로 향했다.

그날 이후 민수와 혜빈은 친구로서 지낼 뿐 지난날의 감정으로 어색해하지 않았다. 둘 사이가 자연스럽게 정리된 것을 눈치 챈 동국과 종민은 둘 사이에 대한 것은 입도 뻥긋하지 않았다. 그러는 사이 졸업식이 다가왔다.

민수는 대학을 졸업하고 자신의 계획대로 대기업에 입사를 했고, 인서는 고등학교 국어교사로 임용되었다. 그리고 3년 후 어느 정도 자리가 잡히자 둘은 많은 사람들의 축복 속에서 화려한 결혼식을 올렸다.

시련의 그늘

민수가 가족과 헤어져 산 지도 어느 덧 2년이 되었다. 그 기간이 그에게는 수십 년의 세월만큼이나 길게 느껴졌다. 2년이란 시간은 그에게 있어 다시는 돌이킬 수 없는 금쪽같은 세월이었다. 그는 인서와 아이들의 소중한 시간을 빼앗은 것만 같아 더욱 마음이 아프고 괴로웠다.

민수는 2년 동안 자신의 결심대로 친구는 물론 그 어떤 사람도 만나지 않았다. 오직 앞만 보고 달렸다. 그래서 친구들 사이엔 그가 사업을 접고 가족과 함께 미국으로 갔다느니, 영국으로 갔다느니 하며 회자되었다. 2년이란 시간은 많은 걸 바꾸어 놓았다.

그런데 언제부터인가 민수는 몸에 이상을 느꼈다. 가슴이 답답하고 속이 더부룩한 것이 가끔씩 그의 기분을 흐려놓았다. 그러나 그는 일시적인 소화불량쯤으로 여겨 가볍게 넘겨버리곤 했다.

그동안 인서는 아파트로 이사를 하고 경제적으로도 안정을 찾으며, 잃어버린 웃음과 행복도 찾았다. 아이들도 좋아진 환경 속에서 살게 되자 만족해했다. 생활이 안정되면서 아이들은 가끔 아빠에 대해 말하곤 했다.

어느 날 저녁을 먹던 유리가 말했다.

"엄마, 아빠는 어떻게 지낼까요?"

"왜, 아빠 보고 싶어?"

인서의 말에 유리는 말없이 고개를 끄덕였다.

"유빈이는 어때? 너도 아빠 보고 싶어?"

"네, 가끔은요."

아이들의 말을 듣고 인서의 얼굴에 잠시 어두운 그림자가 스쳐 지났다. 그녀 또한 생활이 안정된 후로는 가끔 민수와의 행복했던 때를 생각하곤 했다. 자신을 너무도 사랑하고, 언제나 자신만을 위해주던 그가 아니었던가. 늘 가족을 최우선시 하고, 매사에 정확하고 성실했던 그를 생각하자 자신이 그에게 했던 일들이 파노라마처럼 스쳐 지나갔다. 게다가 자신의 모진 소리도 묵묵히 받아주던 그를 생각할 땐 자신이 너무했다는 생각이 들어 마음이 저려오곤 했다.

사람은 환경의 지배를 받는다는 말이 있듯 경제적인 안정은 그녀와 아이들에게 마음의 여유를 찾아 주었고, 마음의 여유를 갖게 되자 자연스럽게 그를 생각하게 되었던 것이다.

그날 밤 인서는 생각에 잠겼다. 생활이 어려울 땐 아이들이 아빠에 대한 얘기를 하지 않아서 아이들의 마음의 상처가 깊은 줄 알았는데 그게 아니었다. 아이들 마음속에서 떠났던 아빠에 대한 그리움이 되살아난 것이다. 그녀는 자신은 그렇다 치더라도 아이들을 위해서 가끔은 민수와 함께 하는 시간을 만들어주어야겠다고 생각했다.

민수는 가족의 미래를 위해 각자의 이름으로 적금을 들어 두었다. 그는 자신을 위해서는 먹는 것, 입는 것 등 꼭 필요한 것 외에는 절대로 소비하는 일이 없었다. 오피스텔도 살 수 있고, 자동차도 구입할 수 있는 형편이 되었지만 사치라고 여겼다. 무엇보다도 인서와 아이들에 대한 배신이라고 생각했다. 그는 의도적으로 자신을 궁핍하게 했고 스스로를 속박했다. 그것을 가족에 대한 도리라고 믿었다. 말하자면 자신이 스스로에게 징벌을 가한 것이다.

그러던 어느 날이었다. 인서는 아이들이 좋아하는 고구마튀김을 하고 있었고, 일찍 학교에서 돌아온 유리는 거실에서 동화책을 보고 있었다.

"아이, 맛있는 냄새."

책을 보던 유리가 코를 벌름대며 말했다.

"조금만 기다려. 금방 해줄게."

인서가 환하게 웃으며 말했다.

"네, 엄마."

그리고 나서 얼마 후 인서는 통증을 호소하며 주저앉았다.

"아, 왜 이러지?"

그녀가 자리에 주저앉아 고통스러워하자 유리가 놀라서 말했다.

"어, 엄마, 왜 그래요?"

"유, 유리야, 어서 119에다 전화해. 엄마 아프다고."

창백한 얼굴로 엄마가 말하자 놀란 유리는 119에 전화를 걸어 울면서 말했다. 그리고 10여 분 뒤 소방대원들이 와서 인서를 병원으로 이송했다. 병원으로 실려 간 그녀는 응급실로 옮겨졌다.

유리는 너무 놀란 나머지 큰 소리로 "엉엉" 울기만 했다. 그러다 문득 아빠가 생각났다. 유리는 한 치의 망설임도 없이 울면서 민수에게 전화를 했다.

"아빠! 으흐흑……."

"유, 유리야! 무슨 일이야?"

"아빠, 엄마가 병원에 실려 왔어요."

"뭐라고!"

민수는 놀라서 큰 소리로 되물었다.

"병원에 실려 갔다고? 어느 병원이야?"

"현대병원이에요."

"현대병원이면, 너희 학교 근처에 있는 병원 아니니?"

"맞아요, 아빠. 으흐흑……."

유리는 이렇게 말하며 울었다. 긴장이 된 건 그 역시 마찬가지였다. 그는 마음을 가다듬고 유리를 진정시키며 말했다.

"별일 없을 거야. 아빠가 지금 갈게. 울지 말고 침착하게 있어."

"네, 아빠……."

유리는 아빠가 온다는 말에 조금은 안심이 되었다. 민수에게 전화하기 전까지만 해도 두려워하던 유리는 아빠가 온다는 말에 눈물을 멈추고 엄마가 있는 응급실로 갔다.

의사가 인서를 살피고 있었다. 유리는 그 옆에서 젖은 눈으로 숨죽이며 바라보았다. 엄마가 잘못되지나 않을까 하는 마음에 유리의 작은 가슴은 연신 두근거렸다. 응급조치를 받은 인서는 아무런 말이 없었다. 잠이 든 것이다. 유리는 엄마가 잠든 것을 확인하고는 밖으로 나왔다. 그러고는 의자에 앉아 민수가 오기를 기다렸다.

잠시 후 민수가 헐레벌떡 뛰어 들어왔다. 그의 얼굴엔 땀방울이 송송 맺혔다.

"아빠, 여기예요!"

유리가 큰 소리로 외치자 그는 연신 숨을 몰아쉬고는 엷은 미소를 띠며 말했다.

"그, 그래. 유리야!"

민수는 겁에 질려 있는 유리를 꼬옥 안아주었다.

"아빠!"

"그래, 유리야."

"아빠, 으흐흑……."

유리가 민수의 품에 안겨 울기 시작했다. 너무도 무서웠는데 아빠를 보자 긴장이 풀렸던 것이다. 어린 딸이 우는 모습에 그의 눈가에도 눈물이 맺혔다. '어린 것이 얼마나 놀랬을까' 생각하니 그의 가슴이 미어지는 것 같았다.

"유리야, 아빠가 있으니까 아무 걱정하지 마. 아빠가 엄마 안 아프게 해 줄게……."

"정말요, 아빠?"

"그럼, 정말이지. 그러니까 유리는 아무 걱정하지 말고 여느 때처럼 밥 잘 먹고 공부 열심히 해야 돼?"

"네, 아빠……."

유리는 그의 품에서 안도의 한숨을 내쉬었다. 유리는 아빠의 품에 안겨 있으니 모든 걱정이 사라지는 것 같았다. 이상하게도 아빠의 품은 참 따뜻하다고 생각했다.

민수의 눈언저리가 발갛게 충혈되었다. 그는 어린 딸이 가여웠던 것이다. 순간 그는 자신이 죄인처럼 생각되었다. '만일 자신이 부도를 내지 않았다면 가족과 생이별하는 아픔도 없고, 인서에게도 이런 일이 없었을 텐데' 하는 생각이 그의 마음을 괴롭게 했다. 잠시 후 그는 마음을 가다듬고 유리를 안아준 팔을 풀며 말했다.

"유리야, 이제 괜찮지?"

"네, 아빠."

"자, 그럼 엄마한테 가 볼까?"

"엄마 주무세요."

"언제부터?"

"아까부터요."

"그래. 그럼 가보고 주무시면 다시 나오자."

"네, 아빠."

민수는 유리 손을 잡고 응급실로 갔다.

인서의 얼굴은 핏기가 가신 창백한 모습이었다. 얼굴뿐만 아니라 손도 마찬가지였다. 그녀의 잠든 모습을 민수는 똑바로 쳐다보지 못했다. 죄책감 때문이었다.

인서를 지그시 바라보던 민수는 약을 복용하던 지난날을 떠올리며 진료한 의사를 찾아갔다.

"안녕하세요? 저는 유인서 씨 보호잡니다."

"아, 그러세요? 좀 앉으시죠."

의사는 그에게 앉기를 권했다.

"감사합니다."

민수의 얼굴엔 조금 전과는 달리 걱정스러운 빛이 강물에 잠긴 저녁 산 그림자처럼 짙게 깔려있었다.

"평상시에도 많이 안 좋았지요?"

"네. 약을 복용했습니다. 선생님, 상태가 어떤가요?"

"환자의 신장이 많이 안 좋습니다."

"어느 정도인지……."

민수는 찢겨진 문창호지가 겨울바람에 파르르 떨듯, 떨리는 목소리로 물었다.

"신부전이 매우 심합니다. 신장 기능이 현저하게 떨어져 지금으로써는 신장이식을 해야 할 것 같습니다."

"네에! 신장이식을요?"

민수는 너무 놀란 나머지 자신도 모르게 큰 소리로 말했다. 의사는 의아한 얼굴로 그에게 물었다.

"네. 그동안 환자의 상태를 몰랐습니까?"

"네. 함께 할 수 없는 처지라······."

"그랬군요······."

의사는 고개를 끄덕이며 뒷말을 흐렸다.

"그럼, 앞으로 어떻게 해야 하나요?"

"신장을 기증 받아 이식을 하는 게 최선책입니다. 그런데 누가 신장을 기증할 거며, 기증을 한다 해도 조직검사와 항체반응검사를 해서 모든 것이 기증자와 환자가 잘 맞아야 합니다."

의사의 말에 민수는 말없이 고개를 끄덕였다.

"가족이나 형제들 중에서 할 수만 있다면 가장 이상적인데······."

"······그래요? 그럼 제가 검사를 해보면 어떨까요?"

민수는 얼른 되받아 말했다.

"그래도 좋다면 그렇게 하시죠."

"알겠습니다."

민수는 작은 희망이라도 발견한 듯 말했다.

"먼저 환자 입원수속부터 하세요."

"네. 선생님, 잘 부탁드리겠습니다."

"네, 그래요."

의사는 빙그레 웃으며 말했다. 의사와 상담을 마치고 밖으로 나온 민수의 표정은 어두웠지만 어떻게 해서라도 자신이 꼭 고쳐주고 싶었다.

"아빠, 엄마 일어날 수 있대요?"

유리의 말에 그가 빙그레 웃으며 말했다.

"그럼, 일어날 수 있고말고."

"정말이지요?"

유리는 기쁜 나머지 병실이 떠나가도록 큰 소리로 말했다.

"그럼, 정말이지."

"휴, 다행이다. 많이 많이 걱정했는데……."

"그랬어?"

"네, 아빠."

"이제 안심해. 아빠가 있잖아."

민수는 확신을 심어주기라도 하듯 유리의 손을 꼭 쥐고는 힘주어 말했다.

그는 입원수속을 했다. 잠시 후 인서는 병실로 옮겨졌다. 그녀는 병실로 가는 도중에도 깨어나지 않았다. 병실은 특실이라 매우 깔끔하고 정갈했다. 특실은 비쌌지만 인서가 쾌적한 분위기에서 치료를 받게 하기 위한 그의 마음이었다.

곤히 자고 있는 인서의 얼굴은 아까와는 달리 매우 평온해 보였다. 마치 깊은 잠에 취해 있는 것 같았다.

"아빠, 여기 너무 좋아요."

"병실이 좋아야 엄마한테도 좋지."

"엄마도 병실이 마음에 들 거예요."

바로 그때 가방을 맨 채로 유빈이가 왔다. 유빈이는 기운이 하나도 없는 표정으로 민수에게 인사를 했다.

"아빠, 안녕하세요?"

"그래. 유빈이 공부하느라 많이 힘들지?"

"아니에요. 엄마가 편찮으셔서 그게 더 걱정이에요."

"그래. 우리 유빈이 그동안 많이 의젓해져서 아빠 매우 기쁘구나."

"엄마는요?"

"주무시는구나. 깨어날 때까지 기다리자. 참, 배고프겠다. 우리 구내식당에 가서 뭐 좀 먹을래?"

"하지만 엄마가……."

"괜찮아. 밥 먹고 오는 동안 엄마는 편히 주무시고 계실 거야."

민수는 아이들의 손을 잡고는 병원 구내식당으로 갔다. 모처럼 아이들과 같이 밥을 먹게 된 그의 표정은 밝아 보였다.

"유리도 유빈이도 많이 의젓해져서 아빠는 너희들이 매우 대견하고 자랑스럽구나. 그리고 너희를 만나서 참 기쁘단다. 앞으로 엄마병이 다 나을 때까지만이라도 우리 잘 지내보자. 알겠지?"

"네."

자신의 말에 아이들이 한 목소리로 대답하자 민수는 매우 흡족한 얼굴로 아이들을 바라보았다. 그의 표정은 무슨 귀한 보석이라도 손에 쥔 듯한 모습이었다. 그는 이렇게라도 아이들을 볼 수 있어 행복했다. 아이들도 엄마가 아프고 힘들 때 아빠가 자신들 곁에 있다는 게 무척 든든하고 위안이 되는 듯한 모습이었다.

민수는 아주 오랜만에 아이들과 맛있게 밥을 먹었다. 그는 밥을 먹는 내내 아이들의 숟가락에 맛있는 반찬을 번갈아가며 올려주었

다. 그러고는 말끝마다 "허허!" 하며 웃음 지었다. 아이들의 입가에
도 깨꽃 같은 미소가 포르르 피어났다.

　밥을 먹고 나서 민수는 아이들에게 음료수를 뽑아 주고 자신은 커
피를 마셨다. 커피를 마시고 나서 그는 또다시 아이들의 손을 자신
의 양 손으로 잡은 채 즐거운 표정을 지으며 병실로 돌아왔다.
　인서는 아직도 자고 있었다. 그는 물끄러미 그녀를 바라보다 손을
씻으러 세면실로 갔다. 아이들은 의자에 앉아 소곤소곤 말했다. 그
런데 바로 그때 인서가 잠에서 깨어났다. 그녀가 깨어난 걸 보고 반
가운 마음에 유리가 큰 소리로 외쳤다.
　"엄마!"
　"그래, 유리야! 유빈이도 왔구나?"
　"네, 엄마."
　유빈이는 큰 눈을 깜빡이며 말했다.
　"엄마, 아빠도 오셨어요."
　유리는 들뜬 목소리로 말했다.
　"그, 그래."
　민수가 왔다는 말에 인서의 얼굴엔 화색이 돌았다.
　"어, 깨어 있었네!"
　때맞춰 들어오던 민수가 말했다.
　"자기 왔어?"
　인서의 목소리에는 반가움으로 가득 찼다.

"응. 많이 힘들지?"

"조금……."

"왜 나한테 진즉에 말하지 않았어? 이렇게 될 때까지……."

민수는 안쓰러운 눈빛으로 말했다.

"미안해. 부담 주고 싶지 않아서……."

인서는 이마로 내려온 머리카락을 쓸어 올리며 미안한 표정으로 말했다.

그녀는 바쁜 학원 강사일로 늘 피로에 쌓여 지냈다. 특히 피로는 신장병 환자에겐 독과 같은 것이다. 그런데 그녀는 진료를 받을 때마다 휴식을 취하라는 의사의 말에 대답만 할 뿐 제대로 쉰 적은 단 한 번도 없었다. 그도 그럴 것이 쉴 수 있는 형편이 아니었기 때문이다. 그렇게 2년여를 지내오는 동안 꾸준히 약을 복용했음에도 신장에 무리가 온 것이다.

"미안하긴…… 당연히 그렇게 해야지."

민수의 말에 인서는 쓸쓸하게 웃었다. 이혼하고 나서 아이들 문제로 두 번 정도 만난 적이 있지만 그것도 아주 잠깐, 다른 이유로 만난 적은 없었다. 단절되었던 2년 동안의 세월이 주는 어색함이 그녀의 쓸쓸한 웃음에 들어 있는 듯했다.

민수는 얼른 분위기를 바꿔 말했다.

"의사를 만나봤는데 그리 큰 문제가 아니라면서 다 잘될 거래."

"그래?"

잘될 거라는 말에 인서의 표정이 한층 밝아졌다.

"응. 그러니 걱정하지 마."

"다행이다. 걱정 많이 했는데⋯⋯."

"미안해. 다 내 잘못이야."

"그런 말하지 마. 이렇게 와서 입원수속도 밟아주고. 고마워."

인서는 밝게 웃으며 말했다. 민수는 비록 병실에서지만 그녀와 아이들을 만날 수 있어 너무 감사했다. 둘이 이야기하는 사이 그녀의 친정 엄마와 여동생이 놀란 얼굴로 들어왔다.

"어, 엄마?"

인서가 말했다.

"갑자기 무슨 일이래?"

"걱정 마세요. 별일 아니래요."

인서는 친정 엄마의 손을 잡고 말했다.

"그래? 그럼 다행이고. 유빈이 전화 받고 얼마나 놀랬는지⋯⋯."

인서의 어머니는 숨을 몰아쉬고는 안도하며 말했다.

"장모님 오셨어요?"

"그, 그래. 자네도 왔구먼."

"그동안 건강하셨는지요?"

"나야, 늘 건강하지. 그래, 자네도 건강하지?"

"네. 저는 건강합니다."

"에구, 어쩌다 둘이 이렇게 됐는지⋯⋯."

인서의 어머니는 금실 좋던 둘 사이가 아직도 믿기지 않는 듯 말했다.

"죄송합니다, 장모님. 모두가 제 잘못입니다."

민수는 고개 숙여 말했다. 그의 말에 인서 어머니는 말없이 눈물을 훔쳤다.

"형부, 잘 오셨어요."

"그래, 처제. 처제도 잘 지내지?"

"네."

"미안해, 처제. 못난 모습을 보여서……."

"아니에요. 그렇게 생각하지 마세요."

민수는 처제의 말에 가슴이 울컥했다. 잠시 침묵이 흘렀다. 서로가 마음 아프기는 마찬가지였다. 인서가 침묵을 깨며 말했다.

"은서야, 오늘 저녁부터 아이들 좀 살펴줘."

"알았어, 언니. 아무 걱정하지 말고 빨리 나을 생각이나 해."

"그래, 고마워."

"고맙긴, 당연한 걸 갖고……."

은서는 엷은 미소를 지으며 말했다.

"나도 잘 부탁할게, 처제."

"형부는 아무 걱정 마세요."

"고마워, 처제."

"아이고, 이제 그만들 하세요. 자꾸 그러니까 오히려 내가 미안해지려고 하네……."

은서의 말에 모두는 깔깔대며 웃었다. 그 웃음이 그동안의 무거웠던 민수의 마음을 한풀은 벗겨준 듯했다. 그는 참으로 오랜만에 밝게 웃었다. 가족이 함께 하는 웃음은 그에게 있어서는 2년만이었다. 그리고 지금 이 순간처럼 자신의 뒤틀린 현실을 되돌리고 싶었다.

인서는 밖에 있던 아이들을 불렀다.

"엄마, 왜요?"

유리가 병실로 들어오며 말했다.

"오늘 저녁부터 이모가 너희들을 보살펴 줄 거야. 그러니까 엄마하고 있을 때보다 더 잘해야 돼?"

"네, 엄마. 우리 걱정 마시고 엄마 병이나 빨리 나으세요."

유빈이는 차분하고 의젓하게 말했다.

"그래, 고맙다. 너희가 그렇게 말해 주니 엄마가 금방 나을 거야."

인서는 이렇게 말하며 아이들의 손을 꼭 잡아 주었다.

민수는 인서와 아이들의 모습을 바라보며 그동안 쌓였던 가족에 대한 그리움을 잊기라도 하려는 듯 소리 없이 활짝 웃었다. 그 순간 2년 동안 단절되었던 그들의 보이지 않는 벽이 서서히 얇아지는 것 같았다.

아이들도 밝은 마음으로 엄마의 병실을 나갈 수 있어 안심했다. 이 모두가 아빠가 엄마 곁을 지켜주기 때문이라고 믿었다. 믿을 수 있는 사람이 자신들 곁에 있다는 것은 행복한 일이라는 것을 깨달은 것이다. 특히 그 믿음의 대상자가 가족이라면 더더욱 믿음에 대한 신뢰가 두터워진다는 사실을 말이다. 아이들에겐 참으로 소중한 것을 알게 한 그와의 만남이었다.

"저, 장모님, 아이들이랑 같이 들어가시지요."

"인서는 어떡하고?"

"제가 있겠습니다. 내일 오후 제가 출근하기 전에 오세요."

"자네 힘들어서 어떻게 하려고."

"저는 괜찮습니다. 장모님, 어서 들어가세요."

"그래요, 엄마. 그렇게 하세요."

인서가 거들며 말했다.

"그래도 될까?"

"네, 장모님. 그렇게 하세요."

"알았네. 그럼, 수고하게."

"네, 장모님."

"엄마, 우리가 가더라도 아프면 안 돼요."

"그래."

인서는 유리의 말에 미소 띤 얼굴로 말했다. 유리는 인서의 볼에 뽀뽀를 했다. 그녀의 냄새가 유리 코를 신선하게 자극했다. 역시 엄마 냄새는 이 세상에서 제일 향기롭다고 생각했다.

아이들은 밝은 표정으로 병실을 나갔다. 아이들을 바라보는 민수의 얼굴엔 측은함과 안도감이 교차하며 묘한 분위기를 띠었다. 현관까지 따라 나온 그가 말했다.

"장모님, 조심해서 가세요."

"그래, 어서 들어가게……."

"네, 장모님. 유리, 유빈이는 이모 말씀 잘 듣고."

"네, 아빠!"

아이들은 큰 소리로 대답했다. 민수는 흐뭇한 얼굴로 아이들을 바라보았다. 저만치 가던 유리가 손을 흔들었다. 그도 손을 흔들어주었다. 순간 그의 눈가에 맑은 눈물이 맺혔다. 그는 눈물에 젖은 흐릿한 눈으로 아이들이 안 보일 때까지 그 자리에 은사시나무처럼 서 있었다.

◆　◆　◆

며칠 후 민수는 신장이식 수술을 위한 조직검사를 받았다. 그는 조직검사를 받는 내내 마음을 졸였다. 자신의 신장이 인서의 신장조직과 잘 맞아야 자신의 신장을 기증할 수 있기 때문이다. 민수는 자신으로 인해 마음고생이 심한 인서에게 조금이나마 마음으로 진 빚을 갚고 싶었고, 아이들에게 아빠로서 떳떳하고 싶었다.

민수는 학원 일을 하며 바쁘고 힘든 가운데도 정성을 다해 인서를 간호하며 곁에서 지켜주었다.

"자기, 강의하기도 바쁜데 이렇게 시간을 빼앗겨서 어떻게 해?"

인서는 자신에게 열중하는 민수에게 말했다.

"그게 무슨 말이야? 당연히 내가 해야……."

민수는 그녀의 말에 당연하다는 듯이 말했다.

"그러지 말고 가끔씩 들러도 돼."

"그런 말하지 마. 내가 좋아서 하는 거니까."

"그러다 자기 건강 해치면 어떡하려고?"

"내 몸은 내가 잘 알아. 그러니까 다시는 그런 말하지 마."

민수는 두 팔을 으쓱해 보이며 말했다. 그 모습이 우스운지 인서는 큰 소리로 깔깔대며 웃었다. 그녀의 밝은 웃음에 그도 따라서 큰 소리로 웃었다.

오후 4시부터 밤 11시까지는 친정 엄마가 인서를 간호하고, 민수는 강의가 끝난 밤 11시부터 다음 날 오후 4시까지 간호했다. 피곤하고 힘든 생활이었지만 그는 행복했다. 자신이 너무도 사랑하는 인서와 이렇게나마 함께 한다는 것이 무엇보다 좋았고, 아이들을 가끔씩 볼 수 있다는 게 꿈만 같았다.

'조직검사 결과가 좋게 나와야 할 텐데……. 만일 검사결과가 나쁘면 어떡하지. 그러면 기증자를 찾아야 하는데……. 제발, 나하고 잘 맞으면 얼마나 좋을까.'

민수는 이렇게 생각하며 검사결과를 초조하게 기다렸다. 검사결과를 기다리는 순간순간이 그의 피를 말리듯 그의 입술은 바싹 타들어갔고, 가슴은 두근거리며 마음을 놓지 못하게 했다.

그는 변함없이 인서를 사랑했다. 이혼은 했지만 어디까지나 그녀의 일방적인 생각에 의해 이루어진 것이다 보니 민수는 그 생각만 하면 늘 마음이 아팠다. 그는 인서와 남남이라는 생각을 한 번도 하지 않았다.

그로부터 사흘 후 검사결과가 나왔다는 말을 듣고 민수는 마치 입시시험을 치르는 입시생처럼 초조하게 검사결과를 기다렸다.

"조민수 님, 들어오세요."

진료실로 들어오라는 간호사의 말에 민수는 초조한 마음으로 의사 앞에 앉았다. 의사의 표정이 그리 밝아 보이지 않자 그의 마음은 더욱 초조해졌다. 잠시 생각에 잠겨있던 의사가 무겁게 입을 열었다.

"보호자와 환자의 조직이나 항체반응검사가 놀라울 정도로 만족스럽습니다."

"감사합니다, 선생님!"

민수는 기쁨에 들뜬 목소리로 말했다. 그것은 인서의 병을 고친 거나 다름없기 때문이다. 그러나 의사의 표정은 조금 전과 똑같이 어두웠다. 민수는 기쁘면서도 의사의 어두운 표정이 마음에 걸렸다. 혹시라도 다른 문제가 있지나 않을까 해서였다. 민수는 의사를 주시하며 그가 입을 열기를 바랐다. 잠시 머뭇거리던 의사가 입을 열었다.

"저, 그런데……."

의사는 계속 말을 잇지 못하고 또다시 머뭇거렸다.

"선생님, 무슨 일인데, 말씀하시기를 주저하십니까? 저 혹시라도 무슨 문제라도……."

민수는 이렇게 말하며 불안한 표정으로 의사를 바라보았다.

"신장이식을 하는 데는 문제가 없는데…… 문제는 조민수 님에게 이상이 있는 것 같습니다."

"네에! 그, 그게 무슨 말입니까?"

그가 놀란 얼굴로 묻자 의사는 두어 번 헛기침을 하곤 말했다.

"확실치는 않지만 저, 위에 문제가 있는 것 같습니다……."

의사는 말끝을 흐렸다.

"그, 그게 저, 정말입니까?"

"정밀검진을 해보면 더 정확히 알 것 같습니다. 정밀검진을 받도록 하세요."

민수의 얼굴엔 '위에 문제가 있다니, 그 어떤 자각증세도 느끼지 못했는데 무슨 말도 되지 않는 얘기야?' 하는 표정이 역력했다. 하지만 그 생각도 잠깐, 그는 검진을 받겠다고 말했다. 인서를 생각하면 잠시라도 지체할 수 없다는 게 그의 생각이었다.

"아, 알겠습니다."

"제가 바로 연결해 드리지요."

의사는 이렇게 말하고는 간호사를 불러 내과 담당 의사에게 민수를 데려가 검사를 받을 수 있도록 하라고 말했다. 의사의 지시를 받은 간호사가 어디론가 갔다. 그리고 잠시 후 돌아와서는 원무과에 접수를 하고 내과 대기실에 가서 기다리라고 했다.

간호사가 일러준 대로 하고 나서 대기실에서 앉아 있는데, 내과 담당 간호사가 그를 검진실로 데려갔다. 그리고 민수에게 물었다.

"내일 검진을 받으시겠어요?"

"그렇게 하겠습니다."

"그럼 오늘 저녁에 금식하시고, 내일 아침에 오시면 위내시경 검사를 진행하겠습니다."

담당 간호사가 그에게 관련 사항을 안내해주었다. 병실로 돌아온 민수는 장모님에게 전화를 걸어 내일 급한 사정이 있으니 대신 인서를 보살펴달라고 부탁했다.

그는 저녁 10쯤 집으로 돌아와 내일의 검진을 위해 일찍 잠자리에 들었다. 그러나 좀처럼 잠이 오지 않았다. 민수는 옅은 숨을 연신 몰아쉬었다. 그러다 그는 잠자리에서 일어나 서성거리기도 하고, 다시 누워 엎치락뒤치락거리며 마음의 안정을 찾으려고 애를 썼다. 그만큼 그는 초조했던 것이다.

민수는 날이 새기 시작할 무렵 가까스로 잠이 들었다. 하지만 두 시간도 채 되지 않아 눈이 떠졌다. 깊은 초조함은 잠에 빠진 그를 그대로 두지 않았다. 시계를 보니 오전 7시 10분이었다. 그는 자리에서 일어나 창밖을 내다보았다. 부슬부슬 비가 내리고 있었다. 그는 창가에 선 채 한동안 꼼짝도 하지 않았다. 그의 눈은 창밖을 보고 있었지만, 그의 머리는 온통 인서 생각뿐이었다. 한동안 꼼짝도 않던 그는 발길을 돌려 욕실로 향했다. 세수를 하고 머리를 말끔히 감고 나자 시간은 8시 20분을 가리켰다.

집에서 나온 민수는 천천히 걸어서 병원으로 향했다. 직장으로 출근하는 사람들, 학교로 가는 학생들로 아침 거리는 분주하게 돌아갔다. 그러나 그는 마치 자신만이 홀로 거리를 걷는 듯했다. 아무것도 눈에 들어오지 않았다. 구름 위를 걷듯 그의 다리는 휘청거렸다. 그만큼 그는 긴장이 되었던 것이다.

그렇게 얼마쯤 걷다 보니 그의 발길은 병원 앞에 멈추어 섰다. 그는 병원을 한 번 쭉 바라보고는 무슨 결심이라도 한 듯 성큼성큼 걸어서 안으로 들어갔다. 민수는 원무과에 접수를 하고 내과로 향했다. 내과 간호사에게 진료카드를 건네고는 대기실에 앉았다. 그는 머리를 벽에 기댄 채 눈을 꼭 감았다. 그 어떤 생각도 나지 않았다. 오직 검진결과가 좋기만을 바랄 뿐이었다. 얼마를 그러고 있는데 간호사가 그의 이름을 불렀다. 민수는 위내시경 등 몇 가지 검진을 받는 내내 아무 일이 없기를 바랐다. 검진을 받고 나서 초조한 마음에 그는 일이 손에 잡히지 않았다. 그러는 와중에도 인서가 신장이식 수술을 받는 데 아무 일이 없기를 간절히 바랐다.

이틀 후 민수는 착잡한 마음으로 진료실에 들어갔다. 그가 자리에 앉자 차트를 보고 있던 의사가 어두운 얼굴로 그를 바라보았다. 민수는 직감적으로 상황이 좋지 않다는 걸 알 수 있었다. 아니나 다를까 의사의 입에서 나온 말은 그를 당혹스럽게 했다.

"안타깝게도 위암 진단이 나왔습니다. 그것도 3기입니다."

"…… 저, 정말입니까?"

당황한 민수가 멍한 얼굴로 물었다.

"네. 유감스럽게도 그만……."

민수는 더 이상 그 어떤 말도 하지 못한 채 멍하니 앉아 있었다. 무언가로 된통 얻어맞아 머릿속이 하얗게 된 듯 아무 생각도 할 수 없었다. 그러나 그것도 잠깐, 그는 떨리는 목소리로 말했다.

"저, 저는 괜찮습니다. 신장이식 수술만 할 수 있다면."

민수의 말에 의사는 측은한 눈빛으로 그를 바라보다 입을 열었다.

"지금 그 몸으로는 신장이식 수술을 할 수 없습니다."

"아, 안됩니다. 선생님."

민수는 방금 전과는 달리 큰 소리로 말했다.

"조민수 님 마음은 잘 알겠습니다. 하지만 그 몸으로 수술을 한다는 것은 자살행위와도 같습니다."

"선생님! 전 아무래도 좋습니다."

"안 됩니다. 신장 담당 선생님도 허락하지 않을 겁니다. 그러니 조민수 님 몸부터 치료하시기 바랍니다."

의사는 단호하게 말했다.

진료실을 나온 민수는 심한 충격으로 휘청거렸다. 전혀 상상도 하지 못한 일이었다. 신장 담당 의사가 말했을 땐 오진이기를 바랐는데…… 그게 현실이 되고 보니 눈앞이 캄캄했던 것이다.

간신히 중심을 잡고 잠시 숨을 고른 후 그는 밖으로 나갔다. 때마침 병원 현관 앞에 택시가 멈춰 섰다. 민수는 택시를 타고 한강으로 갔다. 한강으로 가는 내내 그는 자신에게 처한 상황을 믿을 수 없었다. 자신이 암이라는 사실이 받아들여지지 않았다. 마치 악몽을 꾸는 것 같았다. 그러나 그것은 부인할 수 없는 현실이었다. 그는 "욱!" 하며 터져 나오려는 깊은 슬픔을 감추기 위해 자신의 다리를 있는 힘껏 비틀었다. 아파도 아픈 줄 몰랐다. 사정없이 꼬집고 비틀어 댔다. 그 바람에 입안까지 차 오른 깊은 슬픔을 가까스로 막을 수 있었다.

하지만 그것도 잠시 뿐 택시에서 내려 한강 쪽으로 휘청거리며 걸어가던 그는 쓰러지듯 주저앉아 참고 참았던 슬픔을 큰 소리로 토해내며 울부짖었다.

"어떻게 이런 일이 내게 있을 수 있단 말인가. 어떻게……. 이건 말도 안 돼. 내가 뭘 잘못했다고……. 열심히 살았고, 남에게 피해준 일도 없는데…… 왜 하필이면 많고 많은 사람들 중에 나란 말이야. 이건 너무 불공평해. 불공평하다고……. 이건 오진이야. 그래 이건 오진일 거야……. 그 의사는 돌팔이야. 분명 돌팔이일 거라고……."

민수는 가슴을 쥐어뜯으며 소리쳤다. 얼마 동안 악을 쓰며 울부짖던 그는 지쳐서 잔디 위로 쓰러졌다. 한참을 쓰러져 죽은 듯이 있었다. 아무리 생각하고 생각해봐도 너무 억울하고 믿기지가 않았다. 그는 또다시 흐느끼기 시작했다.

"나는 그렇다고 쳐. 인서는…… 우리 유리와 유빈이는 어떻게 하고……. 이건 말도 안 돼. 난 살아야 해. 반드시 살아야 해……. 인서도 살리고 나도 살아야 해……."

민수는 이렇게 울부짖으며 피가 맺힐 만큼 세게 입술을 깨물었다. 그러다간 말없이 눈을 감고 있다, 또다시 울부짖기를 반복했다. 한참을 반복적으로 울부짖던 그는 무엇이 생각난 듯 비틀거리며 자리에서 일어났다.

"그래, 다른 병원에서 검진을 받아보자. 이건 분명 오진일 거야."

마음을 다잡은 민수는 택시를 타고 병원으로 돌아왔다. 차에서 내린 그는 화장실로 가서 세수를 했다. 옷매무새를 단정히 하고 헝클어진 머리도 단정히 매만졌다.

"이럴수록 냉정해져야 해. 그렇지 않으면 감당할 수 없는 일이 생길지도 몰라. 그러면 모두가 불행해지겠지. 안 돼. 나로 인해 더 이상 가족을 불행하게 할 수 없어. 부딪치는 거야. 내가 죽는다고 해도 부딪쳐 보는 거야."

민수는 아까와는 너무도 달리 냉정하게 생각했다. 마음을 굳게 하자 그의 가슴도 덤덤해졌다.

다음 날 민수는 다른 병원으로 가서 검진을 받았다. 그리고 사흘 후 역시 같은 진단이 내려졌다. 하지만 그는 처음과는 달리 침착했다. 이미 판정을 받아서인지 그는 오히려 무덤덤했다.

민수는 인서가 기다리고 있는 걸 생각해 택시를 타고 병원으로 향했다. 그는 생각했다.

'이미 주사위는 던져졌어. 그렇다면 내가 해야 할 일은 단 한 가지, 의사를 설득해서 신장이식 수술을 하고, 나 또한 수술을 받는 거야. 이것이 지금 내가 할 수 있는 최선의 선택이니까.'

이렇게 생각을 굳힌 민수의 얼굴엔 강한 의지가 번뜩였다. 병원에 도착한 그는 의사를 찾아가 신장이식 수술을 하고 자신도 수술을 받겠다고 말했다.

"내과 선생님으로부터 조민수 님에 대해 이야기를 들었습니다. 그 몸으로 신장이식 수술을 한다는 것은 있을 수 없습니다."

의사는 수술을 할 수 없다고 딱 잘라 말했다.

"내과 선생님도 똑같은 말씀을 하시더군요. 그러나 저는 반드시 신장이식 수술을 해야만 합니다. 제발, 저의 뜻대로 해주십시오."

"그건 의사로서 할 수 없는 일입니다. 기증자를 찾아보도록 할 테니 먼저 위암 수술부터 받도록 하세요."

의사 또한 자신의 뜻을 굽히지 않았다. 하지만 민수는 다음 날도 또 다음 날도 의사를 찾아가 사정했다. 그러자 그의 간절함에 감동받은 의사의 태도가 한결 부드러워졌다.

민수는 마지막이라는 심정으로 의사를 찾아가 말했다.

"선생님, 한 가지 물어보겠습니다. 제가 수술을 받으면 살 수 있습니까?"

"음, 그건 장담할 수 없습니다. 그만큼 조민수 님의 상태가 심각하니까요."

"그렇다면 제 결심은 더욱 확고해졌습니다. 저는 죽는 한이 있더라도 유인서는 꼭 살려야 합니다."

의사는 안쓰러운 표정으로 그를 바라보았다.

"전 괜찮으니 이식 수술을 해 주세요. 네, 선생님."

"다시 한 번 말하지만 그건 의사로서 할 일이 아닙니다. 그러니까 시간이 걸리더라도 기증자를 찾아보겠습니다."

"그러다가 환자가 더 악화되면 어떡합니까?"

"그건 제가 최대한 조치를 취하도록 하겠습니다. 그러니 제 말을 들으세요."

"안 됩니다. 전 그럴 수 없습니다."

"제가 할 수 있다면 그렇게 하고 싶습니다. 하지만 이건 상식에 벗어나는 일입니다. 유인서 님보다도 조민수 님이 당장 급합니다. 하루빨리 수술을 해야 합니다. 수술을 한다고 해도 결과는 보장할 수 없습니다. 그만큼 심각하다는 말입니다."

의사는 이렇게 말하며 손으로 자신의 턱을 쓰다듬었다. 그 역시 마음이 답답했던 것이다.

"선생님, 선생님 말씀은 잘 알겠습니다. 하지만 전 아무래도 좋습니다. 제가 죽고 인서가 살 수 있다면 전 그렇게 하겠습니다. 그러니 제발, 이식 수술을 해 주십시오. 그러고 나서 수술을 받도록 하겠습니다."

"절 보고 상식이 없는 의사가 되라는 말입니까? 전 의사로서 양심상 그럴 수 없습니다."

의사는 냉정하게 말했다.

"선생님, 선생님에겐 의사로서의 양심이 중요하겠지요. 저도 이해합니다. 하지만 저에겐 한 여자를 책임져야 할 의무가 있습니다. 전제 의무를 다함으로써 제가 안고 있는 고통의 짐을 내려놓고 싶습니다."

민수는 이렇게 말하며 간절한 눈으로 의사를 바라보았다.

"그럼 한 가지 묻겠습니다. 안고 있는 고통의 짐이 무엇입니까? 가장으로서의 의무를 말하는 건가요? 아니면 다른 또 무엇이 있는 건가요?"

의사의 말에 민수는 잠시 멈칫 했다. 이혼에 대해 그동안 어느 누구에게도 말하지 않았기 때문이다. 그러나 의사의 물음에 말을 안

한다는 것도 지금의 입장에서는 어쩔 수 없는 일이 되고 말았다. 그는 의사에게게만은 사실대로 말해야겠다고 생각했다. 자신의 말을 듣고 의사가 자신의 뜻을 따라 줄 거라는 강한 확신 때문이었다.

"선생님, 제가 의학상식에 벗어나는 일을 요청하는 것은 가장으로서의 책임도 있지만 그보다는 아내에게 너무도 혹독한 마음의 상처를 주었기 때문입니다. 제 잘못으로 인해 가족에게 경제적으로 또 심적으로 큰 고통과 시련을 안겨주었습니다. 그 바람에 아내와 이혼을 했습니다. 하지만 저는 그녀를 제 목숨보다도 사랑하고 아이들역시 마찬가지입니다. 그녀를 살릴 수 있다면 전 기꺼이 제 목숨을 던져서라도 그렇게 할 겁니다."

그의 말을 듣고 나서 의사가 말했다.

"조민수 님의 고통이 얼마나 큰지를 이해할 것 같습니다. 하지만 아무리 그래도 이건 의사이기 전에 같은 남자로서 말리고 싶습니다."

의사는 침통한 표정으로 말했다. 그는 같은 남자로서 민수의 결단을 말리고 싶었다. 사랑하는 사람을 위해 자신이 죽을 수도 있는 모험을 감행한다는 것은 눈물겹도록 숭고한 일이기 전에 너무도 비극적이기 때문이었다.

"선생님, 이렇게 간청드립니다."

민수는 자리에서 일어나 무릎을 꿇으며 말했다.

"이, 이러지 마십시오. 잘 알았으니 일어나세요."

의사는 민수의 손을 잡아 일으켰다. 그는 민수의 간절한 요청을 더 이상 외면할 수 없었다.

"저, 정말이십니까? 선생님."

"네. 조민수 님의 간절한 바람을 누가 꺾을 수 있겠습니까?"

의사는 이렇게 말하며 그의 손을 꼭 잡았다.

"고맙습니다. 선생님……."

민수는 이렇게 말하며 뜨거운 눈물을 흘렸다. 그는 마치 절망 끝에서 희망을 찾은 기분이었다. 의사의 눈에도 물기가 고였다. 한 여자를 위한 남자의 지극한 순정에 감동한 것이다.

"조민수 님의 바람대로 잘될 겁니다. 저도 최선을 다하겠습니다."

"감사합니다. 선생님. 저, 그리고 부탁이 있습니다. 이 사실을 환자에게나 가족 누구에게도 절대 비밀로 해 주십시오."

민수는 떨리는 목소리로 말했다. 의사는 옅은 심호흡을 해 보이고는 굳게 다문 입을 열었다.

"알겠습니다. 그렇게 하지요."

"감사합니다, 선생님!"

이렇게 말하는 민수의 얼굴에는 조금 전과는 달리 밝은 미소가 번져났다. 그것은 마치 희망의 꽃씨가 피워낸 기쁨의 꽃망울 같았다. 그는 인서를 살리게 돼 자신에게 내려진 병명은 하나도 두렵지 않았다. 민수는 화장실로 가서 눈가에 얼룩진 눈물자국을 닦아냈다. 그리고 거울에 비춘 자신의 모습을 보고 말했다.

"잘했어. 정말 잘했어. 넌 정말 잘한 거야. 네가 그동안 살아오면서 제일 잘한 일이야. 그래서 고마워. 그리고 조금도 걱정하지 마. 다 잘될 거야. 난 믿어. 그러니 너도 응원해 줘. 부탁한다."

거울 속에 그도 잘 알았다는 듯 밝게 미소 지었다. 병실로 돌아온 민수는 함박웃음을 지으며 말했다.

"기뻐해! 자기에게 잘 맞는 기증자를 찾았어!"

"그, 그게 정말이야?"

"응."

"이럴 수가…… 정말 감사한 일이야."

"그래. 이제 자기는 살았어. 살았다고!"

민수는 과장된 몸짓으로 크게 말했다.

"너무 기뻐서 말이 안 나오네."

이렇게 말하는 인서의 볼을 타고 눈물이 흘러내렸다. 그녀를 바라보는 민수의 얼굴에는 기쁨이 노을처럼 피어올랐다.

'자기 걱정하지 마. 자긴 내가 반드시 건강하게 해 줄게.'

민수는 자신의 목숨 따위엔 신경 쓰지 않았다. 누구에게나 단 하나뿐인 생명인데 그는 인서를 살릴 수 있다는 기쁨에 자신은 완전히 잊은 듯했다. 그런데 바로 그때 아이들과 인서의 어머니, 여동생이 문을 열고 들어왔다.

"엄마, 아빠!"

"어서들 와. 장모님 오셨어요?"

"그래, 자네가 고생이 많네."

"고생은요. 장모님, 이리로 앉으세요."

인서의 어머니는 인자한 미소를 지으며 자리에 앉았다.

"너희들 잘하고 있지?"

민수는 아이들을 둘러보며 말했다.

"네. 잘하고 있으니 걱정 마세요."

유빈이 듬직한 목소리로 말했다.

"그래, 고맙다."

"고맙긴요. 당연한 걸 같고……."

유리의 능청스런 말에 모두는 큰 소리로 웃었다.

"참, 형부. 언제쯤 기증자를 찾을 수 있대요?"

"그러지 않아도 말하려고 했는데, 조금 전에 기증자를 찾았다고 얘기 들었어."

"그래요? 정말 잘됐다, 언니!"

은서는 기쁨에 겨운 얼굴로 말했다.

"나도 얘길 듣고 꿈만 같았어."

"그래, 언제쯤 수술을 할 수 있대?"

인서 어머니가 말했다.

"며칠 안으로 할 수 있을 것 같아요."

"그래? 누군지 몰라도 참 고맙기도 하지."

인서 어머니는 이렇게 말하며 눈물을 훔쳤다.

"와! 우리 엄마 이제 안 아파도 된다."

아이들은 환호성을 지르며 좋아했다.

"그렇게도 좋아?"

민수가 활짝 웃으며 말했다.

"네!"

아이들이 동시에 대답했다. 아이들 모습에 모두가 또 한 번 크게 웃었다.

'그래, 모두들 저리 좋아하는데 내 목숨을 던져 모두에게 희망을 준다면 그 또한 나의 행복이지. 나의 일부를 떼어내 인서가 살 수 있다는데 이것이 은총이 아니고 뭐야. 그래 난 이제 내가 아니야. 내 한 몸에 내가 사랑하는 가족의 미래가 달렸어. 나는 그 일에 충실하면 돼. 더 이상 그 무엇을 바란다는 것은 나의 지나친 욕심이지……'

이렇게 생각하는 민수의 입가엔 행복한 미소가 맑게 피어났다.

◆ ◆ ◆

수술하기 이틀 전 민수는 인서에게 양해를 구했다. 그 역시 신장을 떼어내는 수술을 해야 하기 때문에 적당한 구실을 만들어야 했던 것이다.

"저, 지금껏 말을 못한 게 있는데……."

그가 난처한 표정을 지으며 말했다.

"무슨 말인데?"

"내가 없어도 수술 잘 받을 수 있지?"

"……."

민수의 갑작스런 말에 그녀가 미처 대답하지 못했다.

"저, 이번에 학원 강사를 위한 미국 연수가 있는데 내가 꼭 가기로 되어 있어서……."

"어머, 그래? 참 잘됐네. 아무 걱정 말고 다녀와."

"내가 자기 곁에 있어야 하는데 정말 미안해……."

"괜찮아. 그런 기회는 쉽게 안 오잖아."

"연수기간이 한 달이나 돼서 마음이 안 놓여."

그가 근심스런 표정으로 말하자, 인서는 그를 안심시키며 말했다.

"걱정하지 마. 엄마도 있고, 은서도 있잖아. 마음 편하게 생각해."

"고마워."

"언제 가?"

"내일 오후에……."

"그럼 어서 들어가. 준비할 것도 많을 텐데……."

"…… 다 해 놨어. 이따 아이들 하고 저녁 먹고 갈게."

"그래, 그럼."

"나 잠깐 의사 좀 만나고 올게."

민수는 담당 의사를 만나러 갔다. 그의 마음은 매우 착잡했다. 오직 수술이 잘되어야 한다는 일념으로 꽉 차 있었다.

"선생님, 잘 부탁드립니다."

민수는 간곡히 말했다.

"알겠습니다. 최선을 다하겠습니다."

"고맙습니다."

"끝까지 용기를 잃지 마세요."

의사는 격려의 말을 아끼지 않았다.

"네, 선생님……. 그럼, 내일 뵙겠습니다."

인서는 민수가 의사를 만나는 동안 어머니에게 진화를 걸어 그가 연수 간다는 말을 전했다. 그가 입원실로 돌아오고 나서 1시간도 채 안 되어 인서의 어머니가 병실 문을 열고 들어왔다.

"장모님 오셨어요?"

"미국에 연수 간다며."

"네, 수술하는 거 지켜보지 못해 죄송합니다."

"죄송하긴, 일하는 사람은 일해야지. 여기 일은 염려 말게. 나도 있고, 은서도 있으니."

"네, 장모님. 담당 의사에게 잘 말해두었으니 걱정하지 않으셔도 됩니다."

"그래, 고맙네."

인서의 어머니는 진심으로 그에게 고마워했다. 이혼은 했다지만 인서를 위해 모든 것을 알아서 다 처리해 주니 고마운 건 당연한 일이었다. 시간은 어느덧 6시가 되었다.

"자기야, 수술 잘 받아."

"응. 아무 걱정 말고 잘 다녀와."

"그래. 저, 장모님, 들어가 보겠습니다."

"그래, 먼 길 건강히 잘 다녀오게."

인서의 어머니는 그의 손을 꼭 잡고 말했다.

"네, 장모님. 잘 다녀오겠습니다."

병원을 나온 민수는 아이들을 불러내 식당으로 갔다. 그는 저녁을 먹는 내내 많은 고민을 했다. 엄마가 수술하는데 자신이 곁에 없다는 것을 아이들에게 말하기가 곤란했기 때문이다. 아이들이 전과 달리 자신에게 마음을 열어 보이기 시작했는데, 이 일로 인해 또다시 마음에 상처를 줄까 염려가 되었던 것이다. 그러나 어찌할 도리가 없는 일이라 그는 아이들에게 말할 수밖에 없었다.

"유리, 유빈이 아빠 얘기 오해하지 말고 들어주면 좋겠어."

"뭔데요, 아빠?"

그는 어린 자식을 속이는 것이 마음 쓰리고 아팠지만 사랑 가득한 눈길로 아이들을 보며 말했다.

"아빠가 내일 미국 연수를 가서 엄마 수술을 지켜볼 수 없는데 어떡하지?"

"내일 미국에 가신다고요?"

"응……. 그래서 엄마한테 양해를 구했어."

"아빠, 안 가시면 안 돼요?"

유빈이 볼멘소리로 말했다. 그는 유빈을 달래며 조심스럽게 말했다.

"미안해. 매우 중요한 연수라 그럴 수가 없어……. 이해해 줄 수 없겠니?"

"아빠, 정말 너무해요!"

유빈이는 눈물을 글썽이며 말했다. 유리는 그 어떤 말도 하지 않았다. 아이들을 보며 속 시원히 말하지 못하는 그의 마음은 더 착잡했다.

"엄마 수술비는 아빠가 다 처리해 놨어. 그리고 병원에서 엄마 수술 잘해 준다고 약속했어…….”

“그건 그거고, 아빠가 엄마 옆에 있어주시면 좋잖아요.”

잠자코 있던 유리가 말했다. 그는 잠시 동안 할 말을 잊고 말았다. 그러나 곧바로 유리를 달래며 말했다.

“엄마를 걱정하는 유리 마음 잘 알아. 그렇지만 아빤 꼭 가야 해.”

“아빠를 이해하고 싶은 마음이 생겼는데……. 아빤 너무 해요.”

유빈이는 이렇게 말하며 눈물을 보였다.

“미안해……. 너희가 아빠를 이해할 날이 있을 거야.”

“전 아빠를 이해 못하겠어요!”

여전히 유빈이는 아빠를 이해할 수 없었다.

“네 맘 이해해. 아빠도 너무 속상하니까.”

민수는 할 말을 못해 속이 답답했지만 아이들의 불평과 오해를 묵묵히 감수해야만 했다. 앵무새처럼 “미안해”라는 말만 되풀이하던 그가 자리에서 일어났다. 식당에서 나온 민수는 아이들을 집에 데려다주었다.

“화 풀어.”

그가 말했다.

화가 난 아이들은 뒤도 안 돌아보고는 엘리베이터에 올랐다. 아이들을 바라보는 그의 눈가에 눈물이 맺혔다.

‘유리, 유빈아, 미안해……. 사실대로 말 못하는 아빠는 얼마나 괴로운 줄 아니……. 너희는 모를 거야. 그러나 이 또한 아빠 잘못이구나……. 하지만 너희들이 이런 아빠의 마음을 꼭 알아주리라 믿어.’

집으로 온 민수는 아이들 생각에 도통 잠을 이루지 못했다. 그는 거의 뜬눈으로 밤을 지새웠다. 그의 가슴속에는 오직 인서와 아이들 생각으로 가득 차 있었다.

날이 밝자 자리에서 일어난 민수는 병원에 갖고 갈 것들을 챙긴 뒤 세수를 했다. 그리고 학원으로 가서 자신이 없는 동안 해야 할 것들에 대해 다시 한 번 당부를 하고는 원장과 점심을 먹고 병원을 향해 발걸음을 옮겼다.

날씨는 매우 쾌청했지만, 수술이 잘되어야 한다는 걱정으로 민수의 마음은 밝지만은 않았다. 그러나 그는 이내 마음을 고쳐먹었다. 조금이라도 부정적인 생각이나 걱정 따위는 하지 않기로 했다. 길을 걷던 그는 잠시 멈추어 서서 하늘을 올려다보았다. 하늘이 푸르다 못해 진청색 빛을 띠었다.

"어찌 저리도 하늘이 푸를까."

그의 입가에 맑은 웃음이 피어났다. 그 미소는 이식 수술의 성공을 확신하는 희망의 미소였다.

신장이식 수술

병원에 도착한 민수는 신장이식 수술을 위해 입원했다.

"마음의 준비는 되셨나요?"

의사는 부드러운 미소를 지으며 그에게 말을 건넸다.

"네, 선생님."

"가족에 대한 조 선생님의 지순한 사랑에 감동했습니다."

의사는 민수에 대해 조 선생님이란 호칭을 썼다. 그의 지순한 마음에 대한 존경심이 발동했던 것이다.

"별 말씀을요. 저와 같은 일을 겪으면 누구나 똑같이 할 겁니다."

"그렇지 않습니다. 조 선생님은 환자보다 더 시급한 3기 암환자가 아닙니까. 그런데……."

의사는 이렇게 말하며 안쓰러운 눈으로 민수를 바라보았다.

"아이들 엄마만 낫는다면 전 아무래도 좋습니다."

그는 자신은 아무렇지도 않다는 듯 말했다.

"이식수술 끝내고 회복하는 대로 즉시 수술을 받도록 하세요. 촌 각을 다투는 일입니다."

의사의 말엔 민수를 염려하는 마음이 역력했다.

"알겠습니다. 꼭 그렇게 하겠습니다."

"그럼 이만, 안정을 취하십시오."

"네, 선생님……."

의사는 손을 들어 보이고는 입원실을 나갔다.

민수는 평안한 마음으로 눈을 감았다. 그의 모습은 마치 잠자는 것처럼 편안해보였다.

다음 날 자리에서 일어난 민수는 무릎을 꿇고 기도했다. 오늘 수 술이 성공적으로 잘되어 모두가 행복할 수 있게 해달라고. 기도를 하고 나자 그의 마음이 한결 안정되었다. 그리고 잠시 후 수술실로 옮겨졌다. 그 시각 인서 또한 수술이 잘되기를 간절히 바랐다.

오랜 시간에 걸쳐 신장이식 수술이 진행되었다. 서로 남남이 되었 지만 민수와 인서는 고귀한 사랑을 주고받았다. 그 모습은 한편의 감동적인 드라마였다. 더구나 생사의 갈림길에 서 있는 그가 보여준 희생정신은 아무나 할 수 있는 일이 아니었다. 그것은 사랑하는 이 를 자신의 목숨보다 더 사랑하는 마음을 가져야만 할 수 있는 숭고 한 일이었다.

수술실 밖에는 아이들과 인서의 어머니, 여동생 은서가 초조한 마음으로 수술이 끝나기를 기다렸다. 그 초조함은 피를 말리고 모두의 가슴을 두근거리게 했다.

"수술이 잘되어야 할 텐데……."

인서의 어머니가 초조하게 말했다.

"잘될 거예요, 엄마."

은서가 어머니의 손을 꼭 잡고 말했다.

"그래야지. 어렵게 얻은 기회인데……."

인서의 어머니는 이렇게 말하며 아이들의 볼을 쓰다듬었다.

오랜 시간이 지난 끝에 수술은 끝이 났고, 민수와 인서는 각기 다른 회복실로 옮겨졌다. 수술이 성공적이라는 말을 듣고는 모두 안도의 숨을 쉬었고, 인서의 어머니는 연신 "감사합니다. 하나님" 하며 감사의 눈물을 흘렸다.

이틀 후 아이들은 엄마를 만나 짧지만 즐거운 시간을 가졌다.

"엄마, 수술이 성공이래요."

유리의 환한 얼굴을 보고 인서는 아이들의 손을 꼭 잡으며 말했다.

"다 너희들 덕분이야."

"우리가 한 게 뭐 있다고요."

유빈이는 아주 의젓하게 말했다.

"아니야, 있고말고. 엄마를 위해 주는 예쁜 마음이 내게 얼마나 큰 용기를 주었는지 아니? 엄만 너희들이 곁에 있다는 게 너무 고맙고 자랑스럽단다."

"우리도 엄마 수술이 잘되어서 참 감사해요."

유리의 말에 인서는 활짝 웃으며 아이들과 행복한 시간을 보냈다.

수술 후 홀로 남겨진 민수는 회진을 온 의사의 "수술이 잘됐다"는 말에 환하게 웃으며 말했다.

"선생님, 고맙습니다. 선생님이 애써주신 덕분입니다."

"무슨 말씀을요. 이 모두가 가족을 진정으로 사랑하는 조 선생님의 정성 때문입니다."

의사는 흐뭇한 얼굴로 말했다.

"그렇게 말씀하시니 몸 둘 바를 모르겠습니다. 선생님, 다시 한 번 감사드립니다."

"그래요. 어서 속히 쾌유하시기 바랍니다."

"네, 선생님."

민수는 자신이 바라는 대로 수술이 잘되어 기뻤다. 그의 얼굴에는 푸른 희망의 빛이 완연했다.

인서는 자신에게 신장을 기증한 사람이 몹시 궁금했다. 그래서 여러 차례 의사에게 물어보았지만 그때마다 의사는 장기기증자가 비밀로 해달라고 해서 말해 줄 수 없다며 그녀에게 양해를 구했다. 인서는 메마르고 거친 세상에서 그토록 고귀한 영혼을 갖고 있는 이에게 감사했다. 그리고 자신은 엄청나게 복이 많은 사람이라며 행복해했다.

민수의 어머니는 그로부터 인서가 신장이식 수술을 받았다는 연락을 받고는 부랴부랴 병원으로 향했다. 민수가 떠나기 전 자신은 미국에 연수를 가서 볼 수 없으니 어머니가 찾아봐 달라고 했던 것이다. 그는 자신이 신장을 기증했다는 것을 비밀로 하기 위해 이처럼 철저하게 각본을 짰다. 민수의 어머니가 병실 문을 열고 들어가자 인서는 놀란 표정으로 말했다.

"어, 어머니, 오셨어요?"

"그래, 수술 받느라 고생 많았지?"

민수의 어머니는 그녀의 손을 꼭 잡고 말했다.

"아니에요, 어머니. 근데 어떻게……."

"아범이 전화를 했더구나."

"그랬군요."

"그래, 몸은 괜찮고?"

"네, 어머니."

"천만다행이다. 이제 잘 먹고 몸만 잘 추스르기만 하면 된다."

"네, 어머니."

"누군지 모르지만 참 고마운 사람이구나. 생면부지인 어멈에게 자신의 소중한 신체를 내어 주다니……. 그래, 그 사람이 누군지는 알고?"

"몰라요. 의사나 간호사에게 아무리 물어봐도 그 사람이 비밀로 해달라고 했다며 말을 않네요."

"그래? 세상에 천사가 따로 없구나."

"네, 어머니. 제가 복이 많은가 봐요."

"그래. 이 모두가 어멈 복이지. 근데 아범은 하필이면 이럴 때 연수를 가다니……."

그의 어머니는 인서에게 미안해하며 말했다.

"연수 가기 전에 많이 애썼어요."

"그래도 그렇지……."

"어머니, 연수는 아무나 가는 게 아니에요. 그이에게는 아주 잘된 일이에요."

"어멈이 그렇게 생각해 주니 고맙다."

"어머니도 별 말씀을 다 하세요."

"아니다. 고마운 건 고맙다고 해야지."

바로 그때 인서의 소지품을 가지러 집에 갔던 그녀의 어머니가 들어왔다.

"사돈 오셨어요?"

"네, 사돈. 고생이 많으시네요."

"고생은요. 걱정이 돼서 오셨군요."

"당연히 와 봐야지요. 어멈이 생각보다 건강해 보여 다행이에요."

"네, 저도 한시름 놨습니다."

"어멈 보살피시느라 힘드시죠? 저하고 번갈아가며 하시지요."

"아닙니다. 괜찮습니다."

"그래요 어머니. 어머니께서는 그냥 계세요."

"어떻게 그래. 사돈이 많이 힘드실 거야. 그러니 내가 며칠만이라도 보살펴주고 가마. 그래야 내 맘이 조금은 편안할 듯싶구나."

민수의 어머니가 눈시울을 붉히며 말했다.

"사돈, 그게 맘이 편하시다면 그렇게 하세요."

인서의 어머니가 말했다.

"네, 사돈."

민수의 어머니는 이렇게 말하며 손수건으로 눈물을 훔쳤다.

이혼 후 인서는 처음으로 그의 어머니를 만났다. 양쪽 어머니 또한 마찬가지였다. 비록 인서의 수술로 인한 상봉이었지만 실로 오랜만에 반가운 만남이었다. 민수의 어머니는 일주일 동안 인서를 정성껏 보살펴주고 원주로 내려갔다. 민수는 어머니가 그녀를 정성껏 보살펴주는 것을 몰래 지켜보며 행복해했다.

열흘 사이에 인서의 몸은 많이 좋아졌다.

◆　◆　◆

민수는 3기 암환자답지 않게 빨리 회복되어 2주 만에 퇴원을 하고 휴양 차 시골로 떠났다. 그곳은 원주시 부론면에 있는 남한강 강가의 마을이었다. 인서와의 연애 시절 3일 동안 머물며 달콤한 시간을 보낸 곳이기도 하다. 마을 뒤로는 나지막한 산으로 둘러싸이고, 앞으로는 남한강이 흘렀다. 강 건너에는 충주시 앙성면이 자리하고 있는 그림 같은 강마을이었다.

민수는 앞으로 자신에게 다가올 암환자로서의 엄청난 고통은 생각지도 않았다. 마치 숙명의 그것처럼 당연하게 생각했다. 오직 그의 가슴에는 가족들의 행복한 모습만이 그려졌다.

민수는 아침 일찍 일어나 강가를 거닐고, 산장 주인에게 특별히 부탁하여 때 맞춰 죽을 챙겨먹고, 시집과 소설을 읽으며 시간을 보냈다. 그는 마치 휴가를 떠나온 사람처럼 평안했다.

민수는 하루하루가 매우 소중했다. 어쩌면 지금 이 시간은 자신에게 있어 두 번 다시는 오지 않을 수도 있다는 생각이 들었던 것이다.

민수가 요양을 하는 동안 인서는 아주 건강한 모습으로 퇴원했다.

"엄마, 건강하게 퇴원한 것을 축하해요."

아이들은 엄마의 양쪽 팔을 잡고 기쁘게 말했다.

"그래, 고마워. 우리 딸, 우리 아들."

인서는 아이들을 꼭 안아주었다.

"아, 향기로운 엄마 냄새."

유리는 코를 벌름거리며 말해 모두가 큰 소리로 웃었다.

"언니, 축하해!"

여동생 은서가 그녀를 끌어안고 말했다.

"고마워. 애들 돌보느라 수고 많았어."

"언니도 참. 당연한 걸 갖고는……."

은서는 이렇게 말하며 눈을 찡긋했다.

"이제 행복하게 살 일만 남았구나."

인서의 어머니가 환하게 웃으며 말했다.

"네, 엄마. 행복하게 살 거예요."

인서는 활짝 웃으며 집안 구석구석을 손으로 쓰다듬었다. 자신이 건강한 모습으로 집에 돌아왔다는 것이 너무 감사하고 행복했다. 인서는 들뜬 마음을 가라앉히고 민수의 어머니에게 전화를 걸었다.

"어머니, 저 퇴원했어요."

"그래? 몸은 건강하고?"

"네, 어머니. 어머니, 애 많이 쓰셨어요."

"애는 무슨? 사돈께서 고생하셨지."

"어머니, 제 몸이 좋아지는 대로 애들 데리고 찾아뵐게요."

"그래, 고맙다."

"어머니도 참, 별걸 다 고맙다고 하세요."

"고맙지. 고맙고말고……."

민수 어머니의 목소리가 젖어들었다.

"어머니, 건강하세요."

"그래, 피곤할 텐데 쉬어라."

"네, 어머니. 안녕히 계세요."

전화를 끊고 난 인서의 눈에 물기가 어려 반짝였다. 이혼하기 전 그렇게도 자상하게 대해주시던 시어머니에게 못할 짓을 한 것만 같 아 너무도 죄스러웠다. 잠시 동안 창밖을 바라보던 그녀는 마음을 가다듬고 오랜만에 익숙한 침대에 누웠다. 그러자 유리가 그 옆에 누워서는 연신 코를 들이대며 냄새를 맡는 바람에 그녀는 간지럽다 고 깔깔 대며 웃었다. 행복한 시간은 그렇게 지나갔다.

인서는 당분간 면역억제제를 투약해야 한다는 것이 문제로 남았지만 건강하게 살아가는 데는 전혀 지장이 없었다. 그녀는 새 생명을 얻은 기쁨에 모든 것이 새로워 보였고 감사했다. 그리고 이름도 모르는 사람이 아무런 조건 없이 타인인 자신에게 신장을 주었다는 사실에 큰 감명을 받아 홀로 지내는 민수를 다시 생각하게 되었다.

가족이라면 끔찍이도 아꼈던 민수, 가족만을 위해 살아오던 그이라는 생각이 꼬리에 꼬리를 물고 상기되자 인서는 그가 안쓰럽게 생각되었다. 생판 모르는 사람도 남을 도와주는데 하물며 사랑스런 아이들의 아빠인 그에게 그동안 너무 심하게 대했다는 사실이 그녀의 마음을 아프게 했다.

민수는 수술이 끝나고 매일 전화를 했다. 그래서 인서와 아이들은 그가 정말로 미국에 있는 걸로 알고 조금도 의심하지 않았다. 그녀가 퇴원했다는 소식을 듣고 다음 날 민수가 전화를 했다.

"고생 많았지? 퇴원 축하해!"

민수의 목소리는 기쁨으로 들떴다.

"고마워."

그녀 또한 날아갈 듯한 목소리로 말했다.

"몸은 좀 어때?"

"아주 좋아."

"고마워. 힘든 수술 잘 참아줘서."

"그건, 내가 할 말이야. 자기야, 고마워."

"내가 뭘 한 게 있다고……. 유리와 유빈이는 잘 있고?"

"응. 요즘 어찌나 잘하는지 내가 아주 호강해."

"그래? 애들이 무척 보고 싶네."

"이제 곧 올 텐데 뭐……. 언제 와?"

"3일 후에 갈 거야."

"그래?"

"응, 몸조리 잘 하고 3일 후에 봐."

"알았어. 조심해서 와."

민수는 전화를 끊고 전과 달리 자신을 따스하게 대해주는 인서가 너무 고마웠다. 그는 시골 산장에서 지내는 동안 수술 부위가 많이 회복되었지만 구토를 하는 등 서서히 3기 암환자로서의 징후가 나타나기 시작했다. 사람에 따라 자각증세가 다르지만 그동안 그는 3기 암환자로서 겪게 되는 자각증세가 별로 없었는데, 서서히 징후가 나타나기 시작한 것이다.

시골에서 서울로 온 민수는 미국에서 온 것처럼 가장하여 인서의 집으로 갔다. 그녀는 민수가 오기를 기다리고 있다가 그가 도착하자 반갑게 맞아주었다.

"어서 와!"

"그동안 잘 있었어?"

그 또한 반가운 얼굴로 말했다.

"나야 잘 있었지. 자, 이리로 앉아."

인서는 잘 정돈된 소파로 그를 안내했다.

"건강한 모습을 직접 보니 너무 기뻐."

민수는 크게 기뻐하며 활짝 웃었다.

"고마워! 다 자기가 힘써 준 덕택이야."

"내가 한 게 뭐 있다고. 장모님과 처제가 고생이 많았지."

"원주 어머니께서도 애 많이 쓰셨어."

"그래……. 참 유리, 유빈이가 그렇게 잘한다니 무척 대견스러워."

"내가 아프고 나서 철이 많이 들었어."

"애들이 너무 보고 싶네."

그는 장식장에 꾸며놓은 아이들 사진을 보며 말했다.

"애들 오면 함께 저녁 먹어."

"고마워……."

그의 입에서는 고맙다는 말이 습관처럼 흘러나왔다. 남남이 되어 떨어져 지내는 동안 몸에 밴 어색함이 그대로 나타난 것이다.

"연수는 어땠어?"

"아주 유익했어."

민수는 아주 자연스럽게 말했다.

"자기네 학원 원장이 참 좋은가봐. 연수까지 보내주고."

"나한테 참 잘해."

"자기가 워낙 유능하니까 그렇지."

인서는 그를 한껏 추켜세웠다. 민수는 인서의 칭찬에 오랜만에 유쾌하게 웃었다. 그가 즐거워하는 모습에 그녀도 기분 좋게 웃었다. 민수는 인서가 내온 음료와 과일을 먹으며 잃어버린 행복을 찾은 것처럼 행복해했다. 그가 행복해하는 모습에 그녀의 가슴이 저려왔다. 그의 행복을 자신이 깨트렸다는 생각이 들었던 것이다. 인서는 그런 자신의 마음을 털어내려는 듯 더욱 살갑게 그를 대해주었다. 마치 둘은 여느 부부들처럼 오순도순 이야기꽃을 피웠다.

저녁이 되자 유리와 유빈이가 학교에서 돌아왔다.
"유리야, 유빈아!"
민수는 반가운 마음에 아이들을 큰 소리로 불러댔다.
"오셨어요?"
아이들은 시큰둥한 표정으로 그를 대했다. 엄마가 수술을 하는데도 미국에 간 그에게 아직도 앙금이 남아 있었던 것이다.
"유리, 유빈이 아빠한테 그게 무슨 태도야!"
아이들의 퉁명스런 모습에 인서가 거들고 나섰다.
"괜찮아. 자기 수술하는데 내가 미국 갔다고 그러는 거야."
"그래도 그렇지. 오랜만에 만난 아빠한테 그러면 돼?"
"그만해. 다 내 잘못인데 뭐."
그가 인서를 만류했다.
"다음에 또 아빠한테 그런 태도 보이면 절대 용서 안 해!"
그녀의 단호한 태도에 아이들은 고개를 끄덕이며 무언의 약속을 했다. 실로 오랜만에 가족이 식탁에 둘러앉았다. 가족이 함께 식사를 한 지 2년도 훨씬 더 지났다. 민수는 만감이 교차하는 듯 상기된 표정이다. 오랜만에 느끼는 가족이란 울타리가 너무도 따스했던 것이다.

"자기 아귀찜은 여전히 맛있네."

민수는 입이 터지게 아귀찜을 먹었다.

"많이 했으니까 많이 먹어. 그동안 먹고 싶었을 텐데……."

인서는 이렇게 말하며 아귀찜을 듬뿍 담아냈다.

"나중에 자꾸 먹고 싶으면 어떡해?"

"먹고 싶을 때 말해. 내가 해 줄게."

그녀가 흔쾌히 말했다.

"말만으로도 고마워."

민수는 인서의 배려가 너무 고마웠다. 한껏 기분이 좋아진 그는 마치 예전으로 다시 돌아온 듯 행복해했다.

"유리, 유빈이 많이 먹어?"

"네."

아이들이 동시에 대답하자 그는 아주 흐뭇한 얼굴로 아이들을 바라보았다.

밥을 먹고 나서 민수는 선물을 풀어놓았다. 미국에 다녀온 것처럼 하기 위해 외제품을 파는 가게에서 사온 것이다. 그는 유리에게는 예쁜 곰 인형을, 유빈에게는 게임기를 선물로 주었다. 그리고 인서에게는 목걸이와 브로치를 선물했다.

"어머, 너무 예쁘다! 뭘 내 거까지 사왔어……. 고마워."

"맘에 들어?"

"응. 참 예쁘네."

"마음에 든다니 다행이야."

민수는 가족들이 좋아하는 모습에 흡족한 미소를 띠며 바라보았다. 그들과 오래도록 살고 싶은 마음이 간절해졌다. 그런데 갑자기 그가 "우웩"거리며 헛구역질을 했다.

"자기, 갑자기 왜 그래!"

너무도 갑작스런 상황에 인서는 놀란 얼굴로 물었다.

"으음……. 먹은 게 체했나 봐."

"그래? 소화제 줄 테니 먹어."

"응, 그래야겠어."

그는 억지로 통증을 참으며 가족들이 눈치 채지 못하게 약을 먹었다. 그러나 통증은 멈추지 않고 계속해서 그를 괴롭혔다. 더 이상 앉아있기가 곤란해진 그는 자리에서 일어났다.

"비행기를 오래 타다 보니 피곤해서 체한 것 같아……. 아무래도 가서 누워야겠어."

"혼자서 괜찮겠어? 여기서 쉬지."

"괜찮아. 걱정하지 마."

그의 마음으로는 그러고 싶지만 같이 있다 보면 자신의 병이 아무래도 노출될까 염려가 되었다.

"약 좀 챙겨 줄게."

"안 그래도 돼. 집에 있어."

"그래……."

"나 갈게……."

"혹시, 무슨 일 있으면 전화해."

인서는 걱정스럽게 그를 바라보며 말했다.

"그럴게."

민수는 집으로 돌아오자마자 너무 괴로운 나머지 옷을 입은 채로
침대에 쓰러졌다. 천장이 빙글빙글 돌고 들쑥날쑥거리며 어지럼 증
세가 심했다. 그는 눈을 감고 배를 움켜쥔 채 허리를 잔뜩 구부리고
어지럼증이 가시기를 기다렸다.

'정말 이러다 인서와 아이들과 영영 작별하는 것은 아닐까' 하는
생각이 불현듯 떠오르자 그의 입에서는 깊은 탄식이 흘러나왔다. 그
의 표정은 고통 때문이기도 했지만 어쩌면 잘못될지도 모른다는 생
각에 더욱 일그러졌다. 그때서야 그는 자신이 심각한 암환자라는 것
을 실감할 수 있었다. 그동안은 인서를 살려야 한다는 절박한 상황
에 자신은 안중에도 없었지만, 막상 고통을 겪다 보니 뼛속 깊이 자
신의 현실을 절감할 수 있었다.

얼마 동안의 시간이 흐르고 고통이 사라지자 평안이 찾아왔다. 그
의 입에서는 안도의 한숨이 새어나왔다. 그만큼 고통이 컸던 것이
다. 그의 얼굴엔 짙은 먹구름 같은 슬픔이 배어났다. 그는 앞으로 겪
어야 할 일을 생각하며 자신도 모르게 부르르 몸을 떨었다.

그날 밤 민수는 두려움과 고통 속에 잠을 이루지 못하다 새벽 4시
가 다 되어서야 가까스로 잠이 들었다.

다음 날 아침 민수는 전화벨 소리에 잠이 깼다. 인서에게서 걸려

온 전화였다. 어제 그녀는 그를 보내고 나서 붙잡지 않은 것을 후회
했다. 아픈 몸으로 혼자 지내야 하는 그를 생각하자 자신에게 화가
났다. 그녀는 어젯밤 자책감과 그에 대한 걱정으로 좀처럼 잠을 이
루지 못했다. 그래서 날이 밝자 망설임 없이 전화를 한 것이다.

"자기, 몸은 좀 어때?"

그녀의 목소리에서 민수를 걱정하는 마음이 짙게 배어났다.

"괜찮아."

민수는 자신이 겪었던 고통과는 달리 아무 일도 없었던 것처럼 말
했다.

"다행이네. 걱정 많이 했는데……."

그녀는 안도하며 말했다.

"고마워."

"……."

"왜, 말이 없어?"

"고맙다는 말을 들으니 좀 그러네."

"뭐가?"

"그냥……."

둘은 잠시 동안 말을 잇지 못했다. 고맙다는 말 속엔 그동안의 단
절로 생긴 서먹함이 서로에게 건널 수 없는 강물처럼 흐르고 있었다.

먼저 침묵을 깬 사람은 인서다.

"자기야, 미안해."

"뭐가?"

"어제 자기 아픈데 그냥 보내서."

"그게 뭐가 미안해……."

"보내는 게 아니었는데……. 어젯밤 제대로 잠을 이루지 못했어."

인서의 말끝엔 물기가 젖어있었다. 그도 느낄 수 있었다. 그녀가 자신을 진심으로 생각한다는 걸. 그는 인서의 그런 마음을 어루만지듯 말했다.

"그렇게 생각했다니 정말 고마워."

"자기가 그렇게 말하니 조금은 마음이 가벼워지는 것 같아."

"그래? 자기도 회복기에 있으니 항상 조심해."

"그럴게."

"그리고 내 도움이 필요하면 언제든지 전화하고."

"알았어."

인서는 전화를 끊으려다 말고 다시 말을 이었다.

"자기야!"

"왜?"

"……."

"왜 불러놓고 말을 안 해?"

"아프지 마……."

"그래, 고마워……."

"전화 끊을게."

"응."

전화를 끊고 난 민수의 눈에서는 콩알 같이 굵은 눈물이 주르륵 흘러내렸다. 비록 이혼은 했지만 자신의 아픔을 염려해주는 그녀의 따스한 마음에 그만 울컥하여 자신도 모르게 눈물이 났다.

한동안 흐느끼던 그는 자리에서 일어나 세수를 했다. 거울 속에 비친 해쓱한 남자가 자신이라는 사실에 그는 씁쓸한 미소를 지었다. 마치 한 번도 본 적 없는 낯선 남자처럼 느껴졌기 때문이다. 물끄러미 거울 속의 자신을 바라보던 그는 힘없이 돌아서서 거실로 나왔다. 그러고는 외출 준비를 했다. 창백한 얼굴을 커버하기 위해 바이올렛 남방에 다크 그레이 상의를 입은 후 코트를 걸쳤다. 외출 준비를 마친 그는 밖으로 나왔다.

아름다운 거짓말

12월의 날씨는 제법 쌀쌀했지만 민수의 머리를 맑게 해주었다. 상쾌한 기분에 사로잡힌 그는 병원 가는 길이 집을 나설 때와는 달리 삭막하지만은 않았다. 거리를 활보하는 사람들의 얼굴에는 생기가 넘쳐흘렀다. 살아있다는 것, 살아간다는 것은 유쾌한 일이고, 감사한 일이다. 살아있음이 행복한 일이라는 걸 다시금 실감할 수 있었다. 그의 얼굴에는 '살아야 한다'는 의지가 투명한 이슬처럼 반짝였다.

민수는 차를 타고 갈까 고민하다 그냥 걷기로 했다. 걷고 싶었다. 걸음으로써 지금 자신이 살아있다는 것을 스스로에게 각인시키고 싶었던 것이다. 낙엽이 지고 앙상한 가지를 길게 드리운 가로수도 오늘은 덜 쓸쓸해 보였다. 그는 다시는 못 볼 것처럼 거리의 풍경을 눈에 담아가며 천천히 걸었다. 그의 발자국을 따라 겨울 햇빛이 반짝거렸다. 그는 게으름을 즐기듯 한참만에야 병원 입구에 멈추어 섰다. 그는 심호흡을 크게 한 번 하고는 병원으로 들어갔다.

오랜만에 보는 의사는 그를 반갑게 맞아주었다.

"어서 오세요! 조 선생님."

"그동안 안녕하셨습니까?"

"저야, 잘 지냈지만 몸은 좀 어떠세요?"

"그동안 별 탈 없이 지냈는데 얼마 전부터 통증이 좀 심해졌어요. 어제는 너무 고통스러워 금방이라도 어떻게 되는 줄 알았습니다."

"그랬군요……. 어제 같은 일이 자주 일어날 겁니다. 마음을 단단히 하지 않으면 그 고통을 감당하기가 무척 힘들 겁니다."

의사는 이렇게 말하며 자못 심각한 표정을 지었다.

"잘 알겠습니다, 선생님."

이렇게 말하는 민수의 얼굴에는 어둠의 빛이 스치고 지나갔다. 어제와 같은 고통이 자주 있을 거라는 말은 그에겐 마치 두려움의 대상을 상대해야 하는 기분이 들었기 때문이다. 그는 마음을 다지듯 입술을 질끈 깨물었다.

"수술 담당 의사한테 조 선생님에 대해 잘 말해두었습니다. 그러니 안심하시고 편안한 마음으로 수술을 받도록 하세요. 모두 다 잘 될 겁니다."

의사는 진심 어린 마음으로 말했다.

"이처럼 마음 써 주셔서 고맙습니다. 이 은혜는 잊지 않겠습니다."

"은혜라니요? 당연히 할 일입니다."

"아닙니다. 진심으로 드리는 말씀입니다."

"그렇게 생각해 주시니 고맙습니다. 자, 저와 함께 담당 의사를 만나러 가시죠."

의사는 이렇게 말하며 앞장서서 걸었다. 민수는 의사의 친절이 너무도 감사했다. 의사는 한 외과 진료실 앞에 멈추어서더니 문을 열고 들어갔다.

"박 선생님."

"어서 오세요. 정 선생님."

민수의 수술을 맡을 담당 의사가 차트를 들여다보다 환한 표정으로 맞아주었다.

"많이 바쁘신가 보군요."

정 선생이 웃으며 말했다.

"아닙니다. 자, 이리로 앉으세요."

박 선생이 의자를 내밀며 말했다.

"박 선생님, 제가 말씀드린 조민수 님입니다."

"아, 그러세요? 정 선생님께 말씀 많이 들었습니다."

박 선생은 이렇게 말하며 악수를 청했다.

"처음 뵙겠습니다. 조민수라고 합니다."

민수는 정중하게 인사를 하며 악수를 했다.

"최선을 다할 테니 안심하십시오."

박 선생은 매우 부드러운 인상을 지닌 의사였다. 그의 말투에는 자신감이 넘쳐났다.

"고맙습니다, 선생님."

"수술은 일주일 후에 할 겁니다."

"알겠습니다, 선생님. 저, 근데 부탁이 있습니다."

"말씀하십시오."

박 선생이 말했다.

"이 사실은 저희 가족이 모르게 해 주십시오."

"꼭 그래야만 합니까? 그럴 리는 없겠지만 만에 하나 잘못이라도 생기면……."

정 선생은 매우 심각한 표정으로 말했다.

"그럴 경우를 대비해 제가 부탁드렸다는 확인 편지를 써 드리겠습니다."

"조 선생님은 모든 걸 혼자 끌어안으시려고 하는데, 그래도 그건 좀 그렇습니다."

"선생님은 저의 모든 것을 알고 계시는 유일한 분이십니다. 가족들이 미리 알아서 고통스럽게 하고 싶지 않습니다. 제 마음을 헤아려주십시오. 부탁드립니다."

민수는 간절한 눈빛으로 말했다.

"음…… 알겠습니다."

정 선생은 깊은 한숨을 내쉬며 안타까운 표정으로 말했다.

"고맙습니다. 선생님……."

민수는 정 선생이 너무도 고마웠다.

"조 선생님의 간절한 마음이 병을 이길 겁니다. 제가 힘이 닿는 데까지 해보겠습니다. 그러니 긍정적으로 생각하십시오."

정 선생으로부터 사전에 얘기를 들어 모든 것을 알고 있는 박 선생은 자신감 넘치는 목소리로 말했다.

"네, 선생님만 믿겠습니다."

병원을 나온 민수는 꼭 살아야겠다는 희망을 안고 집으로 향했다. 그래서일까, 그의 발길은 무겁지만은 않았다. 늦은 오후 겨울 햇살은 그를 포근하게 인도하듯 머리 위에서 환하게 비추어 주었다. 집에 도착한 민수는 만에 하나 수술이 잘못되어 가족들 곁을 떠날 때를 대비해 인서와 아이들에게 편지를 쓰기 시작했다.

사랑하는 나의 인서에게

인서 씨, 이렇게 이름을 불러보니 자기를 처음 만났을 때 모습이 생각나. 베네치아에서 자기를 처음 본 순간 '저렇게 예쁜 여자가 다 있다니' 하고 생각했어. 그런 기분은 처음이었어. 그 순간 자기는 내 마음의 여자가 되었지. 상큼발랄하면서도 지적이던 자기는 언제나 내겐 마음의 기쁨이었어.

학교를 졸업하고 우리가 하나의 삶을 이루었을 때 나는 세상을 다 가진 듯 뿌듯했어. 벤처기업을 시작하고 날개를 단 듯 우리의 삶은 행복 그 자체였지. 너무 행복해서 때론 두렵기까지 했지만 우리의 행복은 나날이 더해만 갔어. 유빈이가 태어나고, 유리가 태어나면서 우리의 행복은 절정에 달했지. 그때 생각나? 너무도 행복해서 자기가 그랬지.

"우리 이렇게 행복해도 되는 거야?"

그래서 내가 이렇게 말했잖아.

"그럼, 되고말고. 우린 행복하게 살 자격이 있어. 서로 무지무지 사랑하니까."

그때 자기는 깔깔깔 웃으며 말했지.

"맞아. 우리는 행복할 권리가 있어. 서로 사랑하니까."

지금도 그 말이 내 귓가에 쟁쟁해. 그리고 세월이 흘러 우리도 나이를 먹었고, 아이들도 잘 자라주었지. 그런데 나의 잘못으로 행복을 깨뜨리고 말았어. 자기와 아이들에게 깊은 상처를 주고 말았지. 난 그런 내 자신을 용서할 수 없어 얼마나 갈등을 했는지 몰라. 하지만 자기는 이내 어려움을 극복하고 평안을 찾았고, 나 역시 지난 잘못을 용서받기 위해 최선을 다해 왔어.

그러던 중 자기에게 병마가 찾아왔고, 난 나의 잘못을 조금이라도 씻고 싶어 의사에게 비밀을 부탁하고 신장을 자기에게 주었어. 수술 후 건강해진 자기를 보고 가족들이 기뻐하는 모습에 참 감사했어.

그런데 자기야, 실은 내가 위암 3기야. 그런 가운데 신장이식 수술을 했어. 그래서 의사의 권유로 수술을 받기로 했어. 혹시라도 마지막이 될지도 몰라 많이 망설이다 자기에게 편지를 쓰는 거야. 내가 혹시 잘못되더라도 너무 슬퍼하지 마. 또 자기를 위해 내가 모험을 감수했다고 생각하지도 마. 그건 자기 잘못이 아니니까. 그건 내게 주어진 숙명이기 때문이야. 난 자기가 자책할까 그게 가장 염려스러워. 그러니 절대 자책하면 안 돼. 알았지? 난 자기를 믿어. 그리고 우리 유리, 유빈이 잘 부탁할게. 똑똑한 아이들이니까 자기한테 잘 할 거야.

인서 씨, 나 한 번도 자기를 미워해 본 적 없어. 난 지금도 자기가 너무 좋다. 그만큼 자기는 내게 완벽한 여자야. 만일 수술 후 건강하게 된다면 천년만년 자기랑 행복하게 살고 싶어. 반드시 그렇게 되었으면 좋겠어. 하지만 그렇지 않게 되더라도 자기는 영원한 내 여자야.

인서 씨, 나와 소중한 인연이 되어줘서 정말 고마워.

사랑해, 영원히.

민수는 편지를 쓰는 동안 참을 수 없는 슬픔이 가슴 저 밑바닥으로부터 차올라 견딜 수가 없었다. 그는 깊은 심호흡을 하고 나서 이번에는 유리에게 편지를 썼다.

세상에서 가장 사랑스런 내 딸 유리에게

유리야, 아빠 딸로 태어나줘서 정말 고마워.

네가 처음 태어났을 때 '어디서 요렇게 예쁜 아가가 나에게 왔을까' 생각하며 얼마나 기뻤는지 몰라. 넌 엄마에게도 아빠에게도 오빠에게도 행복을 듬뿍 가져다 주었단다.

피곤하고 지칠 때도 너만 보면 힘이 났단다. 넌 아빠에게 힘을 주는 요정이었어. 그 요정이 자라서 애교 만점, 노래 만점, 글쓰기 만점이 되었었지. 아빠 네가 무지무지 예쁘고 자랑스러웠단다. 그런데 아빠의 잘못으로 금쪽같은 네게 슬픔을 주고, 고통을 주어 너무 미안하구나. 어렵고 힘든 가운데도 엄마 말씀 잘 듣고 잘 지내줘서 참 고맙다.

유리야, 아빠 또 한 번 네게 큰 잘못을 하는구나. 어쩜 아빠가 널 영원히 못 보게 될지도 몰라. 아빠 그 생각만 하면 아빠 자신이 너무 미워 견딜 수가 없단다. 너에게 슬픔만 남겨줘서 미안하구나.

사랑하는 아빠 딸 유리야, 아빠가 없더라도 엄마 말씀 잘 듣고, 엄마의 좋은 딸이 되어주렴. 그리고 네가 원하는 꿈을 꼭 이뤄. 네 자신에게 감사하고, 사람들을 배려하는 마음이 따뜻한 사람이 되렴. 그리고 오빠와 서로 아껴주며 잘 지내기 바란다. 먼저 양보하고 배려하는 동생이 되렴. 그러면 오빠도 유리에게 더 좋은 오빠가 되어 줄 거야.

눈에 넣어도 하나도 안 아플 아빠 딸 유리야, 아빠는 하늘나라에서도 네가 건강하고 잘되기를 늘 지켜보며 도와줄게. 항상 자랑스러운 아빠 딸이 되어주렴.

아빠 딸, 하늘땅만큼 무지무지 사랑해.

유리에게 편지를 쓰고 난 그의 눈에 눈물이 맺혔다. 어린 딸을 두고 떠날지도 모른다고 생각하니 가슴이 찢어지듯이 아팠다. 그는 한 마리 슬픈 짐승처럼 괴로워했다. 얼마 후 마음을 가다듬은 그는 이번에는 유빈이에게 편지를 썼다.

멋진 내 아들 유빈에게

유빈아, 아빤 너처럼 의젓하고 멋진 아들이 있다는 게 얼마나 자랑
스러운지 몰라. 널 바라보고 있으면 먹지 않아도 배가 부르고, 늘 아
빠 마음이 든든했단다.

나이답지 않게 넌 언제나 아빠를 먼저 생각하고, 엄마를 생각하고,
동생을 생각했지. 그럴 때마다 아빤 '저 아이를 내게 주셔서 감사합
니다' 하고 하나님께 감사했단다. 그만큼 넌 아빠에겐 친구 같은 아
들이란다.

너처럼 공부 잘하고, 피아노 잘 치고, 운동 잘하는 아들을 둔 아빠는
사람들에게 부러움을 사곤 했단다. 그럴 때마다 얼마나 행복했는지
넌 모를 거야.

그런데 아빠의 잘못으로 너에게 고통을 주고, 아픔을 주었으니 네
게 큰 잘못을 했구나. 그럼에도 너는 변함없이 네 일을 잘 해나가고
엄마에게 힘이 되어주고 동생을 잘 보살펴주니 참 고맙다.

유빈아, 아빠가 네 곁을 끝까지 지켜주어야 하는데 어쩌면 그러지
못할 것 같아 또 한 번 큰 잘못을 하는구나. 아빠가 사과할게. 용서
해 주렴.

내 아들 유빈아, 아빠가 없더라도 지금까지 해온 것처럼 엄마 말씀
잘 듣고, 엄마에게 큰 힘이 되어다오. 또 동생을 잘 보살펴주기 바란
다. 무슨 일이든 먼저 양보하고 배려하는 든든한 오빠가 되어다오.
그럼 동생도 널 믿고 의지하며 큰 힘을 얻게 될 거야.

그리고 네가 원하는 꿈을 반드시 이루어 행복하게 살기 바라마. 항상 네 자신을 사랑하고 존중하렴. 그리고 남에게도 관대한 사람이 되어다오.

유빈아, 언제나 건강하고 멋진 네가 되길 바란다. 아빠가 늘 너를 지켜줄게. 아빠의 아들로 태어나줘서 고맙다.

사랑한다, 멋진 내 아들.

유빈이에게 편지를 쓰고 난 그는 인서와 아이들에게 쓴 편지를 예쁜 포장지로 싸서 정성껏 챙겨 놓았다. 그리고 절친 이동국에게 전화를 걸었다. 근 2년 6개월만이었다. 휴대폰 버튼을 누르는 그의 손가락이 파르르 떨렸다.

"여보세요. 이동국입니다."

굵고 저음인 동국의 목소리를 듣자 민수의 가슴이 저려왔다. 자신이 잘못된 뒤로 전화번호를 바꾸고 친구들은 물론 주변 사람들과 일체 연락을 끊었던 그였다. 그런데 오랜만에 친구 목소리를 듣자 반갑고 미안한 마음이 들었던 것이다.

"나야, 민수."

그의 목소리가 가늘게 떨렸다.

"민수. 조민수?"

동국이 놀란 듯 목소리를 높여 말했다.

"그래."

"너, 대체 어떻게 된 거야?"

동국은 대뜸 나무라듯 말했다.

"미안해. 그럴 일이 있었어."

"그런 일이 뭔데? 무슨 일이기에 전화번호도 바꾸고 흔적도 없이 사라졌던 거야?"

"만나서 다 이야기할게."

"지금 한국이야?"

"응."

"명진이는 네가 한국에 있다 하고, 종혁이는 네가 미국에 있다고 하면서도 자세히 말해보라니까 정작 말을 못하더라."

"그랬구나. 나 그동안 서울에 있었어."

"그래? 그런데 어떻게 연락 한번 없었어. 내가 널 얼마나 찾았는지 알아?"

"너 볼 면목이 없다."

"무슨 일이 있었는지 몰라도 같은 서울에 있으면서 어떻게 그럴 수 있어?"

동국의 목소리에는 섭섭함이 진하게 묻어 있었다.

"무조건 미안하다. 만나서 숨김없이 다 말할게."

"지금 당장 만나자."

동국은 당장 만나자고 했다.

"지금은 선약이 있어서 그렇고, 내일 시간 어때?"

"3시 이후에는 괜찮아."

"그러면 내일 3시에 동구대학교 근처에 있는 오페라하우스로 갈게. 참, 지금도 오페라하우스 그대로 있지?"

"응."

"그럼, 거기서 보자."

"그래. 내일 보자."

전화를 끊고 난 민수는 만감이 교차했다. 불과 3년도 안 되는 기간이 마치 10년도 더 지난 듯 아득하게 느껴졌다. 그 기간 동안 혼자 외로움과 버거움을 감당하면서 지금까지 왔다는 게 비로소 실감되었던 것이다. 민수는 동국과의 전화를 끊고 이번에는 인서에게 전화를 걸었다.

"내일 점심 때 우리 외식할까?"

"외식?"

"응."

"그러면 애들이 무척 좋아할 거야."

"그럼, 내일 11시 30분에 베네치아에서 만나."

"베네치아?"

"응."

베네치아라는 말에 인서는 잊고 있었던 소중한 그 무엇을 상기한 듯 가슴이 떨려왔다. 오랜만에 들어보는 베네치아라는 말, 그랬다. 그녀는 베네치아라는 말에 가슴이 두근거렸다.

"……."

잠시 생각하느라 그녀가 미처 대답을 못하자 민수가 재차 물었다.

"왜 베네치아 싫어?"

"아, 아니. 거기서 만나."

"그럼, 내일 봐."

"응."

다음 날 민수는 11시가 조금 지나서 베네치아에 도착했다. 오랜만에 가족들과 만나 외식을 한다고 생각하니 가슴이 설레었다. 2년 만에 와 본 베네치아는 주인만 바뀌었을 뿐 거의 옛 모습 그대로였다. 특별히 달라진 게 있다면 클래식한 간판과 일부 인테리어뿐이었다.

대학시절이 주마등처럼 스쳐 지났다. 젊음 그 자체만으로도 축복이라 여기며 행복해 하던 그 시절 인서와의 만남이 드라마 속의 한 장면처럼 되살아나자, 그의 얼굴에는 엷은 미소가 잔물결처럼 잔잔히 번져났다. 생각만으로도 너무도 아름다웠던 그 시절, 생기 넘치던 풋풋한 인서의 모습은 심란한 그의 마음을 평온하게 해주었다.

어쩌면 이 날이 가족들과 마지막이 될지도 모른다는 생각에 그는 어제 밤새도록 착잡해 했다. 그 착잡함은 베네치아로 오는 동안에도 크게 달라지지 않았다. 그런데 인서와의 추억만으로도 착잡했던 마음이 사라져 버린 것이다.

일요일이라서 그런지 제법 손님들로 붐볐다. 갈증을 느낀 그가 물을 따르는데 인서와 아이들이 도착했다.

"아빠!"

유리가 환하게 웃으며 큰 소리로 불렀다.

"어서들 와."

민수는 한껏 기분 좋은 얼굴로 반기며 말했다.

"자기 언제 왔어?"

"조금 전에."

"여긴 별로 달라진 게 없네."

이곳저곳을 둘러보던 인서가 말했다.

"응, 거의 옛 모습 그대로야."

민수의 얼굴에도 인서의 얼굴에도 화색이 돌았다.

회사가 부도나기 전에는 일주일에 한 번씩 가족이 외식을 했었는데, 그때의 행복했던 모습이 떠오르자 그는 가슴이 뭉클해졌다. 코끝이 찡해오며 말로는 형언키 어려운 서러움이 밀려왔다.

'그때는 정말 행복했었는데……. 이 세상 모든 행복을 우리만 가진 것처럼 즐거움이 넘치던 가족이었는데…….'

민수는 예전의 행복했던 시절로 되돌아가고 싶었다. 잠시 생각에 젖었던 그는 미소를 띤 채 말했다.

"자기 좋아하는 거 뭐든지 시켜. 유리, 유빈이도……."

"나는 제일 비싸고 맛있는 걸로 먹을 거야. 유리, 유빈이는 뭐 먹을래?"

인서는 들뜬 목소리로 말했다. 그녀의 표정은 이른 아침 햇살보다도 더 밝았다. 그녀는 최고급 함박스테이크를 시켰고, 유리는 이태리 돈가스를, 유빈이는 비프가스를, 그는 레스토랑 고유의 정식을 시켰다. 맛있게 먹는 그들의 모습은 누가 봐도 아주 행복한 가족 그 자체였다.

그러나 이러한 모습이 민수에게는 더욱 큰 슬픔으로 다가왔다. 자신이 사랑하는 가족과 헤어진 것만도 큰 죄를 지었다고 생각해 왔는데, 이젠 그것도 모자라 그들 곁을 영원히 떠날지도 모른다고 생각하니 그는 쥐구멍에라도 숨어들고 싶은 심정이었다.

민수는 목이 메어 여러 차례 헛기침을 하며 물을 마셨다. 그들이 음식을 다 먹고 나자 그는 자신의 생각을 조심스럽게 말했다.

"나 당분간 시골에 내려가 있을 거야."

"그래? 무슨 일로?"

"저, 몇 달 동안 시골에 가서 참고서 한 권 쓰기로 했어."

"참고서?"

"응. 출판사 제안으로 참고서를 쓰기로 했거든……."

"어머, 잘됐네. 아무래도 시골이 글쓰기에는 집중이 잘 되겠지. 그래 언제 가?"

"사흘 후에……."

"그래……. 내가 뭐 거들 거 없어?"

"응. 당분간 가 있는 건데 뭐."

"그래도."

"다 준비해 놓았으니 신경 쓰지 마."

"…… 알았어."

"유리는 엄마 말씀 잘 듣고, 오빠랑 사이좋게 지내야 한다. 너는 우리 집 사랑의 꽃이잖니."

"네, 아빠. 걱정 마세요."

"그렇게 말해줘서 고맙구나."

"우리 유리가 얼마나 잘하는데."

인서가 거들며 말하자 유리는 손가락으로 브이 자를 해보였다. 그 바람에 모두는 깔깔대며 웃었다.

"유빈이는 이제 얼마 안 있으면 고등학생이 되는구나. 네가 원하는 고등학교에 꼭 합격하기 바란다. 그리고 엄마를 잘 모셔야 한다. 유리도 잘 보살펴 주고……."

"네, 아빠. 걱정하지 마세요."

유빈이는 담담하고 의젓하게 말했다.

"그래 고맙다. 아빠 마음이 한결 가벼워져서 기분이 좋구나."

민수는 흐뭇한 표정으로 말했다. 그것은 마치 '내가 없어도 되겠구나' 하고 안심해 하는 것 같은 모습이었다. 그는 잃어버린 행복을 다시 찾은 기분이었다. 그와 인서는 다정했던 시절처럼 서로를 바라보며 행복한 웃음을 지었다. 즐거운 시간을 보낸 그들은 밖으로 나왔다.

"집으로 바로 갈 거야?"

인서가 말했다.

"나는 누굴 좀 만나기로 했어."

"그래. 그럼 우린 들어갈게."

"저, 애들 데리고 백화점에 가서 필요한 것 좀 사줘."

민수는 봉투를 건네며 말했다.

"그럼, 그럴까?"

"네, 엄마. 그렇게 해요."

유리가 신이 나 말했다.

"그래, 그럼. 자기야, 우린 갈게."

인서가 싱그러운 미소를 지으며 밝게 말했다.

"그래. 즐거운 시간 보내."

그의 말에 인서도 아이들도 손을 흔들며 갔다.

"아빠! 고맙습니다."

저만치 가던 유빈이가 큰 소리로 말했다.

"그래, 아빠도 고마워!"

민수도 손을 흔들며 큰 소리로 말했다. 그들의 모습이 시야에서 벗어나자 조금 전과는 다르게 그의 가슴은 서늘해졌다. 민수는 잠시 동안 그들이 간 방향을 주시하다 발길을 돌렸다.

순간 먹구름 같은 슬픔이 밀려왔다. 민수는 크게 심호흡을 하며 끓어오르는 감정을 진정시켰다. 마음을 가다듬은 그는 이동국과의 약속 장소로 향했다.

이동국 교수

　민수가 친구인 동국을 만나는 데는 이유가 있었다. 수술로 인해 생길지도 모를 만약을 대비하기 위해 그에게 부탁하기 위해서였다. 동국을 만나러 가는 그의 발걸음은 모래주머니를 매단 것처럼 무거웠다. 길을 가는 도중에 민수는 자신도 모르게 "아!" 하는 짧은 탄식을 토해냈다. 그만큼 그의 마음은 편치 않았다. 죽음을 앞둔 사람은 누구나 초조하고 두렵고 비참하고 우울하고 아득하다고 한다. 그 또한 사람인지라 죽음이란 존재에 대해 자유롭지 못했다.

　민수가 오페라하우스에 도착하여 문을 열고 들어가자 먼저 와있던 동국이 자리에서 일어나 손짓을 하며 큰 소리로 말했다.

　"민수, 여기야!"

　"어, 그래. 동국아, 반갑다!"

　민수가 반갑게 손을 내밀며 말했다.

"그래, 정말 반갑다."

동국은 그의 손을 잡고 크게 기뻐했다.

"넌 여전하구나."

"여전하긴, 요즘 흰 머리가 자꾸만 늘어 은근히 걱정된다."

"하하, 그래? 우리 나이쯤 되면 당연한 일인데 뭐."

민수는 이렇게 말하며 껄껄 웃었다.

"그래도 흰머리 나는 건 기분 언짢아."

동국은 이렇게 말하며 왼손으로 머리를 만졌다. 정말 그의 말대로 귀밑으로 흰머리가 듬성듬성 고개를 내밀었다.

"요즘 많이 바쁘지?"

민수가 물을 마시고 나서 말했다.

"좀 그런 편이야……. 논문 심사하랴, 뭐 이것저것. 그건 그렇고 연락을 끊고 지낸 이유가 뭐야? 너랑 연락이 끊기고 친구들 사이에 난리가 났었어. 혜빈이는 미국까지 수소문을 했다더라."

"그동안 많은 일이 있었어."

민수는 깊은 숨을 몰아쉬며 말했다.

"가만 그러고 보니 얼굴이 많이 상했다. 무슨 일 있는 거야?"

"……."

동국의 물음에 민수는 천장을 올려다보았다. 무슨 말을 어떻게 해야 할지 그로서도 잠시 생각할 시간이 필요했다.

"무슨 심각한 일이 있었나 보구나."

"……."

"무슨 일인데 그래? 너답지 않게……."

연이은 물음에도 민수가 말이 없자 동국은 걱정스러운 얼굴로 말했다. 그도 그럴 것이 그에게서 볼 수 없는 모습이었기 때문이다.

"사실 나…… 2년 전에 유리 엄마하고 헤어졌어."

"뭐라고! 인서 씨랑 헤어졌다고? 그것도 2년 전에?"

동국은 놀란 듯 사람들이 다 쳐다볼 정도로 크게 말했다.

"응."

"세상이 천지개벽을 해도 너에게 이혼이 가당키나 하니? 너와 인서 씨가 얼마나 각별했는데……."

동국은 믿지 못하겠다는 표정이 역력했다. 민수와 인서는 서로에게 애틋했고, 잉꼬부부로 소문이 자자했었기 때문이다. 그런데 난데없이 2년 전에 이혼을 했다고 하니, 동국이 놀라는 것은 그의 입장에서는 지극히 당연한 일이었다.

"그렇게 됐어."

"좀 더 자세히 말해 봐."

동국은 궁금증에 못 견디는 아이처럼 말했다.

"실은 종민에게 어음을 빌려줬어. 그 당시 우리 회사도 무리하게 시설을 확장해서 자금에 어려움이 있었는데, 종민이가 찾아와 부탁하기에 어쩔 수 없이 빌려줬어. 그런데 그 친구가 고의로 부도를 내고 미국으로 도피하는 바람에 내가 대신 뒤집어쓰게 된 거야."

"너도 참, 회사도 어려운 판국에 어음을 빌려주다니……. 그럼, 이혼한 게 그 이유 때문이야?"

"그런 편이지."

민수는 동국의 물음에 고개를 끄덕이며 말했다.

"나쁜 친구 같으니라고. 그래, 종민이는 네가 이렇게 된 거 알고 있니?"

동국은 화가 나서 주먹을 쥐며 말했다. 마치 자신의 일인 양 그의 얼굴은 한없이 일그러졌다.

"모르지, 알고 있는지……. 설령 알고 있다고 한들 어쩌겠어. 이미 다 지난 일인데……."

민수는 자신에게 처한 상황이 자신의 불찰로 인해 일어난 일로 여길 뿐이었다.

"내 이 친구를 보기라도 한다면 그냥 안 둘 거야……. 도대체 이게 말이나 되는 일이야! 너희 부부가 어떤 사람들인데……."

동국은 티 테이블을 자기도 모르게 탁 치며 말했다. 그만큼 그는 울분이 났던 것이다. 그의 모습을 물끄러미 쳐다보던 민수는 헛기침을 한 뒤 다시 말을 이었다.

"얼마 전에 유리 엄마가 신장이식 수술을 받았어."

"신장이식 수술? 맞아, 인서 씨가 평소에 신장이 약했었지……. 참, 너무했다. 부도나고, 이혼하고, 인서 씨 신장이식 수술까지 받았는데 어째서 나한테는 한마디 말도 없었어? 너, 그래 놓고도 내 친구 맞냐?"

동국은 몹시 서운해 하며 말했다.

"너 마음 쓰게 하고 싶지 않아서 그렇게 됐어. 정말 미안하다."

"미안하긴⋯⋯. 미안해 할 사람은 바로 나야. 네가 그 힘든 고초를 겪는 동안 친구로서 도움 하나 주지 못하고 희희낙락 했으니 내가 죄인이 된 기분이다."

"그런 말이 어디 있어. 그런 생각하지도 마."

"그래서 네가 소식을 끊고 지냈구나. 난 그것도 모르고 널 얼마나 탓했는지 몰라. 내가 참 무심했다. 용서해라."

동국의 눈언저리가 붉은 빛을 띠었다. 그는 친구의 불행에 마음이 아팠다. 짧은 침묵이 흐르고 민수가 조심스럽게 입을 열었다.

"동국아, 내가 부탁하고 싶은 건 다름이 아니라⋯⋯."

"무슨 부탁인데, 주저하지 말고 말해 봐."

동국은 지난날 자신의 무관심에 대한 보상이라도 하려는 듯 재촉하며 말했다.

"저, 실은, 내가 위암 3기야."

"뭐, 뭐라고! 지금 너, 뭐라고 했어? 위암 3기? 내, 내가 잘못 들은 거지? 그렇지?"

동국은 너무 놀라 말까지 더듬으며 말했다. 그리고 이내 그의 눈언저리가 붉게 충혈되었다.

"⋯⋯ 위암 3기래."

"이, 이럴 수가⋯⋯. 이 무슨 날벼락이야⋯⋯. 너 같이 착한 놈한테 어떻게 이런 일이 있을 수 있어."

동국은 비통한 표정을 짓더니 눈물을 글썽거렸다. 친구에게 연이어 몰아닥친 불행이 너무 안쓰러워 미칠 것만 같은 심정이었다.

동국은 한동안 말없이 눈물을 흘렸다. 그의 손수건은 그가 흘린 눈물로 푹 젖어들었다. 민수 또한 그 누구에게도 보이지 않았던 눈물을 쏟고 말았다. 친구 앞이라 맘 놓고 울었다. 민수가 흐느끼며 울자 한동안 소리 없이 울던 동국은 그를 부둥켜안고는 "꺼억꺼억" 흐느끼며 말했다.

"이 가엾은 친구야…… 그 병 나 주고 네가 나았으면 좋겠다."

두 남자의 갑작스런 흐느낌에 놀란 주위 사람들이 '대체 무슨 일이야' 하는 듯 흘끔거리며 쳐다보았다. 한동안 감정을 억제하지 못하던 동국은 가까스로 진정하고는 민수에게 말했다.

"그래, 그 사실을 언제 알았어?"

"유리 엄마 신장이식 수술할 때."

"그럼 혹시, 네가 인서 씨에게 신장을……?"

"응…….""

"이 친구야! 인서 씨보다 네가 더 위급한 환잔데…… 어째서 네 몸은 돌보지 않고 그럴 수가 있어?"

동국은 안타까운 마음에 마구 지껄여댔다. 민수는 그를 보고 엷은 미소를 지으며 말했다.

"동국아, 인서는 아이들 엄마이자 내가 가장 사랑하는 사람이야……. 나도 죽는 것이 너무나도 두렵다. 하지만 그 사람이 잘못되는 것은 내 죽어도 용납할 수가 없어."

이렇게 말하는 그의 얼굴에는 인서와 아이들을 생각하는 마음이 저녁노을처럼 붉게 물들었다.

"넌, 내 친구지만 정말 존경한다."

"존경은 무슨……. 난, 그저 당연히 해야 할 일을 한 것뿐이야."

"그렇지 않아. 난 너를 학창시절 때부터 늘 존경해 왔어. 그런데 지금도 넌 한없이 존경하게 만드는구나."

"부끄럽게 왜 이래?"

민수는 손을 내저으며 말했다.

"…… 참, 부탁할 일이라는 게 뭐야?"

"동국아, 너 외엔 나에 대해 아무도 몰라. 나 며칠 있으면 수술해."

"그래?"

"응. 그래서 말인데, 혹시라도 내가 잘못되면 유리 엄마와 아이들을 부탁한다. 네가 힘들겠지만 잘 좀 보살펴 줘. 그리고 수술 후에 다행히 아무 일 없으면 시골에 내려가 있을 거야……. 이 사실을 유리 엄마에게 비밀로 해줘. 절대 비밀로 해야 해. 내가 무덤 속으로 갈 때까지……. 유리 엄마에게는 참고서를 집필하러 시골에 몇 달 가 있겠다고 했어. 부탁해……."

민수는 동국의 두 손을 꼭 잡고 말했다. 동국의 두 손이 파르르 떨렸다. 또다시 그의 얼굴이 일그러졌다. 민수는 동국의 마음을 달래기라도 하듯 더욱 힘주어 그의 손을 잡았다. 그를 바라보는 동국의 눈은 가을비에 젖은 은행나무 잎처럼 푹 젖었다. 동국은 슬픈 눈으로 고개를 가로 저으며 말했다.

"그래도 인서 씨에게는 알려야 하지 않겠니?"

"그럴 것 같으면 내가 왜 네게 부탁을 하겠어."

"난 아직도 네가 이혼했다는 게 실감이 안 나. 그리고 넌 인서 씨를 위해 죽어가면서도 신장을 기증했어. 마땅히 인서 씨도 이 사실을 알아야 해. 난 그게 도리라고 생각한다."

"동국아, 나를 생각하는 네 마음을 내 어찌 모르겠니? 하지만 유리 엄마는 아직 완전히 회복된 상태가 아니야. 그런데 이 일을 알게 되면 큰 충격을 받을지도 몰라. 그러니 내 말대로 해줘."

이렇게 말하는 민수의 얼굴에는 오직 인서만을 생각하는 마음으로 가득 차 있었다. 그녀는 민수에게 있어 없어서는 안 될 소중한 목숨이었다. 그런 인서이기에 그는 죽어가면서도 아낌없이 그녀에게 신장을 기증했고, 더 좋은 것으로 행복하게 해 줄 수 없는 것을 가슴 아파했다.

"이 친구야, 그래도 그렇지. 너희 부부는 15년을 함께 산 사람들이야. 연애 기간까지 합치면 20년 가까운 세월을 사랑하지 않았니? 그런데 네 말대로 한다는 건 너무 가혹한 일이야……."

"알아, 네 마음……. 그러나 동국아, 내 말대로 해줘. 유리 엄마와 아이들에게 미리부터 마음의 상처를 주기 싫어……. 내 가족이 나 때문에 고통스러워 한다는 것은, 그 생각만으로도 나를 질식하게 할 것만 같아. 너무 두려워……."

"가족을 사랑하는 네 마음을 내가 왜 모르겠니. 하지만 가족이란 게 뭐야. 즐겁고 행복한 것만이 가족을 위하는 것은 아니잖아……. 가족이란 슬프고 고통스러울 때 더욱 필요한 존재잖아……. 항상 좋은 모습으로 가족에게 기억되고, 좋은 것만을 가족들에게 준다면 인서 씨나 아이들이 과연 너의 진실한 마음을 알기라도 하겠냔 말이야."

"네 말이 다 맞아. 그렇지만 난 그럴 수 없어. 날 좀 이해해줘."

민수는 동국의 말을 이해한다면서도 자신의 뜻대로 해달라고 말했다.

"그래도 이건 아니야……. 넌 나를, 너무 잔인한 사람으로 만들려고 하는구나."

동국은 이렇게 말하며 깊은 숨을 몰아쉬었다.

"미안해. 하지만 어쩔 수 없어……."

"그치만 이건……."

동국은 두 손으로 얼굴을 감싼 채 괴로워했다. 그러면서도 사실대로 가족에게 알려야 한다는 이유를 끈질기게 주장했다. 그러나 민수는 자신의 생각대로 해달라며 계속 그를 설득했다.

"네 말이 다 옳아. 하지만 내 생각대로 꼭 부탁해. 네가 내 말을 듣지 않는다면, 다시는 내 얼굴 볼 생각하지 마……."

민수는 입술을 질끈 깨물며 더 이상 아무 말도 하지 말라며 말했다. 마치 최후의 통첩을 하는 장수와 같이. 그러나 그것은 그의 본심이 결코 아니었다. 친구인 동국이 하도 끈질기게 자신의 주장을 내세우는 데 대한 맞대응에 불과한 것이었다.

민수의 심상치 않은 말에 놀란 동국은 한 발 물러서며 자신의 주장을 굽히고 말았다.

"…… 알았다. 네 말대로 할게……. 하지만 넌 안 죽어. 안 죽는다고! 내가 안 죽게 할 거야……."

"그래, 고맙다. 너한테 모든 걸 툭 터놓고 말하고 나니, 그동안 답답했던 가슴이 뻥 뚫린 듯 시원하다."

"이 친구야, 진즉에 그럴 것이지……."

민수와 동국은 눈물 어린 눈으로 서로를 바라보며 누가 먼저랄 것도 없이 두 손을 꽉 잡았다. 마주 잡은 두 손 위로 진한 친구의 우정이 샘물처럼 넘쳐흘렀다.

홀로 수술을 받다

"민수야, 잘될 거야. 마음 굳게 먹어."

동국이 그의 손을 꼭 잡고 말했다. 하지만 그의 얼굴에는 초조함이 배어 있었다. 혹시라도 있을지 모르는 돌발사고에 대한 걱정이 그의 마음을 짓눌러 댔던 것이다. 만에 하나 그렇게 된다면 가족과 아무런 작별의 인사도 없이 친구가 떠난다는 게 너무 비극이라는 생각에서였다.

"그래, 고맙다. 내 곁을 지켜줘서……."

민수가 빙그레 웃으며 말했다. 그 역시 불안하기는 마찬가지다. 이대로 영영 깨어나지 못한다면 그토록 사랑하는 인서와 아이들에게 작별의 말도 못하고 떠난다는 생각에 두려웠다. 하지만 그는 그러한 자신의 마음을 억누르며 절제했다.

"민수야, 지금이라도 늦지 않았어. 인서 씨에게 얘기하는 게 어때?"

동국은 그의 눈치를 살피며 넌지시 말했다.

"안 돼 그건!"

민수는 단호하게 말했다. 그의 눈빛이 두 번 다시는 말하지 말라는 듯 강렬하게 빛을 뿜었다. 그러나 동국은 어떻게든 설득하고 싶어 또다시 조심스럽게 말했다.

"그래도 인서 씨와 아이들 입장에서 한번 생각해봐. 그럴 일이야 없겠지만, 만에 하나 정말 만에 하나 네가 잘못된다면 이건 너무도 가슴 아픈 일이 될 거야."

이렇게 말하는 동국의 입술이 파르르 떨렸다.

"알아, 네 마음. 그래도 할 수 없어."

민수는 고개를 가로 저으며 말했다.

"그래도 이건……."

동국은 채 말을 잇지 못하고 두 손으로 얼굴을 감쌌다.

"동국아, 난 이미 모든 걸 하나님께 맡겼어. 내가 사는 것도 죽는 것도……. 동국아, 그러니 내 말대로 해줘."

민수는 동국의 손을 꼭 잡고 간청하듯 말했다.

"……."

동국은 아무 말 없이 고개만 끄덕였다.

"고맙다, 동국아."

이렇게 말하는 민수의 눈가가 촉촉해졌다.

잠시 동안 침묵이 흘렀다. 주검처럼 무거운 침묵이 병실 안을 온통 휘저어 놓았다. 민수도 동국도 소리 없이 울었다. 그는 가족과 동국에게 못할 짓을 하는 것만 같아 울고, 동국은 어쩔 수 없는 선택을 할 수밖에 없는 친구가 너무나도 불쌍해서 울었다. 그렇게 소리 없이 흐느끼던 그들은 누가 먼저랄 것도 없이 서로를 붙들고 울었다.

"민수야, 아무것도 해줄 수 없어서 정말 미안하다……."

동국은 이렇게 말하며 소리 내어 흐느꼈다. 그랬다. 아무것도 해줄 수 없는 자신이 야속하게 생각되었다.

"그런 말하지 마. 넌 언제나 내가 힘들 때 내 곁에 있어 주었잖아……. 그런데 뭐가 미안해. 네 마음을 무겁게 한 내가 미안하지……."

민수는 이렇게 말하며 동국을 위로했다. 죽도록 아픈 마음을 눈물로 풀어낸 그들은 다시 마음의 안정을 되찾았다.

"수술 잘 받아. 넌 잘 해낼 수 있을 거야."

"그래, 난 반드시 수술을 이겨낼 거야."

"우리 웃으면서 다시 보자."

동국은 조금 전과는 달리 웃으며 말했다.

"그래, 고맙다."

민수 역시 엷게 웃었다. 그때 수술 담당 의사가 들어왔다.

"조 선생님, 마음의 준비는 되셨습니까?"

"네, 선생님."

"최선을 다하겠습니다. 조 선생님도 용기를 잃지 마십시오."

"네, 선생님. 마음 써주셔서 정말 감사합니다."

"그럼 잠시 후에 뵙겠습니다."

"네, 선생님."

담당 의사는 이렇게 말하고는 수술실로 갔다. 의사가 가고 나자 동국은 '이제 곧 수술이 시작되는구나' 하며 가슴이 떨렸다. 당사자인 '민수의 심정은 어떨까' 생각하니 그가 한없이 측은했다.

민수는 오히려 마음이 담담했다. 내내 불안하고 두려웠던 마음이 거짓말 같이 눈 녹듯 사라져 버렸다. 그의 얼굴은 아주 평온해 보였다.

잠시 후 여러 명의 간호사들이 와서 민수를 수술실로 데리고 갔다.

"민수야, 힘내."

"그래. 걱정하지 마."

민수는 활짝 웃어보였다.

"네가 그렇게 웃으니 안심이 된다."

"그럼, 이따 보자."

수술실로 들어가며 민수가 말했다.

"그래. 이따 웃으면서 만나자."

"그래."

수술실 문이 닫히고 민수가 눈앞에서 사라지자 "민수야, 꼭 살아서 다시 만나자"는 말이 동국의 입에서 탄식처럼 흘러나왔다.

민수는 지켜보는 가족 하나 없는 가운데 홀로 외로이 힘든 수술을 받았다. 친구인 동국만이 수술실 밖에서 그의 수술이 잘 끝나기를 초조하게 기다렸다. 동국은 두 손을 마주 잡은 채 얼굴을 무릎에 대고 민수의 수술이 성공적으로 잘 끝나게 해 달라고 몇 번이고 기도

했다. 가끔씩 그의 어깨가 가늘게 흔들렸다. 그만큼 동국은 긴장하고 있었다.

오랜 시간이 지나고 마침내 수술이 끝났다. 깊이 잠이 든 민수를 간호사들이 병실로 옮겼다.

"수술은 잘 됐습니까?"

동국이 따라가며 말했다.

"네, 잘 끝났습니다."

나이 든 간호사가 상냥하게 말했다.

"감사합니다. 수고 많으셨습니다."

동국은 이렇게 말하며 감사함을 전했다. 간호사들이 돌아가고 동국은 깊이 잠든 민수의 야윈 손을 살며시 잡았다. 홀로 힘들었을 그를 생각하니 가슴 저 깊은 곳으로부터 짙은 슬픔이 밀려왔다. 동국의 눈가에 또다시 눈물이 맺혔다.

그는 민수의 손을 살며시 내려놓고 밖으로 나가 자판기에서 커피를 뽑아 마시며 긴장된 마음을 달랬다. 그가 커피를 마시고 앉아있는 사이 민수가 잠에서 깨어났다. 그때 마침 창밖에 첫눈이 내리고 있었다.

"아, 첫눈이 내리는구나."

새하얀 솜털 같은 눈이 내리자 민수의 가슴이 뭉클거렸다. 아름다운 첫눈을 맞으며 사랑하는 가족과 함께 거리를 걷고 싶었다. 그런데 아무도 없는 병실에 홀로 누워있다고 생각하니 서러움이 물밀듯

밀려왔다. 수술의 아픔보다 사랑하는 인서도, 목숨 같은 아이들도 자신 곁에 없다는 외로움이 더 견딜 수 없는 고통이었다. 민수가 창밖으로 내리는 눈을 물기 젖은 눈으로 바라보고 있는데, 동국이 문을 열고 들어왔다.

"어, 깨어났네. 많이 힘들었지?"

동국은 그의 야윈 손을 잡고 말했다.

"괜찮아. 여태껏 병원에 있었어?"

"응. 잘 끝나서 다행이다. 얼마나 숨을 죽이고 기다렸는지……."

동국은 안도의 한숨을 내쉬며 기쁜 얼굴로 말했다.

"나 때문에 네가 걱정을 많이 했구나…… 고맙다, 동국아."

"고맙긴. 내가 뭐 한 게 있다고……. 네가 생사의 갈림길에서 헤맬 때 내가 해 준 거라고는 아무것도 없어. 그저 자리만 지키고 있는 것 말고는……. 그런데 그 힘든 수술을 잘 견뎌줘서 정말 고맙다."

"아니야. 네가 옆에 있어 준 것만도 내겐 큰 힘이 되었어."

"이제 회복하는 일만 남았어."

"그래, 열심히 건강 되찾을게."

"그래야지……."

동국은 이렇게 말하며 다시 한 번 민수의 손을 꼭 잡았다. 그의 모습을 바라보던 민수는 '난 반드시 병마를 이겨낼 거야'라고 생각하며 엷은 미소를 지었다.

동국이 가고 나서 얼마 지나지 않아 담당 의사가 왔다. 그가 빙그

254

레 웃으며 말했다.

"깨어나셨군요?"

"선생님, 수고 많으셨습니다."

"저보다 조 선생님이 고생하셨지요. 그래, 수술 부위의 통증은 좀 어떤가요?"

"많이 쑤시고 아프군요."

"그럴 겁니다. 하지만 차차 통증이 가실 거예요."

"네, 선생님."

"······그런데 저, 최선을 다했습니다만, 워낙 상태가 예상보다 좋지 않아서 결과는 앞으로 지켜봐야 할 것 같습니다."

담당 의사는 조심스럽게 말했다.

"잘 알겠습니다."

"담당 간호사에게 특별히 잘 말해 두었습니다. 혹시라도 불편한 일이 있으시면 절 찾아 주십시오."

"네, 선생님."

"전 그럼 이만······."

의사가 밖으로 나가자 민수는 다시 창밖을 바라보았다. 조금 전보다 더 많은 눈이 내리고 있었다.

"자기야, 자기를 속여서 정말 미안해. 이렇게 할 수밖에 없는 날 이해해줘······. 유리야, 유빈아, 너무도 너희들이 보고 싶어서 아빠 마음이 아프구나······. 하지만 아빠는 이를 물고 참을 거야. 너희들이 아빠의 이런 모습을 보면 너무 슬퍼할까봐 그래······. 그러니 아빠를 이해해 주렴……."

민수는 이렇게 중얼거리며 내리는 눈을 바라보았다. 마치 그의 눈물이 흰 눈이 되어 내리는 것 같았다. 그의 눈은 오래도록 창에서 떨어질 줄 몰랐다.

◆　◆　◆

동국은 수시로 찾아와 민수를 위로하며 함께했다. 그리고 혼자 있는 그를 위해 간병인을 고용해 시중을 들게 했다. 민수는 힘들고 어려울 때 옆에서 도와주는 사람이 있다는 것은 참으로 행복한 일이라는 것을 다시 한 번 느꼈다. 그래서 가족이 더욱 그립고 소중하게 생각되었다. 민수는 이동국과 정 선생 그리고 담당 의사의 관심과 보살핌 속에 빠른 회복을 보여 예정된 퇴원 일자보다 일주일이나 빨리 퇴원했다. 비록 힘든 수술로 그의 얼굴은 더 해쓱해졌지만 병원을 나서며 푸른 하늘을 볼 수 있다는 것에 무척 행복해 했다.

"기분 좋아?"

동국이 말했다.

"응, 다시 산 것 같아."

"그럴 거야."

"고맙다. 다 네 덕분이야."

"또 그런다. 내가 뭘 한 게 있다고."

동국은 이렇게 말하며 헛기침을 했다.

"그런 소리 마. 넌 나를 지켜준 일등 공신이야."

"하하, 그래? 그렇다면 나도 고맙지."

"네가 왜?"

"죽지 않고 살아줘서."

"하하하, 그래? 네 말을 듣고 보니 산다는 게 참 고맙고 감사해. 건강할 땐 왜 그걸 몰랐는지……."

"나도 좀 더 삶 앞에 진지해져야겠어."

"그래. 인간은 언제나 강한 줄 알지만 한없이 나약한 존재지."

"나약한 존재? 그래, 나약한 존재지……."

"아, 정말 기분 좋다."

동국의 차를 타고 집으로 가는 내내 민수는 차창 밖으로 펼쳐지는 활기찬 거리의 모습을 보자 더욱 감사한 마음이 들었다. 오랜만에 찾은 집은 냉기로 썰렁했다. 집도 사람의 손길이 그리운 것처럼 보였다.

"집이 너무 냉하네. 방이 덥혀질 때까지 근처 어디라도 좀 가 있어야겠어. 이래가지고서야 원……."

동국은 보일러를 틀면서 중얼거렸다.

민수는 행복한 마음으로 집안 구석구석을 살펴보았다. 그의 얼굴에는 희망의 빛이 떠오르듯 밝아보였다. 그리고 오랜만에 자신의 체취가 묻어 있는 침대에 편한 마음으로 누웠다.

"민수야, 방 덥혀질 때까지 어디 좀 가 있자."

"곧 덥혀질 거야. 여기 전기장판 틀어놔서 괜찮아."

"그래도 그렇지……."

동국은 이렇게 말하며 몸을 부르르 떨었다.

"참, 저녁에 학회모임 있다며?"

"응."

"어서 가봐."

"아픈 널 혼자 두고 가려니, 영 맘이 그렇다."

"괜찮아. 어서 가봐."

"저, 이거 죽이야. 배고프면 데워 먹어. 그리고 무슨 일 있으면 즉시 전화하고."

"알았어, 그럴게."

동국은 마음이 안 놓이는지 몇 번이고 당부를 하고 갔다.

시간이 흐르고 어느 정도 마음이 안정되자 퇴원하기 며칠 전, 의사가 했던 말이 불현듯 떠올랐다.

"조 선생님, 수술 후 지금까지 최선을 다했습니다만, 사실 수 있다는 말씀을 자신 있게 못 해드려 죄송합니다."

진료 때 의사는 마치 자신이 큰 잘못이라도 한 것처럼 조심스러운 얼굴로 말했다.

"무슨 말씀을요. 선생님이 최선을 다하셨다는 것 제가 잘 압니다. 마음 쓰지 마십시오. 저, 선생님…… 앞으로 제게 얼마나 시간이 남았는지요?"

"……."

"남은 시간만이라도 잘 보내고 싶습니다."

"…… 앞으로 3~4개월 정도…….."

의사는 끝까지 말을 잇지 못하고 얼버무렸다.

"3~4개월…… 그래요, 그 정도면 충분합니다."

민수는 아무렇지도 않은 듯 엷은 미소까지 지으며 말했다.

의사는 그런 민수에게 병원에서 치료를 계속 받기를 제안했다.

"병원에서 계속 항암치료를 받으며 지내시는 것이 어떠세요?"

"아닙니다. 퇴원해서 마음도 정리하며 조용히 보내고 싶습니다."

의사는 몇 번 더 권유했지만 그는 끝내 자신의 고집을 꺾지 않았다. 그러자 의사는 더 이상 권유하지 않는 대신 간곡하게 말했다.

"조 선생님, 살 수 있다는 희망을 끝까지 포기하시면 안 됩니다. 최악의 상황에서도 기적은 얼마든지 있는 거니까요."

"네, 선생님……."

이 사실을 동국은 모른다. 그가 이 사실을 안다면 그는 인서에게 알리는 등 무슨 일이라도 할 것이다. 민수는 철저하게 함구하기로 했다. 그것이야말로 인서와 아이들, 동국과 다른 가족들에게 자신이 할 수 있는 최선의 일이라고 여겼다.

생각에 잠겨 있던 민수는 간직하고 있던 가족들의 사진을 한 장 한 장 꺼내 기억을 되살리며 보고 또 보았다. 너무도 청초했던 인서와 대학교 뜰을 거닐며 찍은 사진, 등산을 하며 찍은 사진, 물놀이를 하면서 찍은 사진, 신혼여행 때 찍은 사진, 아이들과 공놀이를 하며 찍은 사진, 청평 호수에서 보트를 타고 찍은 사진, 경포대에서 모래 찜질을 하며 찍은 사진, 설악산 흔들바위에서 찍은 사진 등 지난 시절 행복했던 순간들이 눈앞에 펼쳐지자 그는 더 이상 참지 못하고 이불을 뒤집어 쓴 채 큰 소리로 흐느꼈다.

그의 슬픔은 맹수의 울부짖음처럼 처절했다. 이제 얼마 안 있으면 사랑하는 가족과 영원히 헤어진다고 생각하니 도저히 견딜 수가 없었다. 마치 그의 눈 속엔 눈물의 강이 흐르고 있는 것 같았다. 몇 십 년을 울어도 아니, 몇 백 년을 울어도 결코 마르지 않을 것만 같은 눈물의 강! 그는 정녕 눈물의 강을 품고 있는 사람 같았다.

민수의 가슴속에는 온통 사랑하는 가족들의 얼굴로 꽉 차 있었다. 가족 외에는 그 어떤 것도 비집고 들어갈 틈이 없었다. 그는 비통한 심정에 잠겨 그날 밤을 거의 뜬눈으로 지새우고 말았다.

◆　◆　◆

이틀 후 민수가 시골로 내려간다는 말을 듣고 동국이 찾아왔다. 그의 얼굴은 근심으로 얼룩져 있었다.

"꼭 시골에 내려가야만 하겠어?"

"응. 진즉에 생각했던 일이야."

"그렇지만 통원치료도 받아야 하잖아. 그 몸으로 혼자 힘들어서 어쩌려고……."

"걱정하지 마. 내가 알아서 할게."

"보살펴 주는 사람이 있어도 힘들 텐데, 그런 사람이 하나 없으니 어떻게 걱정이 안 돼……. 저, 지금이라도 인서 씨한테 말하는 게 어때?"

동국은 그의 눈치를 살피며 조심스럽게 말했다.

"안 돼 그건! 내가 전에 말했잖아."

민수는 큰 소리로 내뱉듯 말했다. 다시 그런 소리 하면 가만 안 두겠다는 얼굴이었다.

"고집하고는……."

동국이 뒷말을 흐렸다.

"미안해. 네 뜻을 받아주지 못해서……."

민수의 목소리가 다시 부드러워졌다.

"할 수 없지. 그러나 나도 내 마음이 어찌될지 장담할 수 없음을 알아야 해……. 그런 일이 없으려면 하루 빨리 완쾌해."

"고맙다."

"이게 갖고 갈 짐이야?"

"응."

"약은 잘 챙겼어?"

"응."

"지난번 얘기했던 곳으로 갈 거지?"

"응."

먼젓번 전화에서 민수는 원주 인근에 있는 부론으로 간다고 했었다. 그곳은 지난번 신장이식 수술 후 머물렀던 곳이었다.

동국은 다시 한 번 이리저리 살펴보더니 짐을 차에 실었다. 민수는 집안 구석구석을 살피고는 차에 올랐다. 동국은 곧바로 출발했다. 민수는 고개를 돌려 다시는 이곳으로 못 올 사람처럼 바라보았다.

시내를 빠져나온 차는 서울 톨게이트를 통과했다. 그리고 잠시 후 영동고속도로로 접어들었다. 확 트인 겨울 들녘이 담백한 한 폭의 수묵화처럼 펼쳐졌다. 저 멀리 들녘 끝에서 한 무리의 새떼들이 유유히 날아갔다. 그것을 바라보는 민수의 얼굴에는 먹구름 같은 슬픔이 밀물처럼 밀려왔다.

그는 눈을 감고 무언가를 골똘히 생각하는 듯했다. 그런데 갑자기 무엇이 생각난 듯 가방을 열더니 CD를 꺼내어 음악을 틀었다. 캐리 앤 론의 'I.O.U'였다.

"어, I.O.U네?"

동국이 말했다.

"응."

"이 노래 인서 씨가 되게 좋아하지?"

"응. 나도 좋아하고……."

흐느끼듯 이어지는 여가수의 약간은 허스키한 목소리와 멜로디의 조합이 민수의 가슴속으로 깊이 파고들었다. 그는 눈을 감았다. 감은 눈 사이로 물기가 배어났다. 그는 두 주먹을 꼭 쥐었다. 자신도 모르게 울음이 터져 나올 것만 같아서였다. 고개를 돌려 그를 본 동국의 눈에도 물기가 배어났다. 둘은 한동안 말이 없었다.

여주휴게소를 지나 다리를 지나는데 청둥오리 떼가 미끄러지듯 남한강 물 위를 스쳐 지났다.

"참, 멋지네!"

갑자기 동국이 큰 소리로 말했다. 침울해진 분위기를 전환하기 위해서다. 하지만 민수는 여전히 눈을 감고 있을 뿐이었다.

"사진을 찍어두면 참 좋았을 걸."

동국은 또다시 중얼거렸다. 역시나 이번에도 민수는 꿈쩍도 안 했다. 동국은 뭐라고 하려다 그만두었다. 잠시 후 차는 문막 IC를 빠져나와 부론으로 가는 길에 접어들었다. 한적한 시골길은 잘 현상된 흑백사진을 보는 것처럼 운치가 있었다.

동국은 또다시 고개를 돌려 민수를 바라보았다. 그는 잠들어 있었다. 꼭 감은 눈 아래로 눈물자국이 흐릿한 불빛처럼 얼룩져 있었다. 툭 불거진 광대뼈가 그동안 그가 겪었던 심적 고통을 말해주는 것 같아 동국은 마음이 쓰렸다.

'그렇게 잘나가던 친구가 어쩌다 이렇게 됐는지. 누구에게든 착하고 친절한 친구가 무슨 잘못이 있다고……. 이처럼 감당하기 힘든 고통을 겪어야 한단 말인가……. 종민이 이놈의 새끼, 내 눈에 띄기만 해. 요절을 내고 말 거야. 이 모든 게 그놈 때문이야. 뻔뻔스럽고 가증스러운 놈…….'

동국은 이렇게 생각하며 부르르 몸을 떨었다.

차가 부론면 초입에 들었을 때 민수는 눈을 떴다. 그의 표정은 침울했던 아까와는 달리 평온해 보였다.

"어, 다 왔네."

민수가 두리번거리며 말했다.

"어디로 가야 하지?"

"저쪽에 다리 보이지?"

"어디?"

"왼쪽."

"어, 저기?"

"응. 그리로 가."

동국은 고개를 끄덕이며 방향을 틀었다. 그리고 잠시 후 강가 언덕에 있는 산장에 멈추어 섰다. 차 소리를 듣고 50대 여자가 문을 열고 나왔다.

"안녕하세요. 아주머니?"

민수가 웃으며 말했다.

"어서 오세요. 방은 따뜻하게 덥혀놓았어요."

"고맙습니다. 이 교수, 인사해. 주인 아주머니셔."

"처음 뵙겠습니다. 이동국입니다."

동국이 허리를 굽혀 인사를 했다.

"조 박사님, 친구 분이시군요."

주인 여자는 환하게 웃으며 말했다.

"네. 여기 있는 동안 이 친구, 잘 좀 부탁드립니다."

"걱정 마세요. 잘 살펴드리지요. 저, 식사를 준비할까요?"

"네, 저는 지난번처럼 죽을 끓여주세요."

민수는 엷게 웃으며 말했다.

"네. 그럴게요."

주인 여자는 집 안으로 들어갔다. 민수는 자신이 머무를 2층 방으로 갔다. 한눈에 강이 내려다보이는 방이었다.

"야, 경치 한번 끝내주네."

짐을 내려놓은 동국이 감탄하며 말했다.

"그렇지? 멋지지?"

민수는 마치 소풍을 온 아이같이 말했다.

"그래, 참 좋다. 나도 내년 여름휴가 땐 이리로 와야겠어."

"그래라. 수진 씨도 아주 좋아할 걸?"

수진은 동국의 아내 이름이다.

"맞아. 그 사람이 더 좋아할 거야."

동국은 이렇게 말하면서도 눈은 계속 강을 바라보았다.

민수는 가방을 열고 약은 약대로, 읽을 책은 책대로 그리고 속옷과 양말, 세면도구와 옷을 정리했다. 정리를 마치고 나자 주인 여자가 식사하라며 불렀다. 둘은 주방으로 가서 점심을 먹었다. 민수는 죽을 다 비웠다. 동국은 연신 입맛을 다셔가며 여러 가지 산나물무침에 밥을 두 공기나 비웠다.

식사를 마친 그들은 방으로 왔다. 민수는 가방에서 작은 서류가방을 꺼냈다.

"동국아, 이거 잘 보관했다가 혹여, 내게 무슨 일이 있으면 인서에게 전해줘."

"그게 뭔데?"

동국은 의아한 얼굴로 물었다.

"인서와 아이들에게 쓴 편지와 예금통장이야."

"그런데 이걸 왜 나한테?"

"사람 일이란 모르잖아. 네가 좀 맡아 둬."

"사람 일이란 모른다니, 그게 무슨 말이야?"

동국은 언성을 높여 말했다.

"동국아, 소리 좀 낮춰. 주인 여자가 들으면 싸우는 줄 알겠다."

민수가 달래듯 말했다.

"그렇잖아. 마치 네가 어떻게라도 되는 것처럼……."

동국의 얼굴이 일그러졌다. 그가 마음이 언짢을 때 보이는 모습이다.

"동국아, 날 생각하는 네 마음 잘 알아. 이건 내가 그냥 맡기는 거라고 생각해줘. 너도 알다시피 내가 좀 그렇잖아……."

"네가 뭐? 죽기라도 한대?"

동국은 일그러진 얼굴을 풀지 않고 말했다.

"…… 사실, 어떻게 될지 모르잖아."

"왜 나쁜 생각을 해?"

"냉정하게 생각해서 하는 말이야. 그러면 혜빈이에게 맡길까?"

"……."

"나도 살고 싶어. 인서와 아이들이랑 오랫동안 행복하게 살고 싶어. 그런데 만일을 모르잖아……."

"……."

거듭된 민수의 말에도 동국은 말이 없었다.

"그래, 그럼. 혜빈이한테 맡기지 뭐."

"이리 줘. 내가 갖고 있을게."

동국은 그의 손에서 낚아채듯 가방을 받아들었다.

"고맙다, 동국아."

"고맙다는 말 좀 그만해."

동국은 여전히 일그러진 얼굴을 했다.

"…… 그래. 알았어."

"넌 반드시 살아야 해. 이건 친구로서 부탁이야."

"그래. 그렇게 할게."

민수는 환하게 웃으며 말했다. 그제야 동국은 굳었던 마음을 풀었다. 그는 만일을 몰라 점심식사를 마친 후 민수가 화장실에 간 사이 주인 여자에게 자신의 명함을 주며, 그에게 무슨 일이라도 있으면 즉시 연락해 달라며 신신당부를 했다.

"저, 뭐 하나 물어보자."

"뭔데?"

"너 혹시 부도나기 전에 혜빈이한테 돈 부탁했었니?"

"아니."

"왜 부탁 좀 하지 그랬어. 그랬으면 혜빈이가 막아줬을 텐데……."

"그렇지 않아도 혜빈이가 전화를 했었어."

"그래? 왜?"

"만나자고."

"그래서 만났어?"

"응."

"만나니까 뭐래?"

"나한테 그러더라. 회사가 어렵지 않냐고?"

"그래서?"

"별 문제 없다고 했지."

"그랬더니……."

"어려우면 자기가 도와주겠다고 하더라고."

"그럼, 사실대로 말하지 그랬어."

"물론 말하면 혜빈이가 막아줬을 거야. 그런데 그러지 않았어."

민수는 왼손으로 머리를 쓸어 올리며 말했다.

"왜?"

그는 말없이 동국을 바라보았다. 그러고는 깊게 숨을 들이마셨다. 말하기 난처할 때 그가 보이는 습관이다.

"네가 말했으면 도와줬을 거야. 그러면 네가 이처럼 어려움을 겪지 않았을 텐데……. 근데 왜 말을 안 했어?"

동국은 궁금증에 못 견뎌 하는 아이같이 계속해서 물었다.

"꼭 말해야 돼?"

민수는 약간, 어색한 표정으로 말했다.

"그래. 네가 그토록 절박한 상황에서 왜 그랬는지 듣고 싶다. 내가 너고, 네가 나였다면 너도 나한테 틀림없이 물었을 거야. 그러니 말해 봐. 왜 그랬는지……."

"인서에 대한 마음 때문이야."

민수는 더 이상 함구하지 않고 말했다.

"인서 씨 때문이라고?"

동국은 그게 무슨 말이냐는 듯이 물었다.

"사실은 나도 도움을 받고 싶었어. 그것도 혜빈이가 먼저 제안을 했으니 나로서는 먼저 부탁하는 부담도 덜고……."

"그런데 왜 인서 씨 때문에 도움을 거절한 거야."

"혜빈이 도움으로 문제가 해결되면 인서에 대한 내 마음이 더럽혀 질 것만 같았어."

"그건 왜?"

"인서에 대한 배반이라고 여겼거든……."

"인서 씨에 대한 배반? 친구 사인데 뭐가 어때서……."

동국은 뭐 그렇게까지 할 게 있느냐는 표정이었다.

"아니, 난 그렇지 않아. 내가 도움을 받았다면 난 인서에게나 혜빈 이에게 떳떳하지 못했을 거야. 인서에게는 남편으로서 그렇고, 혜빈 에게는 친구로서의 순수함을 잃을 것 같아서였어."

민수는 이렇게 말하며 두 손으로 얼굴을 위에서 아래로 쓸어내렸다.

"…… 그런 생각 때문이었구나."

동국은 고개를 끄덕이며 말했다.

"그 후에 은행에서 한 달간 결제를 연장해줬어."

"그래?"

"응. 연장해준 기일이 다 되어가니까 나도 모르게 혜빈이 회사로 가게 되더라. 인서가 전전긍긍하는 걸 보니, 정말 간절했거든……."

"그런데?"

"회사 근처까진 갔는데 더는 갈 수가 없었어. 발이 땅에 달라붙은 것처럼 꼼짝도 안 하더라. 그래서 끝내 못하고 말았지……."

"그랬구나."

동국은 궁금증이 풀린 표정이었다.

"이제 궁금증이 다 풀렸어?"

민수가 빙그레 웃으며 말했다. 그러나 그의 웃음너머로 쓸쓸함이 묻어났다. 동국은 대답 대신 고개를 끄덕이며 엷게 웃었다. 마치 '너다운 결정이었다'고 하는 것처럼.

"이제 그만 가봐야지."

민수가 말했다.

"그, 그래……. 너 혼자 두고 가려니 마음이 좀 그렇다."

동국은 마음이 놓이지 않는지 걱정스러운 낯빛이다.

"걱정하지 마. 주인이 좋은 사람들이니까……."

"그래도……."

"어서 가. 무슨 일 있으면 즉시 연락할게."

"…… 그래. 꼭 그렇게 해!"

"응. 어서 가."

"나오지 마. 추운데."

민수가 따라 나가자 동국이 나오지 말라며 떠다밀었다.

"그, 그래……."

민수는 떠밀려 다시 방으로 들어갔다. 그는 창문을 열고 동국이

가는 모습을 지켜보았다.

　동국이 간 후 민수는 갑자기 피로가 밀려와 자리에 누웠다. 그리고 그대로 잠이 들었다. 쇠약해질 대로 쇠약해지다 보니 조금만 움직여도 몸이 견뎌내질 못했다. 그는 마치 죽은 듯 잠에 취해 있었다.

　위암 수술 후 제대로 먹지 못해 놀랄 만큼 툭 불거진 광대뼈와 어린아이처럼 가늘어진 그의 팔다리가 보기에도 너무 안쓰러웠다. 그토록 건장했던 그가 병마에 처참하게 무너진 것이다. 병 앞에 장사가 없다더니 그 말은 조금도 어긋남이 없었다. 그의 숨소리만 방의 적막을 깨울 뿐 고요하기가 깊은 숲속 같았다.

　민수가 깨어났을 땐 이미 어둑어둑해진 뒤였다. 시간은 오후 6시 15분을 가리켰다. 시골의 저녁은 도시의 저녁보다 일찍 찾아왔다. 그가 일어나 체조를 하며 몸을 푸는데 전화가 왔다. 인서였다. 지난번 그가 시골에 내려간다고 한 후 세 번째 전화였다. 두 번은 수술 후 병원에서 받았었다.

　"자기구나?"

　민수는 반갑게 말했다.

　"응. 집은 따뜻해?"

　"따뜻해. 애들은?"

　"잘 있어. 요즘 애들이 나한테 얼마나 잘하는지 몰라."

　"하하, 그래? 착한 애들이니까……."

　"불편한 건 없고?"

"응."

"어디 아프거나 그러면 전화해. 지난번 보니 속이 많이 안 좋은 것 같던데……."

인서는 전화를 할 때마다 그의 건강에 대해 물어보았다. 만일 그녀가 지금의 그를 보게 된다면 경악할 것이다. 신장이식 수술 후 그의 몸 상태와 위암 수술 후 몸 상태는 완전 극과 극일 정도로 차이가 났기 때문이다. 다만 변하지 않은 게 있다면 굵직하고 부드러운 목소리뿐이다.

"지금은 괜찮아."

"혹시라도 안 좋으면……."

"알았어, 그렇게. 참, 자기 몸은 어때?"

"오늘 병원에 갔다 왔는데 정상이나 다름없대."

"그래?"

"응. 다 자기 덕분이야."

"내가 한 게 뭐 있다고."

"자기가 내 곁에 있다는 게 얼마나 든든한지 그때 알았어."

"그랬어?"

"응. 자기한테 항상 고마워하고 있어."

이렇게 말하는 인서의 목소리가 가늘게 떨렸다.

"나도 고마워. 그렇게 말해줘서……."

민수의 목소리도 가늘게 떨리긴 마찬가지였다.

"자기야, 거르지 말고 밥 잘 챙겨 먹어."

"그럴게……."

"그럼, 다음에 또 전화할게."

"응. 유리, 유빈이한테 아빠가 사랑한다고 전해줘."

"그럴게. 잘 지내."

"응. 자기도."

전화를 끊고 난 민수의 얼굴에는 장밋빛 붉은 웃음이 잔잔하게 번져났다. 좋았다. 인서의 전화는 그를 기분 좋게 만들었다.

민수는 달빛에 비친 어둠에 잠긴 강물을 오랫동안 바라보았다.

시한부 인생

한적한 시골은 외로웠지만 아픈 마음을 감추고 지낼 수 있어 민수는 시골에 내려오길 잘했다고 스스로를 위로하곤 했다. 그의 하루일과는 아침 7시에 일어나 강가를 산책하고, 책을 읽고, 그때그때마다 떠오르는 생각이나 느낌을 형식에 구애받지 않고 에세이로, 시로, 일기로 자연스럽게 써나갔다. 그러나 그 일도 민수에게는 여간 힘들고 벅찬 일이 아니었다. 하지만 그는 하루도 거르지 않고 규칙적인 생활을 했다. 그리고 철저한 식이요법을 하며 자신의 몸을 정성껏 보살피면서 하루하루를 긍정적으로 생활했다. 그런 와중에도 가족들과 전화통화하는 것을 제일 큰 기쁨이자 즐거움으로 여겼다.

이틀 전 민수는 심한 통증으로 고생을 했다. 너무 고통스러워 온몸을 쥐어짜며 버티고 있는 중에 전화가 왔다. 그는 손을 뻗어 수신자를 확인하니 유리였다. 고통 속에서도 그의 얼굴에는 미소가 번져났다. 그는 한 손으로 배를 움켜쥐고 말했다.

"유리구나?"

민수의 목소리는 통증에도 불구하고 기쁨으로 가득 찼다.

"네, 아빠. 잘 지내세요?"

"그럼, 잘 지내지. 너도 잘 지내고?"

"네."

"엄마, 오빠도?"

"네. 아빠, 저 오늘 방학했어요."

"그랬어? 우리 유리 방학해서 좋겠네."

"네, 좋아요. 근데 아빠?"

"왜?"

"저 오늘 상 3개나 받았어요."

"그래? 무슨 상을 3개씩이나 받았어."

"성적우수상, 글쓰기상, 친절한 어린이상이에요."

"우리 유리 최고다! 친절한 어린이상까지 받다니……."

민수는 큰 소리로 감탄한 듯 말했다.

"아빠가 곁에 있으면 보여드릴 텐데……."

유리가 말끝을 흐렸다.

"미안해. 아빠가 다음에 가면 맛있는 것도 사주고 선물도 해줄게."

"정말요?"

유리 목소리가 금방 밝아졌다.

"그럼, 정말이지……."

"와, 기분 좋다."

"우리 유리가 좋아하니 아빠도 너무 좋구나. 유리야, 고마워. 예쁘게 잘해줘서……."

"아빠도 참, 당연한 걸 갖고……."

유리는 아주 어른스럽게 말했다.

"그래도, 아빤 너무너무 고마워."

"아빠."

"응?"

"아빠 보고 싶어요."

"아빠도 유리가 너무 보고 싶어. 유리야, 책 쓰던 것 마저 쓰는 대로 갈게. 조금만 기다려 줘."

"네, 아빠. 이제 그만 끊을게요."

"그래. 서울 가서 보자."

"네. 아빠, 안녕히 계세요."

"그래."

전화를 끊고 난 민수의 얼굴은 아주 행복해 보였다. 그렇게도 고통스럽던 통증이 싹 가셨던 것이다. 그는 가족을 위해 사는 사람 같았다. 그의 마음속에 가족은 언제나 사랑의 꽃으로 피어 있다.

사랑의 꽃! 그 무엇으로도 꺾을 수 없는 영원한 꽃! 그 꽃만이 민수의 마음속에 전부였고, 그의 삶이었고, 희망이었고, 행복이었다.

동국은 바쁜 가운데도 민수가 통원치료를 받는 날에는 어김없이 찾아와 자신의 차로 병원을 오갔고, 몸에 좋다는 것은 수소문을 해서라도 구해서 그에게 먹였다.

"동국아, 미안하다. 나 때문에 네가 고생을……."

민수는 그에게 너무도 미안했다.

"어서 낫기나 해."

"그래야지……."

이렇게 말하는 민수의 얼굴에는 쓸쓸함이 배어났다. 자신이 시한부라는 걸 모르는 동국을 속이는 것 같아 죄스러웠던 것이다.

"내일 모레 다시 올게. 뭐 필요한 거 있으면 말해."

"아니, 없어."

"잘 생각해봐."

"지금은 없어."

"그럼 생각나면 전화해."

"그래."

동국은 언제나 민수가 부담을 느끼지 않게 배려했다.

시간은 빠르게 지나갔다. 민수는 해가 지고 어둠이 찾아오면 "오늘 하루도 다 갔구나!" 하고 힘없이 중얼거렸다. 그래서 그는 언제부터인가 달력을 보지 않았다. 달력을 보면 자신이 시한부 인생이라는 것을 확인시켜주는 것 같아 싫었다.

민수는 시간을 잊기 위해서 자신을 바쁘게 만들었다. 시골 사람들과 격의 없이 어울리기도 하고, 마을 노인정에 난방비를 후원하는가 하면, 어르신들의 말벗이 되어주며 나름대로 바쁘게 지냈다.

그러나 바쁘게 지내면 지낼수록 가족에 대한 그리움은 점점 깊어만 갔다. 특히 어둠이 밤안개처럼 스멀거리며 찾아들면 먹구름 같은 짙은 외로움이 비늘을 한 풀 두 풀 벗어던지며 그의 야윈 가슴팍으로 스며들었다. 그리고 외로움은 마구마구 그의 가슴을 뒤흔들어 놓았다. 그럴 때마다 그의 눈에 맺힌 눈물은 이내 흐느낌으로 바뀌었다. 그의 사무침은 차마 눈 뜨고는 볼 수 없을 만큼 애절했다. 가족에 대한 그리움은 시간이 흐를수록 깊어만 갔다.

◆　◆　◆

민수가 시골에 내려온 지도 한 달이 지났다. 안타깝게도 민수는 자신의 생일을 열흘 앞두고 결국 쓰러지고 말았다. 그는 산장 주인에게 발견되어 구급차에 실려 병원으로 옮겨졌다. 산장 주인은 동국이 준 명함을 보고 신속하게 그에게 연락했다.

민수는 의식을 잃은 채 아무 말이 없다. 그런 그를 바라보는 동국의 눈에 물기가 반짝거렸다. 그는 민수를 이송시킬 때 그가 손에 쥐고 있던 다이어리를 펼쳐 보았다. 대체 이 다이어리에 뭐가 쓰여 있기에 쓰러지면서까지 손에서 놓지 않은 건지 궁금했다.

오늘 인서와 나의 추억이 고이 잠들어 있는 부론 강가 산장으로 왔다. 이곳에 오면 언제나 그 시절로 돌아가고 싶다. 그러나 돌아갈 수 없어 너무 슬프다. 그래도 나는 좋다. 인서의 스물세 살을 만날 수 있으니까.

그런데, 아 그런데 오늘은 몸이 부서지도록 울고만 싶다. 내 삶이 불과 3~4개월밖에 남지 않았다고 했다. 믿을 수 없지만 믿어야 한다는 사실이 나를 슬프게 한다. 내가 죽는 것은 두렵지 않다. 내가 미치도록 견딜 수 없는 건 내 목숨보다 사랑하는 인서와 우리 유리, 유빈이와 함께 살지 못한다는 것이다. 눈앞이 캄캄하다. 금방이라도 죽을 것처럼 숨이 막힌다. 앉아 있을 수가 없다. 이내 죽음이라는 울타리에 갇힐 것만 같다.

살고 싶다. 살고 싶다. 살고 싶다. 살고 싶다. 살고 싶다.

아, 미치도록, 미치도록, 미치도록 살고 싶다.

"뭐라고, 죽는다니! 그것도 3~4개월밖에 남지 않았다니……. 이게 대체 무슨 얘기야……."

수술을 해도 완치가 힘들다는 것은 알고 있었지만, 그래도 살 수 있다는 희망을 갖고 투병을 하는 줄 알고 있던 동국으로서는 마치 무엇에 홀린 기분이었다. 그렇다고 혼수상태에 빠진 그에게 물어볼 수도 없는 노릇이다 보니 그는 손을 부르르 떨며 어쩔 줄을 몰라 했다.

"이건 말도 안 돼. 이, 있을 수 없는 일이야……."

동국은 일어났다 앉기를 반복하며 병실을 맴돌았다. 민수는 그가 애타는 줄도 모르고 여전히 깊이 잠들어 있다. 마음을 가까스로 진정시킨 동국은 연신 깊은 숨을 몰아쉬며 읽다만 다이어리를 집어 들었다. 그러고는 떨리는 마음으로 다시 읽기 시작했다.

이동국은 참 좋은 친구다. 그는 나 때문에 하고 싶은 말도 못하고, 벙어리 냉가슴 앓듯 아파한다. 그래도 그는 불평 하나 없이 나를 위해 최선을 다한다. 오늘도 그는 나를 살리기 위해 이것저것을 챙겨가지고 왔다. 나를 위해 그가 그토록 애를 쓰다니. 그는 내가 곧 죽는다는 사실을 모른다. 그래서 그에게 너무 미안하다. '다음번에 만나면 사실대로 말할까' 생각하다가도 막상 그를 보면 차마 말할 수가 없다. 말하는 순간 그가 미치도록 울지도 모르기 때문이다. 아니, 그는 분명 세상이 떠나가도록 울어댈 거다. 그래서 도저히 말할 수가 없다. 그가 나 때문에, 못난 나 때문에 운다는 것은 비극처럼 슬프다.

내가 동국을 만난 건 행운이다.

동국은 자신에 대한 민수의 마음을 읽고는 "크윽!" 하는 소리를 내더니 참았던 눈물을 터트렸다.

"미. 민수야, 이 불쌍한 친구야……."

그의 어깨가 널을 뛰듯 심하게 흔들렸다. 한동안 침묵이 흘렀다. 얼굴을 감싸고 흐느끼던 그는 또다시 읽어가기 시작했다.

오늘 유리와 유빈이와 통화를 했다. 언제나 애교덩어리 예쁜 내 딸, 언제나 멋진 내 아들. 이 아이들이 내 자식이라는 건 축복 중에 축복이다. 그런데 이렇게 예쁜 아이들을 두고 이 세상을 떠나야 한다니, 비극도 이런 비극이 어디 또 있을까.

나는 울음이 터져 나올 것만 같아 입술을 깨물며, 살을 쥐어뜯으며 속으로 울면서 통화를 했다. 천사보다도 더 고운 아이들에게 슬픔을 주고, 아픔을 주고, 고통을 주는 것이 너무도 마음이 아파 견딜 수가 없다.

나는 아이들과 통화를 끝내고 강가로 달려갔다. 그러고는 무릎을 꿇고 앉아 소리 내어 엉엉 울었다. 나의 피 맺힌 울음소리에 강물도 울고, 날아가는 새도 울었다. 강가에 나목들도 울고, 하늘마저 잿빛이 되어 울고 울었다.

살고 싶었다. 나는 살고 싶었다. 무조건 살고 싶었다. 나를 위해서가 아니라 아이들을 위해 살고 싶었다.

오늘은 통증이 너무 심해 이러다 금방이라도 죽는 게 아닐까, 몇 번이고 생각했다. 사랑하는 사람들이 모르게 혼자 죽는다는 게 죄를 짓는 것 같아 너무 두렵다.

오늘은 컨디션이 좋아 강가로 나갔다. 겨울 하늘이 눈이 시릴 만큼 맑고 푸르러 목이 아프도록 바라보는데 인서의 얼굴이 떠올랐다. 갑자기 시가 쓰고 싶어서 방으로 들어가 다이어리와 펜을 가지고 나와 순식간에 2편의 시를 썼다.

겨울 하늘

눈이 시리도록
겨울 하늘이 푸릅니다.
그 하늘에
당신의 얼굴을 그립니다.
낮이나 밤이나
그 언제까지나 바라볼 수 있도록
맑고 푸른 겨울 하늘에
당신의 얼굴을 그립니다.

내 마음의 화석

내 마음속엔
영원히 지워지지 않는 화석이
꽃으로 피어 있다.
닦으면 닦을수록
윤기 나는 상감청자와 같이
수수만년
투명하게 반짝일
사랑이라는 이름의 화석.

오늘 아침 죽을 먹다 다 토했다. 속이 받쳐서 넘어가질 않는다. 이러다 곧 죽겠다는 생각이 들었다. 너무나 쓸쓸하고 외로워 방 안이 마치 무덤 속 같이 답답해 강가로 나갔다. 그런데 너무 어지러워 주저앉고 말았다. 머리가 빙글빙글 돌고 가슴이 답답하고 한기가 심해 엉금엉금 기면서 방으로 들어왔다. 그리고 누웠다. 그래도 어지러워 눈을 감았다.

눈을 감으니 어지러움기가 가셨다. 그래서 나는 다이어리에다 글을 쓰기 시작했다. 글을 쓰는데 또 어지러웠다. 속이 울렁거리고 구토가 나서 엎드려 있을 수가 없어 자리에서 일어나는데 머리가 빙글빙글 돈다. 기분이 이상하다. 이대로 죽을 것만 같다. 아, 저, 전화를 해야 할 것만 같다. 아, 아, 어지러워.

다이어리는 '아, 아, 어지러워'라는 말로 끝을 맺었다. 아니, 그 부분을 쓰다 정신을 잃고 말았던 것이다. 다이어리 곳곳에는 민수가 흘린 눈물로 얼룩져 잉크가 번져 있었다. 그 모습에 혼자 힘들어 했을 그가 너무 가여워 견딜 수가 없었다.

"이 친구야…… 그렇게 견디기 힘들면, 나한테 전화하지…… 참긴 왜 참아……. 흐흐흐…… 민수야, 미안하다. 좀 더 너를 살펴주지 못해서…… 저, 정말 미안해……."

동국의 눈에서는 어린아이 새끼손가락처럼 굵은 눈물이 썰매를 타듯 주르르 흘러내렸다. 그는 좀 더 신경을 써 주지 못한 것이 너무 미안해 어깨를 들썩이며 울었다. 참을 수 없는 슬픔이 그토록 처절하게 아픈지 그는 뼛속 깊이 느꼈다.

울음을 멈추고 난 동국은 지금이라도 이 사실을 인서에게 알려야 겠다는 생각이 들자, 더 이상 지체하지 않고 그녀에게 전화를 걸었다.

"인서 씨, 이동국입니다."

"어머, 오랜만이네요?"

"그동안 별일 없으시고요?"

"네, 근데 어쩐 일이세요?"

"저, 시간 좀 내 주세요. 급히 드릴 말씀이 있습니다."

동국의 목소리가 가늘게 떨렸다.

"무슨 일이 있나요?"

인서는 동국이 만나자는 말이 너무 뜻밖이고, 이혼하고 나서 그와 는 처음 통화라 이상한 생각이 들었던 것이다.

"만나서 말씀 드리겠습니다."

"알겠습니다."

"저, 베네치아 아시죠?"

동국이 말했다.

"네."

"그럼, 거기서 2시간 후에 뵙죠."

"네, 그러지요."

전화를 끊고 난 인서는 혼잣말로 중얼거렸다.

"대체 무슨 일인데 갑자기 만나자는 걸까?"

여자의 직감이랄까, 공연히 불길한 예감이 들었다. 그녀의 표정은 저녁 산 그림자가 깊게 드리운 강물처럼 어두웠다.

　인서는 동국과의 약속 장소로 가는 내내 가슴이 답답했다. 그녀는
숨이 찬 것처럼 연신 가쁜 숨을 몰아쉬었다. 그러지 않으면 가슴이
터질 것만 같았다. 이상한 일이었다. 여태껏 그런 기분은 처음이었
다. 그러는 동안 그녀의 발걸음은 베네치아 앞에 멈추어 섰다. 인서
는 정면을 응시한 채 다시 한 번 크고 깊은 숨을 몰아쉬었다. 그러고
는 문을 열고 들어갔다. 먼저 와 있던 동국이 자리에서 일어나 그녀
에게 인사를 건넸다.
　"인서 씬, 여전하시군요."
　"이 교수님도요. 근데 무슨 일로……."
　인서는 궁금증에 더 이상 기다릴 수가 없어 재촉하듯 말했다.
　"이거, 무슨 말을 어떻게 해야 할지……. 저, 제가 무슨 말을 하더
라도 놀라지 마세요."
　동국은 옅은 한숨을 내쉬며 말했다. 그러한 그의 모습에 인서는
더더욱 초조한 마음이 들어 잔뜩 긴장했다.
　"저, 지금 민수가 병원에 있습니다."
　"네에! 유리 아빠가 병원에요? 그, 그럴 리가……."
　인서는 민수가 병원에 있다는 말에 깜짝 놀라 더듬거리며 말했다.
　"지금 의식을 잃고 병원에 있습니다."
　"그, 그럴 리가 없어요. 참고서를 집필한다고 했는데……."
　순간 인서의 얼굴은 백지장처럼 하얗게 변했다.

"진정하고 제 말을 잘 들으세요."

동국은 이렇게 말하며 그동안 있었던 일을 털어놓았다. 그녀에게 신장을 기증한 사람이 바로 민수라는 것과 위암 3기의 수술을 받고 시골에서 혼자 요양 중에 있다 쓰러져 병원에 실려 온 것 등에 대해 말했다. 그의 이야기를 듣고 인서는 입술을 깨물며 흐느꼈다. 더구나 그가 위암 3기로 판정을 받은 후에도 자신에게 신장을 기증했다는 사실에 큰 소리로 절규했다.

"그 몸으로 어떻게…… 신장이식 수술을 했는지…… 저는 그것도 모르고……."

동국은 슬픈 눈으로 흐느끼는 인서를 바라보았다. 그의 눈에서도 물기가 반짝였다. 주검처럼 무거운 침묵이 흘렀다. 인서는 두 손으로 얼굴을 감싼 채 어깨를 들먹이며 울고 또 울었다. 가슴이 미어져 도저히 견딜 수가 없었다. 한참만에야 가까스로 진정한 인서는 울음 섞인 목소리로 말했다.

"그이가 이렇게 되도록 몰랐다니…… 내가 죄인이에요. 내 자신이 죽도록 미워요."

"인서 씨, 민수는 가족을 끔찍이 사랑하고 있습니다. 그 친구에게는 인서 씨와 유리, 유빈이 뿐이었어요. 부도가 나고, 이혼을 하는 등 그 힘든 가운데서도 가족을 한시도 잊은 적이 없습니다. 오로지 그 친구 가슴에는 가족만이 전부였어요. 나 같으면, 아니 다른 남자들은 그렇게까진 못할 겁니다. 난 친구지만 그를 존경합니다."

동국은 젖은 눈을 손수건으로 닦으며 말했다. 인서의 눈에서는 눈물이 그치지 않고 계속 흘러내렸다. 가족만을 끔찍이 사랑하고 오직 가족만을 생각했다는 동국의 말은 그녀의 가슴에 비수가 되어 꽂혔다. 더구나 자신을 위해 위암 판정을 받고도 신장을 기증했다는 사실이 그렇게도 고맙고 미안하고 마음을 아프게 했던 것이다. 인서는 두 손으로 얼굴을 가린 채 또다시 큰 소리로 흐느끼기 시작했다.

동국은 그녀를 바라보며 민수가 시한부 판정을 받은 사실을 지금 말할지 말지에 대해 생각했다. 그러다 그는 말하지 않기로 했다. 민수가 원치 않는 일이라는 걸 잘 알기에 그 사실만은 도저히 말할 수 없었던 것이다. 또한 인서를 비롯한 가족들이 마음을 열고 진정으로 그를 이해하고 받아들임으로써 행복했던 예전으로 다시 돌아갈 수 있도록 만들어주고 싶었다. 만일 이대로 민수가 세상을 뜬다면 그것은 그에게는 이루 말할 수 없는 고통이자 불행이라는 걸 너무도 잘 아는 까닭이었다.

"인서 씨, 지금도 늦지 않았어요. 민수를 살려야 합니다. 우리 모두 힘을 모아 그 친구를 살려내야 합니다. 그 친구가 어떤 사람입니까? 전 그 친구를 허무하게 보낼 수 없습니다."

"이 교수님! 저도, 그이를 그렇게는 절대, 안 보낼 거예요."

"인서 씨, 고맙습니다. 민수가 이런 인서 씨의 마음을 알면 큰 힘을 얻을 겁니다."

"고맙습니다. 이 교수님……."

인서는 민수를 위해 최선을 다하리라 굳게 다짐했다.

"자, 저와 함께 병원으로 가시지요."

"네."

밖으로 나온 그들은 병원으로 향했다. 병원으로 가는 내내 인서는 초조함과 민수에 대한 미안함으로 마음이 편치 않았다. 그녀는 목이 타는지 연신 마른침을 삼켰다.

"인서 씨, 전 인서 씨를 내려드리고 가겠습니다."

동국은 자신이 둘 사이에 끼면 어색할 것 같아 둘 만의 시간을 만들어주고 싶었다.

차가 병원에 도착하자마자 차에서 내린 인서는 병원 문을 밀치며 뛰어 들어갔다. 그녀는 동국이 가르쳐 준 병실을 찾느라 한동안 허둥대다가 겨우 찾았다. 병실 문을 밀치고 들어간 인서는 깊은 잠에 빠져 있는 뼈만 앙상하게 남은 민수를 보자 까무러칠 듯이 비틀거렸다. 그렇게나 건강했던 그의 모습은 온데간데없고, 마치 낯선 사람처럼 여겨졌기 때문이다. 그녀의 몸이 부르르 떨렸다. 도저히 믿을 수가 없었다.

"자기야! 정신 차려 봐! 응? 자기야!"

아무리 인서가 소리쳐 불러도 그는 죽은 듯이 누워 있었다. 그녀는 민수의 가슴에 얼굴을 묻고 울면서 말했다.

"이게 뭐야…… 그동안 왜 아무 말 안 했어……. 이래도 되는 거야? 말해 봐……. 정신 차리고, 어서 말해 보란 말이야……."

인서가 흐느끼며 계속 말을 해도 민수는 아무런 대꾸도 없었다. 옅은 그의 숨소리만 바람에 흔들리는 낙엽처럼 들릴 뿐이었다. 인서는 자신의 속 좁은 마음을 진심으로 뉘우쳤다. 부도 후 가장 힘들었던 사람은 자신을 비롯한 가족이 아니라 바로 그라는 사실을 깨달은 것이다. 그녀는 민수의 야윈 손을 잡고 한동안 자책하며 괴로워했다. 그러는 사이 그가 몸을 움직이며 깨어났다.

"나야! 나 누군지 알아보겠어?"

인서는 병실이 울리도록 큰 소리로 말했다.

"자, 자기가 여긴 어떻게……."

민수는 어리둥절한 표정으로 물었다.

"이 교수님이 얘기해서 알게 되었어. 왜 나한테 말 안 하고 숨겼어. 자기가 잘못된 후에…… 내가 이 일을 알았으면 어떡할 뻔했어. 자기는 죽어가면서도 나를 위해, 자기 몸을 주었는데…… 나한테 보답할 기회를 주어야 하잖아."

인서는 민수의 품에 안겨 흐느끼며 말했다. 그녀의 울음소리에는 뼈아픈 후회가 묻어 있었다. 그녀의 가녀린 어깨가 들먹거렸다. 민수는 한동안 인서를 지켜보며 그녀의 감정이 가라앉길 기다렸다.

얼마 후 인서가 진정하는 기미가 보이자 그녀를 달래듯 말했다.

"미안해……. 자기 몸도 좋지 않은데, 내 일로 신경 쓰게 하고 싶지 않았어……. 그리고 나는 내 도리를 한 것뿐이니 미안하게 생각하지 마."

민수는 오히려 가슴 아파하는 그녀를 위로해 주었다.

인서는 그의 한없이 너그러운 마음에 더욱 자신이 부끄러웠다. 이토록 착한 남자를 괴롭혔다는 자책감이 그녀의 가슴에 밀물처럼 밀려왔다. 그녀의 눈에 맺힌 눈물이 불빛에 반짝거렸다.

"지난날, 나의 속 좁은 마음을 용서해줘……. 난, 너무 이기적이었어. 자기 탓만 했어……. 자기가 고통스러워하는 심정은 조금도 이해하지 못하고…… 그런 자기를 괴롭히며 아픔을 주었으니 내 죄가 너무 커……."

인서는 또다시 참회의 눈물을 흘리며 지난날 자신의 매정함에 대해 용서를 구했다. 그 모습을 바라보는 민수의 야윈 얼굴에는 행복한 미소가 반짝였다. 민수는 그녀의 손을 꼬옥 잡으며 말했다.

"용서는 무슨…… 자긴 잘못이 하나도 없어. 가정을 제대로 지키지 못한 내 잘못이 커. 그러니 용서해달라는 말은 당치도 않은 말이야."

"그렇게 말해줘서 고마워."

"고맙긴…… 고마워할 사람은 바로 나야. 이렇게라도 자기에게 용서를 빌 수 있어, 정말 고마워."

민수와 인서는 서로를 깊이 이해하며 따뜻한 마음으로 지난날의 아픔을 씻어낼 수 있었다. 그들은 두 손을 맞잡은 채 미소를 지으며 마주 보았다. 맞잡은 두 손에 더욱 힘을 주며 인서가 말했다.

"자긴 내가 꼭 살릴 거야. 그러니 마음 편히 가져."

그녀의 말에 민수는 고개를 끄덕이며 미소를 지었다.

가족, 그 애잔한 이름

　인서는 유리와 유빈이에게 아빠가 엄마에게 신장을 기증했다는 것과 암수술을 받고 병원에 입원해 있다는 것을 말해 주면서, 이 모든 것이 아빠가 가족을 너무도 사랑하기 때문이라는 것을 알려주었다. 아이들은 그녀의 이야기를 듣는 내내 흐느껴 울었다. 미워했던 아빠가 자신의 목숨까지 바쳐가며 가족을 사랑할 줄은 미처 생각지도 못한 일이었다.

　유리는 지난날 자신이 아빠에게 했던 일들이 생각났다. 4학년 생일날이었다. 그때 민수가 전화를 했었다.

　"유리야, 아빠야!"

　"……."

　유리는 아빠라는 말에 아무 말도 안 했다.

　"유리야, 생일 축해해! 아빠가 맛있는 것도 사주고 선물도 하고 싶은데 먹고 싶은 것, 갖고 싶은 것 있으면 말해봐."

"없어요!"

유리는 퉁명스럽게 말했다.

"유리야, 네가 아빠 싫어하는 거 잘 알아. 하지만 아빠가 꼭 선물해주고 싶어서 그래……."

민수는 사정하며 말했지만 유리는 끝끝내 대답하지 않았다. 유리는 그의 말을 듣지도 않은 채 전화를 끊었다. 민수는 유리가 좋아하는 초코케이크와 인라인스케이트를 사서 집 문 앞에 놓아두고 갔다. 유리는 창문을 통해 쓸쓸히 돌아가던 아빠를 보고도 미안해하지 않았다.

또 어느 날은 유리가 너무 보고 싶어 학교 앞에서 그가 기다리고 있었다. 유리는 아빠를 보고도 아이들 숲에 끼여 몰래 빠져나와 그를 따돌리기도 했다. 그래도 민수는 유리를 한 번도 야단치거나 야속해하지 않았다. 그는 아낌없이 주는 나무처럼 언제나 애처로운 마음으로 유리를 지켜보았다.

유리는 아빠에게 쌀쌀맞게 굴었던 일이며 자신을 보고 싶어 하는 아빠를 따돌린 일이 생각나자 큰 소리로 "엉엉!" 울었다. 자신처럼 못된 아이를 너무도 예뻐해 준 아빠에게 미안해서 견딜 수가 없었다. 유리는 자신의 잘못을 뉘우치며 울고 또 울었다.

유빈이 역시 똑같은 마음이었다. 유빈이는 유리보다도 더 아빠를 미워했다. 그가 전화를 하면 한 번도 공손하게 받은 적이 없었다. 언제나 퉁퉁거릴 뿐이었다. 심지어 유빈이는 전화를 건 그에게 "다음

부턴 전화하지 마세요. 전 아빠가 싫어요!"라는 말까지 서슴지 않았다. 한번은 유빈이 길에서 아빠와 마주쳤었다.

"유, 유빈아!"

"……."

"유빈아, 아빠랑 얘기 좀 할까?"

"아니요."

"그럼, 뭐 필요한 거 있으면 말해. 아빠가 사줄게."

"필요한 거 없어요."

"유빈아, 부탁이다. 아빠가 사주고 싶어서 그래."

"싫어요! 그러니까 자꾸 말 걸지 마세요!"

"유빈아!"

유빈이는 매몰차게 아빠를 뿌리치고 집으로 갔다.

"난 정말 아빠가 싫어!"

유빈이는 아빠와 있었던 일을 유리에게 말하며 아빠가 싫다고 말했었다. 아빠가 엄마의 신장이식 수술을 위해 거짓말로 미국으로 연수를 간다고 했을 때도 유빈이는 "아빤, 언제나 아빠 생각만 해"라며 불평을 늘어놓았었다. 유빈이는 자신이 그렇게나 아빠를 미워하고 싫어했지만, 아빠는 자신을 버린 가족을 한 번도 미워하지 않았다는 것과 아빠의 소중한 몸까지 엄마를 위해 주었다는 사실에 크게 감동했다.

가족을 위해 자신을 희생하는 것쯤은 당연하게 여기는 아빠를 보며 유빈이는 지난날 자신의 못난 행동이 너무나 부끄러워 견딜 수가 없었다.

'아빠! 불쌍한 우리 아빠!'

유빈이는 아빠가 너무도 불쌍했다. 그 힘든 고통을 홀로 외롭게 견뎌야 했던 아빠, 그러면서도 가족 누구에게 말 한마디도 할 수 없었던 아빠, 그 고통의 순간순간이 얼마나 두려웠을까를 생각하니 아빠에게 너무 죄송하고 아빠가 불쌍해서 견딜 수가 없었다. 유빈이는 자신의 잘못을 깊이 뉘우치며 흐느껴 울었다.

아이들이 슬퍼하는 모습을 보며 인서의 눈에서도 쉴 새 없이 눈물이 흘러내렸다. 인서도 아이들도 한동안 말을 끊고 아빠에 대한 미안한 감정을 눈물로써 풀어놓았다.

인서는 마음을 가라앉힌 후 아이들을 다독이며 말했다.

"유리야, 유빈아! 아빠를 위해 우리가 할 수 있는 일을 찾아보도록 하자. 아빠는 우리에게 참 소중한 분이셔. 그런 아빠에게 매정하게 대한 엄마나 너희들은 항상 부끄러운 마음으로 아빠에게 최선을 다해야 해. 알겠지?"

"네, 엄마……."

아이들은 훌쩍이며 대답했다.

"그래, 고맙다."

인서는 아이들을 데리고 병원으로 갔다. 진정으로 민수에게 용서를 빌고 싶었다. 그리고 그와의 지난날 행복했던 시절로 되돌아가고 싶었다. 아이들은 병실 문을 열고 들어가며 큰 소리로 민수를 불렀다.

"아빠!"

민수는 환한 미소로 아이들을 반겨주었다.

"유리야, 유빈아! 어서들 와!"

"아빠!"

아이들은 그의 품에 안기며 소리쳤다.

"그래, 잘 왔어. 무척 보고 싶었는데…….'"

그 순간 아이들은 큰 소리로 울기 시작했다.

"유리, 유빈이, 왜 울어? 아빠 괜찮아. 울지 마."

"아빠, 우리가 잘못했어요. 용서해 주세요."

"…… 너희들이 뭘 잘못했는데?"

"아빠, 아빠 엄마와 우리를 잊지 못해…… 항상, 슬픈 마음으로 사셨는데, 우린 그것도 모르고…… 아빠를 미워하고 원망했어요. 그리고 아빠, 암에 걸려서도 엄마한테 신장을 주셨잖아요. 아빠가 하루하루 외롭게 죽음과 싸우고 계신 것도 모르고…… 우리는 우리가 하고 싶은 대로 하며 지냈어요. 아빠, 저희를 용서해 주세요."

유빈이는 흐느끼며 용서를 빌었다.

"너희들이 잘못한 건 하나도 없어. 아빠가 잘못해서 너희에게 아픔을 주었던 거야. 그러니까, 너희들은 아빠한테 미안하게 생각하지 않아도 돼. 아빠, 너희들의 진심을 알게 되어 무척 기쁘단다. 그리고 이토록 아빠를 염려해 주는 너희들의 예쁜 마음이 참 고맙구나."

민수는 촉촉하게 젖은 눈으로 아이들의 얼굴을 어루만지며 말했다. 아빠의 앙상한 손의 감촉이 느껴지자 유리는 더욱 슬프게 울었다.

"불쌍한 우리 아빠! 아빠, 사랑해요."

유리는 울면서 말했다.

민수는 아이들이 자신을 진정으로 받아들이고 있다는 사실에 참 감사했다. 그리고 그토록 사랑하는 가족과 진심으로 마음을 터놓게 된 것을 기뻐하며 오랜만에 행복한 미소를 지었다. 유리와 유빈이는 아빠의 깊고도 넓은 사랑을 온 마음으로 느낄 수 있었다.

"아빠, 우리가 아빠 꼭 낫게 할게요."

유리는 그의 품에 안기며 밝게 말했다.

"그래, 고마워."

"아빠, 저도 아빠가 나을 수 있도록 도와 드릴게요."

민수보다도 키가 더 크게 자란 유빈이가 믿음직스럽게 말했다.

"고맙다. 아빠가 꼭 낫도록 할게. 그래서 너희들과 같이 오래오래 행복하게 살 거야……."

민수는 이렇게 말하며 아이들을 부둥켜안았다.

그 모습을 옆에서 지켜보던 인서의 눈에서는 뜨거운 눈물이 주르륵 흘러내렸다.

짧고도 긴 행복

인서는 학원에 휴직계를 내고 정성껏 민수를 간호했다. 그동안 자신을 위해 희생한 그를 위해 이번에는 자신이 정성을 쏟을 차례라고 생각했다. 아이들은 각자 할 일을 정해 엄마의 일을 덜어주었다. 청소는 기본이고 설거지며 간단한 빨래도 직접 했다. 그리고 토요일 저녁에는 엄마를 집에서 쉬게 하고 아빠의 병실을 지키며 그와 즐거운 시간을 가졌다. 민수는 자신을 위해 노력하는 가족의 정성을 봐서라도 꼭 살아야겠다는 굳은 믿음으로 열심히 투병생활을 해 나갔다.

인서는 다시 혼인신고를 해서 원래대로 둘의 관계를 회복시켜야겠다고 생각했다. 그녀는 민수에게 자신의 생각을 말했다.

"나 자기한테 부탁이 있어."

"부탁?"

"응."

"뭔데?"

"저…… 우리, 다시 합치면…… 어떨까?"

민수는 생각지도 못한 뜻밖의 이야기에 아무 말도 못하고 멍한 표정으로 인서를 바라보았다.

"자기야, 이건 진심으로 하는 말이야. 우리 예전으로 돌아가는 거 어때?"

인서는 엷은 미소를 지으며 말했다. 그녀의 표정은 그 어느 때보다도 밝아보였다.

"지금 그 말 진심이야?"

민수는 얼떨떨한 표정으로 되물었다.

"응, 진심이야."

"정말 나를 다시 받아주는 거야?"

"받아주다니? 자기가 제자리로 돌아오는 거지."

"정말 고마워……. 근데 그렇게 안 해도 돼."

"그게 무슨 말이야?"

"……."

민수는 말없이 그대로 있었다. 차마 자기 입으로 곧 죽을지도 모른다는 말을 할 수가 없었다.

"왜 자기에게 무슨 일이라도 있을까봐 그래?"

"……."

"자기 절대 안 죽어. 자기 안 죽게 할 거야."

인서는 이렇게 말하며 민수를 꼭 안았다. 마른 나무처럼 변해 버린 그이지만 인서는 그가 너무도 사랑스러웠다.

"미안해. 자기 마음 아프게 해서……."

민수는 이렇게 말하며 그녀의 등을 쓸어내렸다. 자신이 가장 사랑하는 여자, 그녀가 지금 이 순간 자신 곁에 있다는 것만으로도 그는 너무 행복했다.

"자기야, 내 말 대로 해줘. 응?"

인서는 또다시 말했다. 그녀의 간절한 마음이 그녀의 눈에 그대로 나타났다. 인서의 눈에 물기가 고였던 것이다.

"그래. 그렇게 해."

인서를 지그시 바라보던 민수는 기쁨에 겨워 눈물을 글썽이며 말했다.

"내 제의를 받아줘서 정말 고마워."

인서는 이렇게 말하며 젖은 눈으로 미소 지었다.

며칠 후 인서는 구청에 가서 다시 혼인신고를 했다. 그리고 그날 저녁 아이들에게 사실대로 말해 주었다. 아이들은 그녀의 말을 듣는 순간 환호성을 지르며 박수를 쳤다.

"와! 신난다. 엄마, 축하해요!"

아이들은 아빠와 다시 한 가족이 된 것을 기쁘게 생각했다. 그리고 가족이 이 세상에서 제일 행복한 존재라는 사실을 더 분명히 알게 되었다.

◆   ◆   ◆

민수가 병원에 입원한 지도 20일이 지났다. 그동안 심한 통증으로 두 번의 어려움이 있었지만 잘 극복해 냈다. 그러는 동안 민수의 어머니도 인서의 어머니도 인서를 위해 그가 했던 일들에 대해 속속들이 알게 되었다.

양가 어머니들은 하늘이 무너져 내리는 것보다 더 큰 충격을 받았다. 특히 민수 어머니의 충격은 말로 다할 수 없었다. 금쪽같은 아들이 이혼을 한 상태에서 자신은 죽어가면서도 전처인 인서를 위해 생명을 나눠 준 것이 놀라우면서도 너무도 가슴이 아팠다. 갈기갈기 찢어지는 듯한 아픔 속에서 민수의 어머니는 아들을 위해 밤낮으로 기도를 했다. 인서의 어머니 또한 절박한 상황에서도 자신의 딸을 살린 그가 쾌유되기를 지극정성으로 기원했다. 그러나 민수의 병세는 달라지지 않았다. 그는 점점 기운이 떨어짐을 느꼈다. 하지만 가족들이 염려되어 그는 최대한 내색을 하지 않았다. 그러자니 그의 고통은 클 수밖에 없었다.

민수가 병원에 입원한 지 25일째 되는 날, 동국으로부터 모든 사실을 알게 된 혜빈이 그를 찾아왔다. 그녀가 병실 문을 열었을 때 민수 홀로 창가에 앉아 밖을 내다보고 있었다. 인서가 급한 일로 자리를 비워 병실에는 그가 혼자 있었다.

"민수야!"

민수는 낯익은 목소리에 놀라 뒤를 돌아보았다. 혜빈이었다.

"혜, 혜빈아!"

민수가 놀란 얼굴로 말했다.

"이게 대체 무슨 일이야?"

혜빈은 뼈만 앙상하게 남은 그의 모습에 큰 충격을 받고는 놀라움을 감추지 못했다. 그녀의 얼굴이 창백하게 변했다.

"오랜만이야. 자, 이리로 앉아."

민수는 빙그레 웃으며 아무 일도 아닌 것처럼 천연덕스럽게 말했다. 혜빈은 말없이 자리에 앉았다. 순간 그녀의 눈에서 눈물이 주르륵 흘러내렸다. 너무도 변해버린 그의 모습에 말보다 눈물이 앞섰다. 그녀는 두 손으로 얼굴을 가린 채 흐느꼈다. 그녀의 어깨가 심하게 요동쳤다. 민수는 아무 말 없이 그녀를 바라보았다. 그의 눈에도 눈물이 맺혔다. 하지만 그는 울지 않았다. 그녀에게 약한 모습을 보이고 싶지 않았던 것이다.

"이게 뭐야? 대체 예전의 조민수는 어디로 간 거야?"

울음을 멈춘 혜빈은 젖은 눈으로 바라보며 말했다.

민수는 말없이 빙그레 웃었다.

"바보. 왜 말 안 했어? 전에 만났을 때 내가 어려운 일 있으면 말하라고 했잖아."

"미안해……."

"말했으면 내가 막아줬을 텐데…… 그랬으면 이런 일도 없었을 거 아냐!."

혜빈은 이렇게 말하며 또다시 흐느꼈다.

"혜빈아, 네 맘 다 알아. 그런데 그러고 싶지 않았어."

"왜? 자존심 때문에?"

"아니."

"그럼, 무엇 때문에……."

"지금 와서 이런 말 하면 어떨지 모르겠지만, 너와 나를 위해서야."

"너와 날 위해서라니, 그게 무슨 말이야?"

"내가 네 도움을 받으면 우리의 순수성이 훼손될 것만 같아서……."

"그게 무슨 의미야?"

"난 너와 나 사이에 아무것도 개입되지 않은 친구이고 싶었어."

"왜? 내 도움을 받으면 순수한 사이가 아닌 거야?"

혜빈은 이렇게 말하며 흘러내리는 눈물을 훔쳤다.

"응, 난 그렇게 생각했어."

"바보. 생각은 생각이고 현실은 현실이잖아. 그런다고 뭐가 달라지는데……."

"그리고 인서에게도 그게 옳은 일이라고 생각했어."

"인서 씨에게도?"

"응."

민수는 이렇게 말하며 두 손으로 얼굴을 쓸어내렸다. 그의 야윈 손이 그대로 드러나자 혜빈은 너무 가슴이 아팠다. 자신이 너무도 사랑했던 남자, 언제나 해바라기만 했던 남자, 지금까지도 마음속에 남아 있는 꿈에서도 못 잊었던 남자, 그처럼 당당하고 멋지던 그의 모습은 어디에도 없었다.

"인서 씨한테는 왜?"

"나에게 인서 외에는 여자가 없다는 걸 나 스스로 지키고 싶었어. 그래서……."

민수는 말끝을 흐렸다. 혜빈이 자신에게 갖는 감정에 대한 최소한의 프라이버시를 지켜주고 싶어서였다. 만일 그가 "그래서 너의 도움을 받지 않았어"라고 말했다면 혜빈의 기분이 흐리게 될지도 모른다는 생각에서다.

"그랬구나……."

혜빈은 이렇게 말하며 고개를 끄덕였다.

"미안해……."

민수가 말했다.

"네가 그 상황에서도 왜 내 도움을 받지 않았는지 이제라도 알았으니 됐어. 넌 인서 씨와 나를 각각의 관점에서 생각했던 거야."

"그래. 그랬어."

"넌 역시 좋은 친구야. 그래서 내가 널 그렇게도 좋아했지."

혜빈은 이렇게 말하며 또다시 눈물을 흘렸다. 민수의 진심을 오늘에서야 알았기 때문이다.

"혜빈아, 널 만나서 기쁘다."

"나도, 기뻐. 그렇지만 너무 슬프다."

"그렇게 생각하지 마. 좋게 생각해줘……."

혜빈은 말없이 고개를 끄덕였다. 하지만 그녀의 눈에서는 눈물이 멈추지 않았다. 민수는 그녀가 다시 마음을 가라앉힐 때까지 기다렸다. 잠시 짧은 침묵이 지나고 혜빈이 말했다.

"민수야, 한 가지 부탁이 있어."

"뭔지 말해봐."

"아니, 약속부터 먼저 해줘. 내가 하는 부탁 꼭 들어주겠다고."

혜빈은 젖은 눈을 반짝이며 말했다. 그녀의 그런 모습에 민수는 고개를 끄덕이며 말했다.

"그래. 그렇게 할게……."

"정말이지?"

"응."

"그 어떤 것도?"

"그래."

"네 입원비와 치료비 일체를 내가 주고 싶어."

민수가 말없이 혜빈을 바라보았다.

"들어준다고 했잖아. 뭐든지……."

"그건 너무 예상 밖이다."

"하지만 그러고 싶어. 이건 순수한 우정이야. 그래야 내 마음이 조금은 가벼워질 것 같아."

"네 마음이 그렇다면 그렇게 해."

"고마워. 내 우정을 받아줘서……."

혜빈은 이렇게 말하며 젖은 눈으로 미소를 지었다. 마치 꼬여있던 문제를 푼 것 같은 모습이었다.

"고맙긴. 내가 고맙지. 혜빈아, 고마워⋯⋯."

그동안 마음 한구석에 남아 있던 풀지 못한 숙제를 해결한 기분이었다. 고마웠다. 그녀의 순수한 우정이 그렇게도 고마울 수가 없었다. 자신이 마지막 길을 가도 그녀에 대한 고마운 마음을 갖고 떠날수 있어 한결 가뿐한 마음이었다.

혜빈이 돌아가고 나서 얼마 안 되어 인서가 돌아왔다. 민수는 혜빈이 찾아온 것과 그녀가 자신에게 부탁한 것에 대해 말했다.

"잘했어, 자기."

"정말 잘한 거지?"

"응. 혜빈 씨는 참 좋은 선배야."

"그렇게 말해줘서 고마워."

"자기가 좋은 친구를 둔 거지⋯⋯. 지금 말이지만 난 자기가 부러웠어. 이성간에도 동성보다 더 짙은 우정이 있다는 걸 알았거든."

"그랬구나."

민수는 팔을 뻗어 인서의 손을 잡아끌었다.

"왜?"

"자기가 너무 사랑스러워서⋯⋯."

"그래? 호호호⋯⋯. 자기한테 칭찬을 들으니 붕붕 뜨겠네. 막 하늘을 날 것 같아⋯⋯."

"그래? 하하하⋯⋯."

둘은 그렇게 유쾌하게 웃었다.

동국은 바쁜 와중에서도 하루 이틀 간격으로 찾아와서는 그와 함께 시간을 보냈다. 민수는 자신에게 그와 같은 친구가 있다는 것에 대해 감사했고, 동국은 자신의 분신과도 같은 그와 더 많은 시간을 함께 하고 싶었다.

　어느 날은 인서를 집에 들어가 쉬게 하고 자신이 밤을 새며 민수를 돌보았다. 인서는 두 남자를 통해 남자들의 짙은 우정이 그 어느 것보다 아름답고 소중하다는 걸 느끼며 깊이 감동하곤 했다. 동국이 민수를 간호하던 어느 날, 민수가 그에게 조심스럽게 말했다.

　"동국아, 나 부탁이 있어."

　"무엇이든 다 말해."

　"저, 만일 내가…… 두 번 다시 널 볼 수 없는 날이 온다면…… 인서와 우리 유리, 유빈이 잘 좀 살펴줘."

　"그게 무슨 말이야? 두 번 다시 날 볼 수 없다니……."

　동국은 그가 곧 죽는다는 걸 알면서도 이렇게 말했다.

　"동국아, 네 맘 잘 알아. 하지만 현실을 부인할 순 없어."

　"무슨 현실을 부인할 수 없어. 네가 죽을지도 모른다는 거?"

　동국은 다 알면서도 떼를 쓰는 아이처럼 말했다.

　"동국아, 이렇게밖에 말하지 못해 미안해. 하지만 이건 부인할 수 없는 현실이야."

　민수는 이렇게 말하며 목이 메었다. 그의 목소리가 사리에 걸린 것처럼 부자연스러웠다. 그리고 이내 그의 눈에서 눈물이 흘러내렸다.

　"민수야, 미안해……. 난 네가…… 죽는다는 것을…… 생각하고 싶지 않아……. 그래서…… 네 마음을 또 아프게 했구나……. 정말, 미안하다."

동국은 그의 눈물을 보자 더 이상 자신의 감정을 숨길 수 없어 흐느꼈다. 그의 흐느낌은 점점 더 격해졌다. 민수가 너무 불쌍해 견딜 수가 없었다. 민수의 흐느낌도 점점 격해졌다. 병실에는 두 남자의 흐느낌이 암흑 같은 침묵을 뒤흔들어댔다. 얼마를 흐느끼던 그들은 누가 먼저랄 것도 없이 서로를 붙들고 짐승처럼 흐느꼈다.

"동국아, 나도 살고 싶어……. 인서와 아이들과…… 오래오래 행복하게 살고 싶다……. 나도 죽는 게…… 너무 두려워……."

흐느끼며 울던 민수는 이렇게 말하며 울부짖었다. 그는 너무도 살고 싶었다. 그렇지만 이런 자신의 심정을 그동안 누구에게도 말할 수 없었을 뿐이었다. 그런데 지금 이 순간 숨겨두었던 자신의 감정을 그대로 다 떨쳐내려는 듯 그는 슬피 울며 말했던 것이다.

"불쌍한 내 친구 민수야…… 널 어떻게 해줄 수 없어…… 미안하다……. 내 목숨을 팔아서…… 널 살릴 수만 있다면…… 그러고 싶다……. 하지만 그럴 수 없어…… 정말 미안하다……."

동국은 이렇게 말하며 슬픈 짐승처럼 "꺼이꺼이" 울어댔다. 격한 흐느낌으로 또다시 죽음 같은 침묵이 흘렀다. 그리고 얼마 후 감정을 가라앉힌 동국이 말했다.

"민수야, 걱정 마……. 내가 최선을 다할게……. 그 어떤 일이 있어도…… 인서 씨와 유리, 유빈이…… 내가 꼭 지켜줄게……."

"고마워……. 나 조금은 맘 편히…… 떠날 수 있을 것 같아……."

"민수야, 마지막 순간까지…… 희망을 잃어선 안 돼. 알았지?"

"그래. 그럴게……."

그날 밤은 그 어느 밤보다 유난히 길고 긴 겨울밤이었다.

◆　◆　◆

병원에 입원한 지 한 달이 지난 어느 날 민수가 말했다.

"자기야, 나 부탁이 있어."

"뭔데?"

"나 자기하고 단 하루만이라도 부론 산장에서 보내고 싶어."

"그건 병원에서 허락하지 않을 거야."

"그러니까 허락을 받아야지."

"근데, 자기야, 마음이 안 놓여. 혹시라도……."

인서는 어두워진 얼굴로 말했다.

"별일 없을 거야."

"그래도……."

인서는 마음이 내키지 않았다.

"꼭 그러고 싶어."

민수는 자신의 생각을 굽히지 않았다.

인서는 아무 말 없이 창밖을 바라보았다. 밖에는 눈발이 날리고 있었다. 민수는 그런 그녀의 모습을 지켜보며 그녀가 말하기를 기다렸다. 잠시 후 창밖에서 눈을 거둔 인서가 뒤돌아서서 말했다.

"그래, 그러자."

"정말?"

"응."

"고마워. 어려운 부탁 들어줘서……."

"고맙긴. 당연한 일인데……."

"아무튼 다 고마워……."

민수는 이렇게 말하며 인서를 꼭 안아주었다. 창밖에는 조금 전보다 더 많은 눈이 내리고 있었다.

겨울 날씨답지 않게 포근하고 화창하게 맑은 날 민수는 인서가 운전하는 차를 타고 부론으로 떠났다. 그는 소풍을 가는 어린아이처럼 즐거운 표정이 역력했다.

"그렇게도 좋아?"

"응. 자기랑 둘이 가니 너무 좋다."

"그건 나도 그래……."

인서 또한 마찬가지다. 거의 3년만이었다. 예전에는 마음만 먹으면 일주일에 두 번 씩도 떠났었다. 그러니 감회가 새로운 건 당연했다. 둘은 연신 웃으며 즐거워했다.

그러는 사이 차는 문막 IC를 빠져나와 부론 가는 길로 접어들었다. 텅 빈 논과 밭, 산 밑에 드문드문 있는 집들이 마치 담채화처럼 보였다. 묵은 마음이 깨끗이 씻기는 기분에 그들은 매우 행복해했다.

20여 분 후 차는 부론 강가 산장에 도착했다.

"어서 오세요."

주인 여자가 반갑게 맞아주었다.

"안녕하셨어요? 지난번에는 너무 고마웠습니다."

인서가 빙그레 웃으며 말했다.

"별 말씀을요. 이렇게 두 분이 함께 오시니 더 반갑네요."

"이곳은 언제 와도 정말 좋아요."

"우린 좋은지도 모르겠는데 외지 사람들은 다들 좋다고 하네요.
방 따뜻하게 덥혀 놨으니 추운데 어서 들어가세요."

"네, 감사합니다."

둘은 챙겨온 가방을 들고 방으로 들어갔다. 따뜻한 훈기가 방 안
에 가득 넘쳐 안온한 기분이 들었다. 민수는 창가로 다가가 밖을 내
다보았다.

"저기 좀 봐."

"어디? 어머, 참 좋다. 저 맑은 강물하며, 잎을 떨군 나무들이 마치
절제된 세한도를 보는 것 같아."

인서는 아이처럼 재잘거렸다. 그녀는 마치 현실의 아픔을 잊은 듯
했다. 그런 그녀를 보며 민수는 자신으로 인해 받은 마음의 고통과
스트레스를 이렇게라도 풀어줄 수 있어 다행이라며 몇 번이고 생각
했다.

둘은 밖으로 나갔다. 날씨는 매우 포근했지만 혹시나 하는 마음에
인서는 몇 번이나 주저했다. 하지만 민수의 간청에 못 이겨 그녀는
자신의 생각을 접고 그의 요청을 들어주었던 것이다. 인서는 민수에

게 두꺼운 외투 외에도 모자며 목도리로 완전무장을 하게 했다. 둘은 팔짱을 끼고 강가로 난 산책로를 따라 걸었다.

"완전 봄 날씨네."

민수의 얼굴은 많이 수척했지만 표정만은 매우 밝았다.

"정말 날씨 좋다. 자기를 위해서 하늘이 특별히 좋은 날씨를 선물하셨나봐."

"하하, 그래?"

인서의 말에 그는 기분 좋게 웃었다. 그녀도 따라서 웃었다. 강가에는 겨울 철새들이 한가로이 앉아 일광욕을 즐기고 있었다. 평온하고 고요한 풍경이다.

"우리 이곳에 처음 왔을 때 생각나?"

민수가 말했다.

"그럼. 생각나지."

"지금도 그렇지만 그때 자기 참 예뻤지……. 난 만나는 사람마다 자기를 막 자랑하고 싶었어. '이 여자는 내 여자다' 하고 말이야."

이렇게 말하는 민수의 표정은 천진난만한 어린아이 같았다.

"그랬어? 내가 그렇게 예쁘고 좋았었어?"

인서는 고개를 돌려 그를 보며 말했다.

"그럼. 최고였지……."

"그러고 보면 나는 참 행복한 여자야."

"나는 행복한 남자지……."

둘은 이렇게 말하며 또다시 마주보고 웃었다.

"자기와 이곳에서 보낸 3일을 지금껏 한 번도 잊은 적이 없어. 그 시간으로 잠시만이라도 돌아가고 싶어서 오자고 한 거야."

"그랬구나. 난 그 생각을 못했는데……."

"그때 내가 프러포즈 한 말 생각나?"

"그럼. 그때 자기가 이랬었지. '인서야, 나 아침마다 너의 웃는 얼굴을 보게 해 줄래?' 하고 말이야."

"토씨 하나 안 틀리고 기억하네."

"그럼. 그걸 잊으면 안 되지……."

"그때 자기가 그랬지. '응. 지겹게 보게 해 줄게. 나중에 싫증난다고만 하지 마' 하고 말이야."

"자기도 다 기억하네……."

민수의 말에 그녀가 소리 없이 웃으며 말했다.

"그럼. 다른 건 잊어도 자기가 한 말은 잊을 수가 없지……."

이렇게 말하는 민수의 얼굴에는 지난날 그녀와의 행복했던 순간이 꽃처럼 피어났다.

"우리 저기에 좀 앉을까?"

인서가 앞에 있는 바위를 가리키며 말했다. 20명은 족히 앉아 쉴 수 있을 만큼 큰 바위였다.

"그럴까, 그럼."

"자, 이리로 앉아."

"그래."

인서는 가지고 온 무릎 담요를 깔고 민수를 앉게 했다. 그의 표정이 잠시 어두워 보였다. 불과 300여 미터밖에 안 걸었는데 그에게는 벅찬 듯했다. 인서는 그 옆에 앉았다. 민수는 그녀의 몸에서 나는 허브향이 언제나 좋았다. 그 향기를 맡고 있으면 마음이 차분해지고 맑아졌다. 지금도 인서의 몸에서 여전히 허브향기가 났다. 민수는 팔을 뻗어 그녀의 어깨를 감싸 안았다. 인서는 머리를 그의 어깨에 살며시 기댔다.

"자기야, 나에 대해 후회한 적 있어?"

인서가 물었다.

"아니."

"단 한 번도?"

"응."

"내가 미운 적도 없어?"

"응."

"단 한 번도?"

"응."

"나보다 더 예쁜 여자 만나고 싶은 적 있었어?"

"아니."

"단 한 번도?"

"응."

"왜?"

"자기보다 예쁜 여자는 어디에도 없으니까……."

인서는 아무 말 없이 그에게 키스를 했다. 민수는 두 팔로 그녀를 꼬옥 안아주었다.

"자기야, 고마워……."

이렇게 말하는 인서의 눈가가 촉촉해졌다.

"나도 고마워. 나 같은 사람 사랑해줘서……."

민수의 눈에도 물기가 맺혔다.

둘은 한동안 그렇게 서로의 품에 안겨 있었다.

방으로 돌아온 후 인서는 보온병에 담아온 따뜻한 미음을 따라 민수에게 건넸다.

"몸 따뜻해지게 먹어."

"그래."

민수는 한 숟가락을 떠서 입에 넣었다. 그러나 곧바로 먹기를 멈추었다.

"왜? 속이 부대껴?"

인서가 걱정스럽게 물었다.

"응. 약간……."

"그럼 조금 있다가 속이 편해지면 먹어."

"그래야겠어. 좀 누울게."

"자, 누워."

인서는 미리 깔아 놓은 요 위에 민수를 부축해서 눕혔다. 갑자기 그의 몸이 새털처럼 가벼움을 느꼈다. 그러자 조금 전에 가벼웠던 그녀의 마음이 추를 단듯 무거워졌다.

민수는 눈을 감은 채 그새 잠이 들었다. 무리가 되었던 것이다. 인서는 마른 나뭇가지처럼 부쩍 마른 그를 바라보다 눈물을 흘렸다. 그녀는 감정이 격해지자 조용히 일어나 밖으로 나갔다. 그러고는 강가로 나가는 초입에 앉아 소리 내어 펑펑 울었다. 인서의 울음소리에 놀라 마른 갈대숲에서 푸드덕거리며 서너 마리의 새가 날아갔다. 그녀의 울음은 점점 더 격해졌다. 그동안 울지 못한 걸 다 울기라도 하려는 듯 맘 놓고 울었다.

얼마를 그렇게 울었는지 모른다. 감정을 추스르고 난 인서는 한 번도 교회를 나간 적은 없지만 기도가 하고 싶었다. 그녀는 생각나는 대로 기도를 했다.

"하나님, 우리 그이를 살려주세요. 살려만 주신다면⋯⋯ 다시는 상처주지 않고 행복하게 살게요⋯⋯. 전 그이를 꼭 살려야만 해요⋯⋯. 저에게 자신의 모든 것을 다 준 그이를⋯⋯ 이대로 보낸다면⋯⋯ 전 정말 나쁜 여자가 될 거예요⋯⋯. 하나님, 부탁드려요⋯⋯. 제발, 그이를 살려주세요."

기도를 하면서 또다시 눈물이 났다. 수도꼭지를 틀어놓은 것처럼 눈물이 주르르 흘러나왔다. 인서는 간절한 자신의 마음을 하나님께 보여드렸다. 그러는 동안 해는 서산마루에 비스듬히 걸터앉아 그녀를 굽어보았다. 인서는 눈물을 닦고 자리에서 일어나 산장을 향해 뛰어갔다. 혹시라도 그동안 무슨 일이라도 있을까 하여 걱정이 되었던 것이다. 그녀가 방문을 열고 들어가자 다행히도 민수는 자고 있었다. 인서는 "휴!" 하며 숨을 내쉬고는 가슴을 쓸어내렸다.

인서는 민수의 헝클어진 머리카락을 옆으로 단정히 해주었다. 해쓱해진 얼굴이 애처로웠지만 뚜렷한 이목구비는 전등 불빛 아래에서 더욱 반짝이며 빛이 났다. 인서는 몸을 구부려 그의 이마에 살짝 입술을 갖다 댔다. 그러자 또다시 눈물이 또르르 흘러내렸다. 그 바람에 민수의 몸이 움찔거렸다.

인서는 얼른 몸을 일으켜 세우고는 창가로 다가가 어둠에 잠기기 시작한 강물을 바라보며 눈물을 닦았다. 하지만 닦은 만큼 눈물은 또다시 흘러내렸다. 자신이 마치 비련의 여주인공이 된 것 같은 기분이었다. 그랬다. 동국을 통해 그에 대해 알고 난 뒤로는 시도 때도 없이 눈물이 났다. 다만 민수와 함께 있을 때에는 눈물을 보이지 않았다. 그에게 눈물을 보이면 그의 의지가 약해질까 두려워서였다.

"뭐해?"

인서의 등 뒤에서 민수의 목소리가 들렸다. 그녀는 흠칫 놀라 두 손으로 얼굴을 쓸어내리며 말했다.

"깼어?"

"응……. 머리가 개운해졌어."

그가 일어나 앉으며 말했다.

"컨디션이 좋아 보이네."

인서가 다가앉으며 말했다.

"대체 얼마나 잔 거야?"

"한 3시간?"

"그렇게나 오래 잤어? 자기 심심했겠다. 깨우지 그랬어."

"깊이 잠든 것 같아서 푹 자게 두었지."

"그동안 뭐했어?"

"강가도 산책하고, 이것저것 생각하며 놀았지."

"그랬어? 미안해. 혼자 놀게 해서……."

"미안하긴. 혼자 노는 것도 좋던데……."

인서가 웃으며 말했다.

"저, 뭐 좀 먹지. 배고플 텐데……."

"자긴?"

"난 지금 생각 없어."

"그럼 나도 이따 먹을래."

"그럼, 우리 누워서 음악 들을까?"

"그럴까, 그럼."

인서는 이렇게 말하며 CD를 꺼냈다.

"자기, 어떤 음악 듣고 싶어?"

그녀가 말했다.

"난 캐리 앤 론의 I.O.U 들을래. 자기는?"

민수는 누우며 말했다.

"난 일 디보의 유 레이즈 미업."

"그래. 어서 틀고 이리 와 누워."

인서는 음악을 틀고 민수의 곁에 누웠다. 잠시 후 I.O.U가 잔잔하게 흘러나왔다. 민수는 인서가 I.O.U가 아닌 다른 음악을 선택한 이유를 물었다.

"자긴 I.O.U를 가장 좋아하면서 왜 유 레이즈 미업을 택했어?"

"자기를 위해서……."

"나를 위해서?"

"응. 자기가 얼른 몸이 낫기를 바라는 마음으로……."

인서의 목소리가 가늘게 떨렸다. 그녀는 감정이 또다시 가라앉았다. 민수가 그것을 눈치채고 밝은 목소리로 말했다.

"그랬구나. 사실은 나도 그 노래 듣고 싶었거든……."

"그랬어?"

"응. 역시 자기는 내 마음을 읽어주는 사람이야."

"그래?"

"응. 완전 족집게네."

민수는 이렇게 말하며 손가락으로 족집게 모양을 해 보였다. 그것을 보고 인서가 빙그레 웃으며 민수 쪽으로 돌아누웠다.

"I.O.U는 언제 들어도 좋은 것 같아."

그녀가 민수의 가슴에 I.O.U 자를 쓰며 말했다.

"나도 자기 때문에 좋아하게 됐지만…… 언제까지나 그 노래를 들을 수 있을런지……."

"언제까지 들을 수 있을런지가 무슨 말이야?"

인서가 그를 바라보며 말했다.

"……."

민수는 인서의 말에 말없이 천장만 바라보았다.

"자기, 혹시 엉뚱한 생각하는 거 아냐?"

인서는 목소리를 높여 말했다.

"자기야, 나 하고 한 가지…… 약속해줄래?"

"뭔데?"

"저, 내가 만일…… 자기 곁을 떠나게 되더라도…… 너무 슬퍼하지 않았으면 좋겠어."

그가 조심스럽게 말했다.

"내 곁을 떠나다니 그런 말이 어디 있어?"

인서가 떨리는 목소리로 말했다. 밝았던 그녀의 얼굴이 어두워졌다.

"……."

민수는 막상 말을 했지만 그녀의 말에 대답할 수가 없었다. 말을 하면 그녀가 금방이라도 울음을 터트릴 것 같다는 생각에서다.

"자기, 어떻게 그런 말을 쉽게 할 수 있어?"

"미안해. 하지만…… 만약을 생각해야지……."

민수는 어렵게 말을 꺼낸 김에 자신의 생각을 멈추지 않고 말했다.

"만약이라도 그런 말은 싫어. 그러니 더 이상 말하지 마."

인서는 현실을 부정하고 싶을 뿐 다른 그 어떤 생각도 하고 싶지 않았다. 그는 더 이상 말을 하지 않았다. 그녀가 싫어하는 말을 굳이 한다는 것은 바람직한 일이 아니라고 생각했다. 자신이 떠나게 되더라도 잠자듯 조용히 가는 게 좋을 듯했다.

"미안해. 내가 잘못했어. 다시는 그런 말 안 할게."

인서는 아무런 대답이 없다.

"미안해……."

민수는 이렇게 말하며 인서의 손을 꼭 잡았다. 그녀의 손이 파르르 떨렸다. 마치 흐느낌의 그것처럼.

"…… 이번만은 안 들은 걸로 할래. 하지만 또다시 그러면 그때는 자기 미워할 거야.

"알았어. 꼭 그렇게……."

인서는 자리에서 일어나 I.O.U를 일 디보의 CD로 교체했다. 유 레이즈 미업이 푸른 물결처럼 잔잔하게 흘러나왔다. 둘은 마치 약속이라도 한 것처럼 반복해서 유 레이즈 미업을 들었다. 4명의 젊은 남성들로 구성된 일 디보는 목소리에 힘이 있어 둘의 무거운 마음을 풀어주었다. 그들은 둘만의 오붓한 시간을 보내고 다음 날 서울로 돌아왔다.

그런데 이틀 후 갑자기 호흡곤란이 와서 한바탕 소동이 일었다. 의사가 달려와 진정이 되었지만 민수는 점점 자신의 몸이 녹아드는 느낌을 받았다. 항암제를 투약하는 하루하루가 큰 짐을 진 것처럼 무겁고 거추장스럽게 느껴졌던 것이다. 하지만 민수는 인서와 아이들 앞에서 언제나 밝은 모습을 보여주려고 애를 썼다. 그러나 그러기에도 한계가 있었다. 그의 몸이 그의 의지를 더 이상 용납하지 않았다.

함박눈 내리던 날

　병원에 입원한 지 38일째 되던 날, 민수는 밤샘 간호로 피로에 지친 인서가 잠든 틈을 타 혼자 세수를 하고 머리를 감았다. 그리고 그녀의 스킨과 로션을 바르고 빗으로 머리를 정갈하게 빗었다. 마치 자신의 마지막을 예감한 듯 담담한 모습이었다.

　그는 창가로 다가가 밖을 내다보았다. 하늘이 온통 잿빛을 하고 있었다. 금방이라도 눈이 내릴 듯 하늘은 낮게 가라앉았다. 그는 눈에 띠는 것을 모두 다 눈에 담아둘 것처럼 한동안 서서 바라보았다. 그러고 나서 그는 어머니에게 전화를 걸기 위해 병실 밖으로 나갔다. 휴게실 창가로 다가가 휴대폰 숫자 버튼을 누르는 그의 손이 파르르 떨렸다. 벨소리가 울리고 잠시 후 어머니가 전화를 받았다.

　"어머니, 저예요."

　민수는 최대한 밝은 목소리로 말했다.

"그래, 아범이구나."

"네, 어머니……."

어머니의 목소리가 들리자 민수는 울컥했다. 금방이라도 눈물을 쏟을 것 같아 종아리를 있는 힘껏 비틀어댔다. 비명이 터져 나올 만큼 아팠다.

"오늘은 컨디션이 좋은가 보구나."

"네, 몸이 가뿐해서 기분이 좋아요."

"아범이 기분 좋으니 나도 기분이 좋다."

민수는 어머니 목소리에서 기분 좋은 기운을 느꼈다. 그러지 않아도 자신 때문에 노심초사하는 어머니를 생각하면 죄인이 된 것 같았는데 다행이라고 생각했다.

"죄송해요, 어머니. 마음 아프게 해드려서……."

"그렇게 생각하지 말거라. 나는 괜찮다."

어머니는 그가 마음 쓰지 않도록 담담하게 말했다.

"네, 어머니."

"아무 생각 말고, 건강을 찾는 데만 열중해라."

"네, 반드시 좋아지도록 할게요."

민수는 더욱 밝은 목소리로 말했다.

"그래야지……."

이렇게 말하는 어머니의 목소리가 갑자기 푹 젖어들었다. 민수는 어머니가 슬퍼하는 모습을 떠올리자 가슴이 찢어질 듯이 아팠다. 그는 헛기침을 하고 나서 말했다.

"어머니, 제가 어머니의 아들로 태어난 것에 감사드립니다."

"무슨 그런 말을 다하고 그래."

"…… 너무나 감사해서 드리는 말씀이에요."

"그렇게 생각해주니 고맙다."

"어머니, 항상 건강하게 오래오래 사셔야 돼요."

"그래. 유리, 유빈이 시집가고 장가가는 거 볼 때까지 살란다."

"네, 어머니. 그러셔야지요."

민수는 떨리는 목소리로 말했다.

"힘든데 그만 이야기하고 쉬도록 해."

"네, 어머니……."

"모레 올라가마."

"네, 어머니……. 그럼 이만 끊을게요."

"그래, 그날 보자."

"네, 어머니……."

전화를 끊고 난 민수의 눈에서 참았던 눈물이 주르르 흘러내렸다. 다시는 뵙지 못할 것만 같은 생각에 가슴이 미어질 듯이 아파왔다. 그는 울음소리가 커질까봐 두 손으로 얼굴을 가리고 소리 없이 흐느꼈다. 한동안 흐느끼던 그는 마음을 가다듬고 눈물자국이 남지 않도록 말끔히 닦아냈다. 힘에 부친 그는 병실로 돌아와 침대에 누우려고 하는데 인서가 눈을 떴다.

"어머, 내가 깜빡 잠이 들었나봐."

인서는 자리에서 일어나며 시간을 보았다. 시간은 오후 5시를 가리키고 있었다.

"잘 잤어?"

민수가 밝은 표정으로 말했다.

"응……. 근데 자기 세수했어?"

"갑자기 씻고 싶어서……."

"깨우지 그랬어."

"피곤해 보여서 그럴 수가 없었어."

"그래도……."

인서는 그가 혼자 씻은 것에 마음이 쓰였다.

"마음 쓰지 마. 나 좀 누울게."

민수는 침대에 누웠다. 그의 표정이 다른 때보다 밝았다.

"자기 기분이 좋은가 봐."

"응. 아까 유리하고 유빈이가 다녀가고 나서 내내……."

어린아이처럼 밝은 표정의 그를 보자 인서 역시 기분이 좋아졌다.

오후 7시가 지날 때쯤 민수가 말했다.

"자기야, 나 I.O.U 듣고 싶어."

"그래, 알았어."

그녀가 음악을 틀었다.

"자기야, 이리 와!"

침대에 기대고 앉은 민수는 자신 옆에 앉으라고 손바닥으로 침대를 두드렸다. 인서는 빙그레 웃으며 그가 시키는 대로 그 옆에 앉았다. 마치 20대 청춘처럼 풋풋한 모습이다. 그 순간만큼은 그가 죽음을 앞둔 환자라는 사실이 믿기지 않았다. 둘은 아무 말 없이 음악을 들었다. 음악을 듣다 누가 먼저랄 것도 없이 동시에 서로를 바라보며 미소를 지었다. 그러고는 또다시 창밖을 바라보며 음악을 들었다. 민수의 머릿속에는 풋풋했던 지난날의 그녀의 모습이 떠오르며 함께 했던 순간순간이 파노라마가 되어 지나갔다. 그는 소중한 기억을 놓치지 않으려고 기억의 채널을 천천히 돌렸다가 어느 부분에서는 반복해서 생각했다. 그의 입가에 미소가 잔잔히 배어났다. 생각만으로도 너무 행복했다. 민수는 계속해서 기억의 채널을 돌려나갔다. 그런데 갑자기 인서가 말했다.

"어머, 눈이 오네!"

그녀의 말에 민수는 눈을 뜨고 창밖을 바라보았다. 창밖으로 눈이 내리고 있었다.

"하루 종일 꾸물대더니…… 이제야 눈이 내리네……."

민수는 몸을 세워 어린아이처럼 즐겁게 말했다. 그의 표정이 더욱 밝아졌다. 병실의 분위기는 병실이라는 걸 느낄 수 없을 만큼 포근했다. 음악은 잔잔하게 흐르며 둘의 마음을 더욱 감싸주었다.

인서는 손을 내밀어 민수의 손을 꼭 잡았다. 그의 따뜻한 온기를 느끼자 처음 그를 보았을 때처럼 가슴이 설레었다. 민수는 고개를 숙여 인서의 하얗고 보드라운 손에 자신의 볼을 살짝 갖다 댔다. 그녀의 체취가 물씬 풍겨났다. 민수는 이토록 사랑스런 그녀를 두고 다시는 돌아올 수 없는 길을 떠난다고 생각하니 미치도록 가슴이 저려왔다. 그는 눈물이 날 것만 같아 잠시 동안 그대로 있었다. 그런 민수의 모습에 그녀는 울컥했다. 사랑하는 그에게 아무것도 해줄 수 없어 너무 미안하고 마음이 아팠다. 마음을 진정시킨 민수는 몸을 일으켜 침대에 기댔다. 인서도 침대에 등을 기대 그와 나란히 했다. 둘은 여전히 손을 꼭 잡고 있었다.

"자기야, 나와 결혼해 줘서 정말 고마워……."

민수가 엷게 웃으며 말했다. 그의 웃음에는 사랑하는 인서에 대한 감사한 마음이 풀꽃처럼 배어 있었다.

"나도 고마워. 나랑 결혼해 줘서……."

인서 또한 빙그레 웃으며 말했다.

"우리 예쁜 유리, 똑똑한 유빈이 낳아줘서 정말 고마워……."

"나도 정말 고마워."

인서는 이렇게 말하며 그의 손을 자기 입으로 가져다 입맞춤을 했다. 민수는 그녀의 따스한 숨결이 너무도 좋았다. 그는 인서를 바라보며 눈으로 웃었다. 그의 눈꺼풀이 가늘게 떨렸다.

"나에게 행복을 선물해 줘서 정말 고마워……."

"나도 너무너무 고마워."

"자기 건강해져서 참 고마워……."

"나도 고마워. 건강 찾게 해줘서……."

"우리 어머니한테도 항상 잘해서 늘 고마웠어."

"자기야, 왜 자꾸 당연한 걸 갖고 고맙다고 그래……."

인서는 이렇게 말하며 고개를 돌려 그를 바라보았다.

"그냥. 모든 게 다 고마워서……."

민수는 이렇게 말하며 천장을 올려다보았다. 그러고는 입술을 꽉 물었다. 눈물이 날 것만 같아서였다.

"이제 그만 해. 자기가 자꾸 그런 말 하니까 기분이 이상해지잖아."

인서는 민수가 자신이 잠든 사이 세수를 하고 머리를 감은 것도 그렇고, 자꾸만 고맙다는 말을 하는 것이 이상스럽게 생각되었다. 순간 알 수 없는 두려움이 밀물처럼 밀려왔다. 가슴이 두근두근거리 며 공연히 불안한 마음에 사로잡혔다.

"그래, 이제 그만 할게……."

민수는 그녀의 손을 꼭 잡고 음악을 들었다. 음악의 흐름을 따라 시간이 흘러갔다. CD를 다 듣고 나서 인서는 다시 시작 버튼을 눌 렀다. 그런데 조금 전과는 달리 민수의 손목에서 힘이 빠졌다. 그는 그것을 뚜렷이 느낄 수 있었다. 그래서 그는 더욱 힘을 주었지만 그 것은 마음뿐이었다. 정신도 조금씩 혼미해져갔다. 몸이 공중에 붕 뜬 것처럼 꿈결을 거니는 듯한 기분이 들었다. 그가 정신을 차리려 고 하면 할수록 몸은 점점 힘을 잃어갔다. 그는 안간힘을 다해 정신 을 잃지 않으려고 몸부림을 쳤지만 그것은 아주 미세해서 손을 잡 고 있는 인서조차도 느낄 수 없었다. 머나먼 기적소리가 울리듯 음 악이 어렴풋이 들렸다. 인서가 좋아하는 I.O.U이었다. 민수는 혼미 한 상태에서도 그것만은 뚜렷이 느낄 수 있었다.

"인서야, 이, 인서야……."

민수는 이렇게 외쳤지만 인서는 듣지 못했다. 그것은 혼자만의 외침에 불과했다. 그는 있는 힘을 다해 또다시 중얼거렸다.

"이, 인서야, 사랑해……. 죽도, 록…… 사, 사, 랑, 해……."

민수는 그렇게, 그렇게 눈을 감았다.

조금 전까지와는 달리 갑자기 펑펑 눈이 내렸다. 눈 입자가 팝콘보다도 더 컸다. 하늘이 눈꽃을 뿌려대는 모습에 인서가 소리쳤다.

"어머, 함박눈이네! 자기야, 저것 좀 봐."

"……."

자신의 말에 아무런 대꾸가 없자 그녀가 고개를 돌려 말했다.

"저것 좀 보라니까……."

순간 이상함을 느낀 인서가 그를 흔들며 소리쳤다.

"자기야, 자는 거야!"

그러나 아무런 기색이 없었다. 그녀는 그의 코에 얼굴을 갖다 댔다. 숨결을 느끼기 위해서다. 그런데 아무런 숨결을 느낄 수 없었다. 순간 그녀의 얼굴이 하얗게 굳어졌다.

"자, 자기야! 자기야!"

인서는 미친 듯이 민수를 불러댔지만 그는 꿈쩍도 안 했다.

"가, 간호사! 간호사!"

인서는 밖을 향해 큰 소리로 불러댔다. 간호사가 달려오고 의사가 달려왔다. 의사는 민수를 자세히 살펴보았다.

"어, 어떻게 된 거예요?"

인서는 어쩔 줄 몰라 하며 말했다. 그녀의 손이 부르르 떨렸다.

"안타깝게도 운명하셨습니다."

의사는 안타까운 눈으로 말했다.

"아, 아니에요! 뭔가 착각일 거예요!"

인서는 의사를 붙들고 외쳐댔다.

"죄송합니다."

"다시 한 번 잘, 살펴보세요. 네!"

인서는 의사를 쏘아보며 큰 소리로 말했다.

"죄송합니다."

의사는 거듭 이렇게 말하며 자리를 떴다.

"아냐, 이건 뭔가 착각일 거야!"

인서는 어쩔 줄 몰라 부르르 몸을 떨며 소리쳤다. 그러다 그녀는 몸을 돌려 그를 감싸 안고는 미친 듯이 울부짖었다.

"자기야, 안 돼……! 이렇게 가면…… 나는 어떻게 하라고……. 이 건 아니야……. 이건 말도 안 되는 거잖아……. 어떻게…… 어떻 게…… 이렇게…… 갈 수 있어……. 나는 어떡하고……. 우리 유리, 유빈이는 어떡하고……. 어머니는 어떡하고……. 자기야, 뭐라고 말 좀 해봐……. 응, 자기야……!"

인서는 그가 자신 곁을 떠났다는 게 도무지 믿어지지가 않았다. 방금 전까지만 해도 손을 꼭 잡고 음악을 들으며 얘기를 나눴는데 어떻게 아무런 말없이 떠날 수 있단 말인가. 인서는 그를 끌어안고 또다시 절규했다.

"자기야, 눈 좀 떠 봐……. 자기, 지금…… 자고 있는 거잖아…….

그치? 자기야……. 어서, 눈 뜨고…… 날 좀 봐……. 제발, 자기
야……. 눈을 뜨고…… 날 보란 말이야……. 자기야, 자기야……!"

인서는 울다가 그를 끌어안은 채 기진해 쓰러졌다. 의료진들이 달
려와 그녀를 살피고는 침대에 눕혔다. 인서의 깊은 슬픔처럼 점점
더 많은 눈이 내렸다. 그날 밤부터 내린 눈은 다음 날 오후가 지나서
야 멈췄다. 세상이 온통 하얀 눈 세상이었다.

◆　◆　◆

민수가 가고 난 지 한 달이 지났지만 인서는 여전히 그의 부재를
믿을 수가 없었다. 어디선가 그가 "자기야! 나 왔어" 하고 올 것만 같
았다. 인서는 그가 가고 나서 한 번도 깊은 잠을 이루지 못했다. 언
제나 뜬 눈으로 밤을 지새우다 지쳐서 쓰러져 자는 게 고작이었다.
그녀의 몸과 마음은 슬픔덩어리 같았다. 버튼을 누르면 말소리를
내는 인형처럼 그를 생각만 해도 그녀의 눈에서는 눈물이 뚝뚝 흘
러내렸다.

햇살 맑은 3월 어느 날 오후 인서는 민수의 서재를 정리하다 한쪽
에 놓여있는 작은 서류가방을 보았다. 그것은 민수가 동국에게 맡긴
것인데 그가 가고 나서 일주일 후 동국이 인서에게 전해주었다. 그
런데 그녀가 잊고 있었던 것이다.

가방을 여는 인서의 손이 파르르 떨렸다. 민수의 체온이 묻어 있

는 것만 같았다. 가방에는 편지 봉투와 통장 등이 들어있었다. 인서는 그것을 자신의 가슴께로 가져갔다. 그러고는 어미 닭이 알을 품듯 가슴에 꼭 안았다. 그녀의 어깨가 가늘게 떨리더니 눈에는 눈물이 맺혔다. 그녀가 젖은 눈으로 천천히 편지를 읽어 내려갔다.

편지를 읽는 내내 눈물을 흘리던 인서는 편지를 다 읽고 나서는 큰 소리로 흐느꼈다. 그가 자신을 위해 이토록 마음을 쓰고 사랑을 주었다는 것이 너무도 고맙고 미안해서였다. 그녀는 도무지 슬픔을 견딜 수가 없었다. 한참을 소리 내어 흐느끼던 그녀가 그의 사진을 두 손에 받쳐 들고 말했다.

"자기야, 고마워……. 유리, 유빈이 잘 키울게……. 그러니까, 그곳에서 아무 걱정하지 마……. 나중에 자기 만나면, 잘했다는 말 듣도록 열심히 살게……. 자기야, 사랑해……."

인서는 열심히 살겠다고 다짐했다. 민수의 편지는 그녀에게 강한 마음을 심어주었다. 그날 저녁 인서는 유리와 유빈이에게 그가 남긴 편지를 주며 말했다.

"아빠가 너희들에게 남긴 편지야. 읽어보고 잘 간직하도록 해."

아빠가 남긴 편지라는 말에 아이들의 눈시울이 붉어졌다. 아이들의 슬픔 또한 인서의 슬픔과 다를 바가 없었다. 아이들은 편지를 받아들고 각자의 방으로 들어가 읽었다. 그리고 잠시 후 아이들이 흐느끼는 소리가 들려왔다. 인서는 터져 나오려는 눈물을 애써 참으며 아이들을 불렀다.

"엄마……."

유리가 울면서 인서의 품에 안겼다. 아이들의 흐느낌이 미치도록 그녀의 가슴을 아프게 했지만 그녀는 울지 않았다. 더 이상 약한 모습을 보이지 말아야겠다는 자신과의 약속을 지키기 위해서였다. 인서는 두 아이를 끌어안고 말했다.

"유리야, 유빈아, 아빠는 우리를 너무도 사랑하셨단다. 우리 아빠가 실망하지 않도록 서로 사랑하며 열심히 살자. 알았지?"

"네, 엄마!"

아이들은 울면서 대답했다.

"오늘까지만 우는 거야. 이제부터 엄마는 안 울 거야. 그러니까 너희들도 울지 마. 우리가 울면 아빠는 너무 슬퍼하실 거야. 알았지?"

"네, 엄마……."

아이들은 대답하며 흐느꼈다. 인서의 눈에서도 눈물이 주르르 흘러내렸다. 그녀는 두 팔에 힘을 주어 더욱 세게 아이들을 안아주었다.

남자라는 이름으로 산다는 것은

한 남자가 있었습니다. 그는 한 여자를 너무도 사랑했습니다. 세상에는 오직 그 여자만이 전부라고 생각했지요. 일을 할 때나, 책을 읽고 음악을 들을 때나, 차를 마시고 밥을 먹을 때나, 길을 갈 때나, 잠자리에 들어서도 오직 그녀만을 생각했습니다. 그녀가 좋아하는 거라면 그 무엇일지라도 다 사랑스러웠고, 다 예뻤고, 눈물이 나도록 좋았습니다. 그녀는 그에게 있어 사랑의 왕국이었고, 사랑의 종교였고, 사랑의 목숨이었습니다.

그들 사이에서 너무도 예쁘고 사랑스러운 두 아이가 태어났습니다. 그는 두 아이를 무척이나 사랑했지요. 세상을 다 가진 듯 그의 하루하루는 너무도 행복했습니다.

그러던 어느 날 갑자기 불어 닥친 불행의 폭풍으로 그는 이별이라는 혹독한 시련을 겪어야만 했습니다. 하지만 그는 그런 와중에도 그녀와 두 아이만을 생각했습니다. 그의 사랑은 더욱 깊어져만 갔고, 그녀도 그도 경제적으로 안정을 되찾기 시작했습니다. 그러나 또 다른 시련이 그를 기다리고 있었지요. 사랑하는 그녀가 쓰러진 것입니다. 그는 그녀를 위해 자신이 할 수 있는 일을 알아보던 중 자신의 몸 또한 심각하다는 것을 알게 되었습니다.

그는 그녀가 모르게 자신의 전부를 주었습니다. 그리고 그는 다시는 돌아올 수 없는 머나먼 길로 떠났습니다. 한 남자는 처음부터 끝까지 오직 '사랑'이라는 한 길로만 갔습니다.

남자로 태어나 '남자라는 이름으로 산다는 것'은 어쩌면 숙명일지도 모른다는 생각이 듭니다. 어느 누구의 남편으로, 아버지로 산다는 것은 책임이 따르는 일이니까요.

그렇습니다. 남자라는 이름으로 산다는 것은 자신의 이름에 책임을 지는 일입니다. 그리고 그 이름의 값을 다하는 것입니다.

이 소설의 남자처럼 산다는 것은 결코 쉽지 않습니다. 사랑하는 여자를 위해, 자식을 위해 자신의 전부를 거는 한 남자의 이야기가 삶에 지치고, 사랑의 빛이 퇴색한 이 시대의 모든 남자와 그 가족에게 '순정한 사랑의 빛'이 되어 타오르기를 간절히 바랍니다.

김옥림

사랑이
우리에게
이야기하는 것들

초판1쇄 인쇄 2019년 2월 15일
초판1쇄 발행 2019년 2월 25일

지은이 | 김옥림
펴낸이 | 임종관
펴낸곳 | 미래북
편   집 | 정광희
디자인 | 디자인 [연:우]
등록 | 제 302-2003-000026호
주소 | 서울특별시 용산구 효창원로 64길 43-6 (효창동 4층)
마케팅 | 경기도 고양시 덕양구 화정로 65 한화 오벨리스크 1901호
전화 02)738-1227 (대) | 팩스 02)738-1228
이메일 miraebook@hotmail.com

ISBN 979-11-88794-21-8 03810